ちくま文庫

鬼

文豪怪談ライバルズ!

東 雅夫 編

筑摩書房

目次

鬼

文豪怪談ライバルズ!

鬼の角

泉鏡花

一

「いや、どっこいしよ。そら〳〵其処は淳だよ、気を着けな。やれ〳〵吾の手こそ曳いてくれずとも、老人に世話を焼かすといふがあるものか。お前を陪従に連れて出ると気が揉めてならないぞ。傍見ばつかりするもんだから、それ泥濘だ、それ溝だ、と一々気を着けてやらなければならない。其度毎に吾はもうあぶ〳〵する。寿命の毒だとは思ふけれど、旦那殿が連れて行けと云ふものを、長松は世話が焼けて不可と云つて見ろ。それまた旦那殿のお目玉だ。それが不便と思へばこそ連れて出るやうなものの、まるで荷厄介で、始末に畢ない。いや、然うは言ふものの、かう云ふ吾もお前の年紀には、矢張其通りであつた。はゝゝ、お前だつても宿へ下れば若旦那だ。喃、長松。今夜は北風が吹いて寒いから、早く帰つて暖まれ、さあ、その意で疾く行かう行かう。」

慈悲深き老人は小僧を従へて出先より今帰途に就けるなり。小僧は御隠居の深切なる注意を聞かむともせで、頻り四辺を眴しつゝ、

「やあ〳〵面白いな。彼方でも此方でも、福者内福者内ツて遣つてますよ。御隠居様。」

「むゝ、今夜は節分だの。」

欲遊盛の小僧は大勢が鯨波の声を揚げて豆を拾ふ賑しさの手に取る如く聞ゆるにぞ、

「あ、！　行つて見たいな、喰附いて、打倒して、引掻いて、匍匐になつて、掻込んで、袂に一杯拾ふけれども喃。」

と喞ちがましく呟けり、老人は頬笑みて、

「吾は遊ばして遣りたいが、さういふ我儘をさしては店の者の範にならない、我慢しろ〱。可いわ、其代吾が饂飩かけを奢つてやらう。」

「成るべくなら、御隠居様、え、、お汁粉にして戴きたうございます。」

言ひも訖らで渠は捷く前に廻りて、隠居の膝に叩頭せり。老人は噴出して、

「は、、、一番附合つてやらうかの。」

「へい、是非、へい是非、是非へい、是非へい。」

小僧は（是非へい）を謳ひて躍れり。

「これさ、何だな。何処でもお前の可い処へ入んな。」

聞くや否や小僧は調子はづれの声を揚げ、

「大願成就、や、忝い！」

ぎつくり見得をして矢庭に駈出す、其疾きこと鼬の如く、四五軒先の小松団子といへる名代の汁粉屋に飛込めり。

老人はこれを視て、

「罪の無い奴だ。」

と笑ひながら後より其汁粉屋の店頭に至れば、

「御隠居様、万歳！」

と暖簾の蔭にて不意に喚く。老人は吃驚して、

「えゝ！　驚いた。この小僧め。」

小僧は如才無く莞爾々々して、

「唯、入らつしやい！」

汁粉屋に入りて老人は手烘を引寄せつ、唯見ればさすがに礼を知りて、小僧の遥下りて跪坐するをしをらしく思ひ、

「さあずつと来い、此家へ来れば吾もお前も同一身分のお客様だ。遠慮は無い。」

膝近く進ませつゝ、

「さあ〳〵手を出して暖まるが可い。めつきり寒いよ、喃。」

老人は火鉢の上に揉手をしながら、小僧の手の甲を眤と視て、

「大分皸を切らしたな。おゝ、血が出て居る。嘸疼痛だらうの。むゝ……」

其暖まりたる掌以て、柔に其皸を掻撫でたり。小僧は祖父に於ける孫に齊き温言を聞く嬉さに、平生奉公の艱苦を思出して胸迫り、差俯向きて洟を啜れり。

老人も鼻をかみしが急に気を変へて故と打笑ひ、

「辛抱しろ〳〵、何のこれしきが、ぺろりと嘗めて置け、つい癒る。」

恬励しつゝ、老人は仕舞懸けたる鼻拭の裁を以て、

「ふむと謂はつし。へん、嬰児の様だな、あてことも無い。」時に老人の誂は来れり。皆これ小僧が註文せし処のものなりき。

二

この仏心の老人は富有なる商家の楽隠居にて年紀既に六十の坂を越えたり。其家の身上悉皆を一代の内に造上げたるほどの老人なれば、今や全く世を棄てて、聊も家事に喙を容れざれども、もの云はざる天道のなほよく人を制する如く、おのづから一家を支配して帳簿に一点の誤なからしむ。然もあらゆる艱苦を経て今の境遇に来れる老人なれば、酸も甘きも噛分けておもひやりいと深く、人を憐むこと、古の仁者の風あり。恩威ならび行はれて敬愛さるゝこと一方ならず。さればなべての老人は若き者に邪魔にさるゝ習なれども、この隠居は決して然らず。其外に出づることあれば、留守の息子は謂ふも更なり、嫁をはじめとして、番頭、手代、下婢の輩皆お帰宅を待懸け居れり。

陪従なる小僧は汁粉屋を出でて、幾度もお辞儀をなし、

「御隠居様難有う存じます。へい、何とも申されません甘いこつてございました。私はもうお汁粉さへ喰べられますれば、其上に何も出世するには及ばぬといふ予ての覚悟でございますよ。へい、盆の養父入の時から今日が日まで思ひくすんで居りましたんで、実は其夢に見ます。えゝ、大抵毎晩でさあ。何故と申しますと、へい、御隠居様、養父

入の時戴きましたお小遣でもつて何より先きお汁粉をと存じましたつけが、まあそれは後々のお楽み、一番好いものが真打といふので、先づ前座の塩煎餅一銭が取着で、喉の乾いた処へ氷三杯。其から大福へ喰つて懸り、こいつを五ツとやつて歩行き乍ら豌豆豆、二銭。午飯を天丼で茶漬ツて、一幕立見とやつて、それから見世物を三ツ見て、帰りに蕎麦を二ツ。それからほツつきまして鮨を食べて、徐々暮合でございますからお家へ帰りがけに唯今の汁粉屋の前で、さあこれからだと先づどきつく胸を落着けまして、五杯は確に食べるつもりで、蝦蟇口を開けて見ますと、何うでございませう。御隠居様、ああ、今思出しても涙が出ます。へい、もうすつかり使つちまつて、五厘一ツと鐚二文しかないだらうぢやございませんか。私はもう〳〵落胆して、其まゝ其処へ打倒れて寝てしまひたくなりました。それですもの、お汁粉といつちやあ命から二番目で、いまにおのれ年紀がいつたら小倉、塩餡、御膳、田舎、お汁粉ならば何でもござれ、十二ケ月を食倒してやりたいばつかりに御奉公を大切にいたします。あゝ、旨かつた。何うも〳〵難有うございました。御隠居様。」

　老人は唯呆るゝばかり苦笑して聞きたりき。小僧はまた言を継ぎ、少しく声を密めつゝ、

「旦那様の御陪従をいたしますと、剣突ばかりお食はせなすつて、お汁粉どころぢやございません。それに番頭さんなんと来た日にや、そりや何うも酷うございますよ。私がつい坐睡をいたしますと、彼奴！　またお汁粉の夢を見て居ようから、流汁を掬つて来

て嘗めさせろ、なんて千どんに云ふんですもの、邪慳ぢやアありませんか。皸が切れて痛いといへば冷えて疼むのだから焼けば癒る。焼火箸を突込めなんて、それは〳〵恐しうございます。お奥のお三どんは掃除をする時そつと御隠居様のおとりなすつた爪を拾つてしまつといて、毎朝お茶の中へ一片づゝ入れて煎じますつてね。これを三度々々皆に飲ませたら、些少あ御隠居様に類似るだらうといふんださうです。」と真面目に謂ふ。

「いやはや、大変だ。そんなものを飲せるかえ？　薄汚え。」

老人はます〳〵呆れぬ。

「なに汚いことがありますものか。犀角といふ薬は獣の角ださうですね。それから見りや御隠居様の爪の垢はよつぽど難有い。」

「悪く胡摩を磨るな。まだお汁粉が喰足りないのであらう。」

恬語りつ、行く間に、とある庫の前に出でたり。時に往来は淋しくなれり。小僧も饒舌り草臥けむ、しばらく無言になりて、其庫の角を左に曲り、其家の前に出でたるに、またもやさゞめく追儺の声せり。

「おや、御隠居様やつてますぜ。」小僧は立停まりてまた動かず。老人は持余し、

「そら、お汁粉か。困つたものだ。」と呟くとたん、格子戸の内に豆を撒く音ばら〳〵と礫の如く、

「鬼者外！」

叫ぶや否や、身の丈六尺に余りぬべき大漢の異形なるが赤裸のまゝ横ざまに転び出でて、啊呀と避くる隙もなく、ドンと小僧に抵触れり。

三

小僧の仰様に転ぶと与に、異形の者は消失せたり。

老人は咄嗟の間に演ぜられたる一場の怪事に気を奪はれ、きよろ〳〵四辺を見廻しけるに、何かは知らず落ちたるものあり。瞳を据ゑて熟く見れば、星明に輝きて、其もの金色の光を帯べり。

手なる杖以て突試みるに、コト〳〵といふ響ありて、堅牢なること石の如し。一定怪物が落せしものと、老人は不気味ながら、そと手をのべて拾ひつゝ、掌に載せて透し見れば、其長さ八寸ばかり、根は太くして先は尖れり。まはり三寸に余りたる形獣の角に肖て、質は金属に異ならざるが但少しく暖味あり。何様異様の珍物なれば、隠居は其まゝ懐中し、ほと呼吸をつきて、胸を撫でぬ。

数杵の鐘声院に籠りて此時万籟寂然たり。折から老人の彳むあたりへ朦朧として顕れたる一個の丈高き赤鬼あり。此の寒さにもかゝはらず虎の皮の褌襠ならでは一糸懸けざる赤裸の手足は一面に朱を以て刷けるが如し。渠は遺失せしものを覓むる如く、蚤取眼を四方に配りて、うそ〳〵地上を漁りつゝ、やがて老人の間近に来りぬ。

誰かこれを見て驚かざらむ、少なくとも気絶すべきに、虫も殺さぬ老人の意外にも恐る、色無く、屹と睨附けて突立てり。

鬼は人ありと見て、前に進み、

「これ、人間殿、些ものが問ひたうござる。」謂出でたる声は破鐘の如くなれども、言は慇懃なるものなりき。

斯る時には「あい〳〵何か用かえ。」と常には優しき老人なるが、いかにしけむ此時は、昂然として肩を上げ、

「何だ！聞きたいとは何事だ。」意気既に鬼神を呑めり。赤鬼は腰を低くし、

「えゝ、外のこつてもござりませぬが、何ぞ此辺に落ちて居たものをお見懸けなさりはしませなんだか。」

老人は己が懐中せる珍物の持主の、それかあらぬかを確めて、いよ〳〵其獲品の真価を知らむと、さあらぬ体に空惚けつ。

「はゝあ、いや別にこれといふものも見なんだが、して汝の落したものは一体何だ。」

「其は……」と赤鬼は其天窓を撫で、

「ちつとも手懸がござりませぬので、はやもう途方に暮れまする。」

渠は力無き様なりき。

「はて其無くしたものは何だといふに。」

「へい〳〵。」と唯天窓を搔く。

主客の勢趣を変へて、老人は却りて尋問する位置に立ち、

「へいでは分らぬ。いやさ、何を遺失たといふに分らぬ奴だな！」

「角、……角を落しました。」と鬼は遂に打明しぬ。

「何だ！　角を遺失たと。間抜だな。何うしてまたそんな麁匆をやつたのだ。」

「え、、此処の角屋敷で豆鉄砲を喰ひまして、慌てて遁出します拍子に、何でも此のあたりで何かに抵触つて転覆つたと存じましたが、真闇三宝に駈出して、道で気が着くと大事な角がなくなりました。此処いらに相違ないのでございますが、何とお見懸けなさりませぬか。」

老人はいよ〳〵其に極りたりと心密に喜びながら、

「む、、而して其は金々と光つて居ような。」

こは手懸の出来たるぞと、鬼は大きに力を得つ。

「おつしやる通り金色の光があるのでござります。」

「いやに箔なんぞを置いてぴか〳〵さした処なんざ、擬物らしいが、何うだ。黄金の角なんてつひぞ画に描いたこともない。」

「滅相な人間になにが分るもんで。鬼夥間でも黄金の角となると、ヅツと位が可いのでさあ。」

「ふむ、して見ると銀のもあるな。」

「青いのもござります。青いのが黒くなります。それから銀になつて、それからでなけ

れば黄金色にはなりません。」

「いかさまな。」とほく〳〵頷く老人は、遺失主の確に渠なることを信じて今更に頷くにはあらず。其懐中せる霊物の一段貴重なるものなることを了せしなりき。

四

幽冥肉眼の得て物色ふべからざる悪鬼の世に出でたるは既に奇なり。其鬼の処女の如きも亦奇なり。然れども優愛彼の如き老人が一朝梟欲無慈悲の小人となれることの更に奇なるには如かざるなり。読者は渠が鬼の角を拾ひて、これを我が所有としたりしを忘れざるべし。

鬼は老人の口振に因りて少なくとも角の所在を知れるを信じ、早くこれを取返さむと、ますます己を謙れり。

「え、何卒御手にございますならお返し下さいまし、それとも在る処を御存じならお教へ下さる様に願ひます。」

「そんなものは知らないね。」と老人は横を向きぬ。

余り意外なる返答に鬼はこれを真とせざりき。

「御串戯おつしやりますな。」

「知らないよ。」

「もし、串戯ではござりません。」

「はい、串戯ではござりません。」

「こりや驚いた。」鬼は老人を瞻りぬ。老人は空嘯き、

「此方も驚く。知りもしないものを、汝飛んだ言懸をしやあがる。」

と逆捻を喰はしたり。

「唯知らないぢやあ分りません。」

「否、知らないから分りません。」

無法極まる言分に赤鬼は嚇となり、煙の如き呼吸を吐き、眼を瞋らし、牙を噛み、摑懸らむず気勢なりしが、忽ち夜叉の相好崩れて、

「汝！　憎い因業親仁、唯一口と思ふあとから、何だか無暗に不便になつて、爪もあてられねえ。はて、面妖な。何うしたのだ。えゝ、堪らなく気が弱くなつたぞ。むゝ、口惜い。」と悄乎して自から其心を怪む如し。

「むゝ口惜くば喰ひ着け。年こそよつたれ、腕は確だ、さあ来い。」

と鬼にも組まむず元気なり。鬼はます〳〵悄気返り、

「何うも〳〵我慢にも力が出せねえ。はて、左様な因業をおつしやらずに、戻して下され、後生でござる。」と老人の袂に縋れば、「えゝ、つくな〳〵」と振払はれ、なほ懲ずまに取縋るを、老人はあらけなくも肱に懸けて突飛ばせば、鬼はたじ〳〵と蹌踉きて、思はず小僧に躓きたるが、活の法にや協ひけむ。先前より其処に打倒れて、呼吸絶えた

りし長松は、うむと一声蘇生り、死なざりし以前怪物に抵触られし時の驚駭をこゝにいひ顕さむとなすかの如く、わつと叫びて飛起きしが、唯見れば凄まじき赤鬼の己が傍に立てるにぞ、更に啊呀と絶叫して、隠居の腰にしがみ着き、「お助け〳〵。」と歯の根も合はず。

然るに小僧が予て経験上仏と信じて、鬼の手より救はれなむと、頼の綱を投懸けたる、隠居の心は鬼なりき。

「えゝ！　煩悩な、此小僧め。」

其横面を張飛ばせば小僧は痛さに目眩めきてまたもや大地に伏転び、あ痛あ痛と呻く処を土足に懸けて蹴飛され、小僧は咽喉も裂けむずばかりに足手を悶えて号泣せり。鬼は慌てて抱上げ、

「おゝ、可哀相に泣くな〳〵。」

其背を撫でて勦りつゝ、老人の強欲なる、いかに哀願すればとても、角を返さむ気色の無きに、今ははや断念けむ、怨めしげなる顔色にて老人を瞻りつゝ、

「汝人非人、末はいゝことがあるまいから、左様思へ！　さアらばだア。」

最物凄き音調以て、謂ふかと見れば姿は無し、吹消す如く失せたりき。

蟬の鳶に攫はれたる、其時の心地いかんと我身に知るは小僧なるべし。渠は隠居に蹴飛ばされて、剰へ鬼の手に捉へられつ。痛さ、悲しさ、恐しさに、声も得立てで足掻くうち、其身は紙鳶に化したる如く蹈堪ふべき足懸もなく、ふわ〳〵と宙を差して、行方

も分かず舞揚り、下界遥かになりけるにぞ、後の危難はともかくも、今落されては微塵にならむと、鬼の腰にしつかと縋り、後は野となれ山となれ、眼を瞑りつゝ行くほどに、海越え、山越え、谷越えて、鬼は其棲家なる怪雲洞にぞ着きにける。

五

「毘舎闍、今戻つた。おい、開けてくれ。」外に立ちて音信るゝは、角を遺失せし赤鬼にて、渠が名は鳩槃茶といふ。毘舎闍といふは妻の名なり。

「応。」答ふる声は毘舎闍なるべし。婦人に似げなき裸体にて、腰に豹の皮を絡へるが、鉄の門を引開けつゝ、

「おゝ、旦那殿お帰か。」

紙燭を照して出迎へぬ。

「つい用があつて、手間取つて、存じの外遅くなつた。眠かつたらうに堪忍しな。」

恪譚ひつゝ、鳩槃茶は、小僧長松を背後に庇ひて、毘舎闍の後より門に入れり。女鬼は不図立停りて、頻に鼻をひこつかせ、

「あれ何だか人臭い、はてなあ、お前は何うだえ？」

持てる紙燭を振照して、彼方此方を見廻せり。鳩槃茶は素知らぬ顔にて、

「そりや主が気の故だ。閻魔の庁から先触も来ねえのに、今時誰が来るものだ。」とさあらぬ状に紛らせども、毘舎闍は更に肯入れず、

「いゝやよ、確に人臭い。しかも生々しい匂だによ。こりや何うも男の児だ。」

小僧は此声を聞くと斉しく、ぶる〳〵と震上り、口の裡にて、

「南無お地蔵様々々。」

星を指したる毘舎闍の言に、今は隠すも詮なしと、鳩槃茶は打明かして、小僧を連帰りたることのみを語り、己が角を失ひしことは、さすがに恥ぢて謂ひも出でず、唯其小僧を己が家に養ひ置く旨を告げぬ。其食ふべからざるよしを聞きて、毘舎闍はさも本意な気に、

「お土産かと思つたら食客かい。物気の高いに迷惑なれど、今夜は常に無くお前様が、(眠かつたらうに気の毒だ。)なんて、優しくいつておくれだから、あい、私も謂ふこと聞きませう。これそこな小僧さん、大事ない此方へ入りや。」

先づ生命には別条無しと、小僧は俄に元気づき、ちよこ〳〵と走り出でて、毘舎闍の前に叩頭し、

「へい、御新造さん今晩は。はじめましてお目に懸ります。へい、つい御勝手を心得ませんもんですから、失礼をいたしました。」

愛嬌よく挨拶すれば、

「飛んだ気軽な小僧だの。」と夫婦斉しく打笑ひ、其まゝ内に伴ひたり。

鳩槃茶どつかと胡坐を掻き、

「あゝ！　滅法界草臥れた。さてと留守に何もかはりは無しか。而して誰も来なかつたか。」

「先刻閻魔様からお使でね。明日は新入が一人あるから其目算で居ろと、報知て来ました。こりや美しい婦人ださうだが、嫉妬で狂死をしたんだとさ。例に因つて若い者が、表の庭で、今夜夜通火を熾して、来たら直ぐ火責にしようといふので、折角支度をして居るが、お前まあゆつくりと休むが可い。」

小僧は片隅に踞まりて、奇異の思をなしたりき。男鬼は聞きつゝ打頷き、

「あゝ、さうだつたか。これ一寸其帳面を取つてくれ。」

毘舎闍をして、木の皮もて表紙としたる一冊の帳簿を取出さしめ、人間の爪或は胸より燃ゆる火焔に照して、繰広げつゝ、打視め、

「むゝ、こゝに在る、これだな。年紀三十、名は艶といふか。家附の娘で養子をすること、十六の年紀から今に到るまで五十一人、非道い奴だ。皆嫉妬のために家内折合はずして、不縁となる。終の婿何某も居堪らで遁出だす。これは増花の出来たる故と、思僻めて、嫉さ嫉さが嵩ずるより、狂気となりて往生するものなり。いかさま、これは恐しい。」

と怪雲洞の主は舌を巻きて三歎せり。予てお饒舌の長松は人を択ばで談話したき性なるゆゑ、先刻より口はむず〱すれども、対手の気心の知れざるため、話柄を見出すに

困みて、不得止黙したるが、洩聞く帳簿中の艶なる婦人は、小僧が心当の者なりしかば、得たり賢しと差出でて、

「旦那、そりや破損町の者でせう。え、え、左様でございますか。そりや知つてます。其処の老人は内の御隠居様と碁朋達ですから、よくお随伴で参りますが、彼処の御新さんと来た日にや名代の嫉妬家で、何しろ門口へ入りますともう芬と匂ひます。」

「ふむそんなことも書いてある。」鳩槃茶は毘舎闍を顧み、笑を含みて戯れたり。

「些たしなむが可いぜ。」

六

毘舎闍の未だものいはざるに洒落者の小僧は図に乗り、

「へ、、御新姐さんもそれですか。道理で腥い匂がする。其癖人のことを人臭いとおつしやつたが、譬にいふ臭いもの身知らずですな。」

毘舎闍は眉を昂げて、

「この小僧、天窓から塩を着けるぞ。」

威されて小僧は蒼くなり、

「おつと、黙らう。此口は不可い餓鬼だ。」と自分の唇をぷつりと抓りて、また片隅に引退れり。毘舎闍は小僧を流眄に懸けて、良人を見る眼に怒を含み、

「お前、何だつて気の悪いことを謂ふえ。」

「なに串戯だ、串戯だ。仲直に一杯遣らう。」

妻は早くも意解けて、異議無く酒肴を按排せり。鳩槃茶は、髑髏盃に猪の生血を酌がせながら、雪なす色の肉あるを視て、其眉を顰めたり。

「この肴ぢやあ飲めねえな。」

「おや、妙なことをお謂ひだ。こりや十八の婦人の肉だ。脂肪が乗つてるから甘味よ。お前、何より好物だらうぢや無いか。」

鳩槃茶は身震して、

「おゝ、嫌なことかな。己あもう何だかこんな品は薩張気がねえぜ。余り酷たらしいからの。こう、切たてだと見えて、まだびく〳〵動いてるやうぢや無いか、気味の悪い。」

と鬱込む、毘舎闍は太くこれを怪み、

「まあ何うしたといふのだね。をかしな鬼だよ。お前さん今日に限つて何うかしやしないかい。」

鳩槃茶は首を低れつ。

「何うも斯うも無えわな。まあ〳〵二三日精進だと思つてくれ。見たばかりでも胸に支へる。ええ、而して此酒も弱つた、まだの濁酒の方にしよう。あのさ、牛の涎を出しな。」弱々しき良人の言種、平時とは打つて変りて、恰も別人の如くなるにぞ、毘舎闍は疑の眼を睜りて、渠が顔を右瞻左瞻、

「あれ、妙なものをお前被つて居るね。そりや何だえ。」鳩槃茶は角なき天窓を秘さむため、道にて工夫し来りたる、被物に眼を着けられ、南無三と少しく狼狽へ、

「これかえ、こりや何だ、娑婆で毛僧帽子といふものだ。おつりきなものよなう。路で雨が降出したから、一寸取つて来たのさ。」

「そんなものは脱いでおしまひ。憚りながら怪雲洞に雨は漏りやしないから。」

これを脱ぎては直ちに露顕と、鳩槃茶は天窓を抑へ、

「暖かくつて可い心持だ、脱ぐが最後風邪をひく、大眼に見てくれ。」

「何だい、まあ不景気な、而してそりや坊主の被るもんぢや無いか、え、見たくでもない、嫌なこつた。」

「そんなことをいふけれどの、嫁いびりの鬼婆が天窓を見ると坊主なのがある。寒凌ぎだから可いでは無いか。早く濁酒を燗してくれろ。熱いのを引かけよう。」

「お肴は何にしようね。」と燗をしながら毘舎闍は問へり。鳩槃茶は打案じ、

「菜ツ葉に油揚、ひじきに青豆といふ処はあるまいか。」

毘舎闍は余のことに噴出したり。

「何うかしてるよ、此鬼は。異国の食物を食はうなんて。」

「む、さうだつけの。なに、なければ総菜で可い。さあ酌いで下つし。」

「ぐつとやつて、元気をお着けな。何だか余り不景気だ。」

牛の涎の酌をする。

「おと、ある〳〵。己に構はず、お前可いものを喰はつしよ。」

「喰べなくてさ。もう、堪らない、これを見ちやあ。」

毘舎闍は若婦人を料理しつといふなる、件の白き肉のなほ体温を存したるが、鮮血の垂るを喰欠きつゝ、胆を潰せる小僧の顔を微笑みながら見返りぬ。

「小僧さん、お前何かくはねえか。」

謂はれて小僧は苦笑して、

「へい、実は先刻から腹が空いて、咽喉がぐび〳〵謂つてますが、婦人の肉だなんて、何うも共食は恐れますなあ。」

「む、ぢやこれにしろ。」鳩槃茶は他に一皿の食物を与へたり。小僧は恐々差覗き、

「変に青臭うございますな。こりや何といふ野菜ですね。へい、妙に匂ひますな。」

「そりや蛇の雷干だ。」

七

小僧は「えゝ！」と摺下り、顔色変へて驚きたり。鳩槃茶はこれを見て、

「種々な食好をする贅沢な奴さんだ。雷干が食べられなけりや、これを遣るから食つて見な。」と食懸けたる吸物椀を、小僧の前に押遣りつ。小僧は遠くより打視め、

「蜥蜴ぢやありませんかね、せめて赤蛙か蝸牛なら何うにかやつてお目に懸けます

が、蛇の雷干なんざ、聞いても恐れますよ。へい、折角下さるものをお辞儀しちやあ却つて失礼にあたりませうが、実は虫だけは御免蒙りたうございます。」

「そりや、虫ぢや無い、幽霊さ。」

平然として語る毘舎闍の言に、小僧はます／＼逡巡して、疾には答も出でざりき。小僧の太く因循なるに気疾の毘舎闍は苛立てり。

「えゝじれつてえ！　折角私の遣るものを愚図々々して食はないと、汝の方を食つちまふぞ！」

「ひえゝ、食ひます。戴きますよ。何うも大変なことに成つて来たなあ。何で死んだ幽霊でせう。伝染病ぢやございますまいか。」と小僧は既に泣声なり。鳩槃茶は腹を抱へて、

「何かと思へば訳もないことを謂ふ奴だ。人の死んだのぢや無い、幽霊といふのは五位鷺の吸物だ。」

「五位鷺ですとえ。ぢやあまあ人間に御縁があります。へい戴きませう。」

小僧はやう／＼人心地せり。

「何うだそれならば食はれよう。まだ亡者と称へて海豚の刺身もある。」

小僧は正体を聞きて心を安んじ、空腹のことなれば、（亡者）と（幽霊）を多量に食し、飽けば乃ち眠気ざしつ。朝来主人のために散々に使はれし疲労もあり、殊に角屋敷の戸口にて異形の怪物に抵触られしを始めとして、心を激すること度に過ぎたれば、前

後を忘れて坐睡を始め、果はころりと肱枕して、ついぐつすりと熟寝せり。

恪て幾時を経たりけむ、小僧の夢を破りし時は、鬼の夫婦は傍にあらで、酒肴の調度も片付きたりき。

小僧は主家にありし時の朝とは違ひ、強ひて起されしにあらざれば、眼は分明と開きたれども、心は半ば夢路を辿れり。

「先づ生命には別条無しと、こゝで落着いて相談をせねば可んよ。喃長松。」

「へい。」と自から小声に答へつゝ、首を縮めて舌を吐き、

「何だ馬鹿々々しい。えゝと、あゝして、あゝやつて、お汁粉を喰べたと、それは先づ可しで、それからあゝなると、あゝなつて、而して、あゝして、それが済むと宙へふわり。……待てよ、此処らから怪しいんだ。(夢に夢を見た夢を見る)ことがあるもんだつて番頭さんが謂つたつけが、おらあ、幾つめの夢だらう。(夢に夢を見た夢を見るか)さあ、分らない。(夢に夢を見た夢……)えゝ、つまらない。こんな六かしいこと考へてると、眠くなつて、また夢だ。さう〳〵夢ばかり見て居ちやあ目が覚めない。何でも可いとして、こゝは何処だらう。妙に薄暗い変な家だ。」

なほ頻りに円なる眼をきよろつかせ、

「おつと、妙不思議、奇代、素敵と面白いことがある。彼処の棚に乗つてるなあ、昨夜雄の方の鬼が開けて見て、「お焼の御新さん」の何時何日に往生するといふことを検べた帳面だぜ。待て待て、一つ見て遣らう。玉乗も見たいものだが、あれと、大社の縁

結の帳面ほど見たいものはないよ。」

と無遠慮なる長松も極めて秘密なるものならむと思ふにぞ。跫音を盗みて恐る〳〵彼の帳簿を取下し、手疾く開きて一眼見しが、俄に失望の声を揚げたり。

「あゝ！ 情ない。こりや弱つたな。ちつとも読めない。皆が（手習をしろ〳〵）といふのを、（ヘン屁ならば放ろ、）なんてつて馬鹿にしたが、あゝ！ 悪かつた。こゝで字が読めようもんなら、番頭佐兵衛今日頓死とやつてころりとさせてやらうものを。口惜いな。待てよ、一寸、天神様にお汁粉を禁つて見ようか知らむ。」

小僧は一字も読めざれども、またと得難き宝なれば、未練起りて棄てもならず。はじめより終りまで一葉々々丁寧に繰返し、穴のあくまで視詰めつゝ、うつかりとする耳を貫き、

「きやつ！」と叫べる婦人の声せり。

小僧は思はず飛上りて、

「ほう、吃驚した。見着けられると天窓から塩だらう。」と旧の処に帳簿を納めつ。耳を澄ませば婦人の悲鳴頻に聞ゆ。

八

小僧は婦人の泣声を慕ひ行きて、とある板囲の隙間より、其外の方を覗きけるに、其

処は樹も無く、草も無き、一面の砂原なるが、中央に六尺四面ばかりの大なる穴を穿ちて、これを炉となし、炭を山の如くに積上げて、焔々と火を起し、牛頭馬頭の鬼大団扇を以てはた〳〵と煽立てつ。上座とも見ゆる処に、一脚の鉄榻を排して、鳩槃茶は其妻の毘舎闍とともに在り。

此方に瘤ほどの小さい角ありて、犬の皮の褌襠したる、劣等の鬼両個あり。左右より無手と一個の妖艶なる婦人の手を扼りて、荒らかに引立てなむとす。

悲鳴を上ぐるは此婦人なり。既に奪衣婆の手に剝取られぬと覚しくて、腰のみ布もて蔽へるが、丈なす黒髪蓬の如くはら〳〵と乱懸れる間より仄に洩るゝ、顔は物凄きまで蒼ざめたり。渠が全身の雪は今や烈火の上に置かるゝならむ、かよわき腕に力を籠め足を以て地を蹴りつ、其まゝ土に根を下して、一歩も動かじとぞ悶ゆるなる、其容貌の誰なるかを、戦きながら小僧は視たり。果せるかな、これ昨夜風説されし処の妬婦なりき。

小僧は呼吸を密めつゝ、一種残虐なる演戯を見物せり。効なき婦人の力にていかばかり抵抗するとも、いかんぞ渠等に敵すべき。苦もなく宙に引立てられ、将に火坑に投ぜられむとしたりし時、突然、鳩槃茶は手を挙げて、両個の鬼を制し留め、

「待て、待て。」

「待てとは？」獄卒は怪めり。鳩槃茶は弱々しく、

「余り可哀相だ。塵芥ではあるまいし。生身の人間を火責にするなんて、そんな非道なことがあるものか。まあ休にしろ〳〵。」

元来ものの憐愍を知る惻隠の情なるものは、直立動物を形造る分子のうちに在るものなれば、いかに残忍なるものといへども、衷心一点の慈悲無きはあらざるべきも、渠等鬼の社会には寸毫もさせる傾のなきものなれば、殆ど予想にだも及ばざる鳩槃茶の言を聞きて、雌鬼毘舎闍は謂ふに及ばず、一同呆れし状なりき。

鳩槃茶は渠等に向ひて、憐愍深き老人の口気を帯び、

「何うぞ堪忍して遣つてくれ、己あもう何ういふものか、いぢらしくて堪へられねえ。」

「いぢらしいた何のこつたい。」と毘舎闍は堪り兼ねて呻出せり。

「先刻から聞いてりや、イヤ哀だの不便だのとお前そりや仏の方で謂ふこつた。馬鹿々々しい！」

「さうでないことさ。仏だつてあながち嘘ばかり謂ふでもない。偶にや感心なこともいふわな。」と生暖きいひぶりなり。

「だつてお前、それにした処で此婦人は悪性者で、沢山男を玩弄にした淫婦だといふぢやあないか。」

「姉御左様だとも。」鬼等は声を揃へて謂ふ。鳩槃茶は首を掉り、

「うんにや、普通の人間より罪障の深い女人はなほ不便だ。罪を造つた奴と思へばおあ可哀相で涙が出る。」と真実の涙を流す、毘舎闍は癇癪の牙を噛み、

「此鬼や串戯ぢやないぜ。お前、閻魔様からいひつかつて、地獄から出張して、最寄の亡者は此方で処分をしようといふ、怪雲洞の主人ぢやないか。そんなことを謂つて済む

と思ふかい、贅六め。」

鳩槃茶は投首して、

「何と謂はれたつて仕方が無い！　一層極楽へ宿替をしようか知らむ。」

「姉御、親方は気が違つたんだ。」

「而して見や、変なものを被つてらあ。」

鬼等は叫べり。

毘舎闍は気着きぬ。

「うむ、さう謂へば、昨夜帰つたまんまで、まだ脱がねえ。何でもこれを被つて来てから、しみつたれなことばつかしいふが、こりや一番穿鑿ものだよ。おい、其頭巾を取つて見せな！」

「えゝ！」と鳩槃茶は顔色変へて、毘舎闍の取る手を遮りぬ。

「おや！　いよ〳〵怪いぞ。皆な一寸手を貸しな。」

「合点だい！」

「それ無暗にひんめくれ。」

ばら〳〵と立懸れば、こは堪らじと掻潜る、毛僧帽子を抜取られて、鳩槃茶は撞と坐し、

「いや早、面目次第も無い。」と天窓を抱へて踞まる。

其角の無き坊主頭に、左右を囲める鬼等は、顔見合せて茫然たりき。

九

「あれ！　あれ！　酷いことを遊ばすよ。あれえ！　誰ぞ来て下さいまし。」と泣声を揚げて救を呼ぶに、女隠居の慌しく駈け行く一室には、彼の鬼の角を拾ひし老人、肌脱になりて嫁の胸倉を取つて伏せ、片手に持てる盃の酒を其口に注がむとして、薬を幼児に飲ます時の如き大騒をなしつゝ、ありけり。

女隠居は大に驚き、

「酒狂にも事を欠いて、お爺様何をなさる。」と余りの所業に腹立たしく、勃気になりて極附けたり。老人は血走りたる眼を剖きてぎろりと睨み、

「婆々の出て来る幕では無い。引込んでろ！」

「いゝえ、引込んぢやあ居られません。何処の何処にかお前さん、若い婦人を摑まへて酒を口ン中に注入れるなんて、狂気染みた真似をするものがありませう。お対手が無くて淋しければ、悴なり、私なり、いくらもお対手をしようでは無いか。ほんに〳〵本気の沙汰とは思はれません。」

畳を叩きて詰寄りぬ。老人は取つても附けず、

「己のしたいことを己がするに、誰に遠慮が要るもんだ。何も酒の対手をさせようといふのでない、世話を焼かずと引退れ。ちと思はくのあることだ。」

「其思はく聞きませう。」と老婆は開き直りて、

「お前様嫁どのは九月の病人だよ。手荒いことをして、もしひよつと仕損があつたら何うなさる。ちやつと其処をお退きなさい。」と老人を押退くれば、嫁は這々擦抜けて、泣きながら遁出したり。老人は突立ちて、

「やい、待て！ 用がある。おのれ、舅のいふことを肯ないか。」

追懸くるを懸隔てて、争ふ老婆を突飛ばし、血相変へて躍出づるを、

「まあ〳〵、下に居て下さい、これ父様。」

此時馳来れる若主人は戸口にて其父なる老人を抑留し、辛うじて座に就かしめ、

「もし、何うしたものでございます。母様こりやまあ何うしたことで。」

と老婆の方を顧みたり。老婆は此方に向直り、

「お、、悴か、良い処へ来てくれた。」と其一条を語るを聞きて、若主人は眉を顰め、

「驚きますな、飛んだことをなさいます。」

「飛ぶも飛ばぬもお前摑まへ処のある所業ぢやないわね。」

「さればですな。病人の嫁を捕まへて、押伏せて、咽口割つて酒なんざ、お話になりません。」

二人の頰に非難するを、空耳走らせて聞かざる状を装へる老人は、此時不意に一喝せり。

「黙れ！ 黙れ！ 汝がそんなことをしやべる口も原は己が拵へて遣つたのだ。己とい

ふものが、もしさ、此己といふものが居らなかつたと仮に思つて見ろ。汝といふものが此世へ出よう筈のない理窟だ。喃、可しか、已に汝がなかつたものとして見れば、嫁も何もあるもんぢやあ無い。身体を拵へて貰つた礼として、彼の嫁を己に呉れろ。何と異存はあるまいな。」

「彼の父様が何をおつしやるやら、とかく御酒の上でございませう、は、、、。」と若主人は笑に紛らす。然るに老人は生真面目なり。

「おのれ！ 酒の上だなんぞと、悪く己を嘲弄しやあがる、串戯では決して無いぞ。」

「而してまた悴の嫁を何になさる。」老媼は傍より問へり。

「うむ、何にしようと、彼にしようと、貰つた上は己の勝手だ。」

「いえさ。」と老婆は推返して、

「無暗に酒を飲まさうとして、思はくがあるとおつしやつたが、さあ、何ういふ思はくか、それ聞かせて。」と詰寄れり。

老人は澄し込み、

「なにも、高価酒を酔狂に振舞ふ訳はない。一寸酒汐で味をつける目算さな。」と真顔にて謂ふ。

「おや。酒汐で味をつける。悴や、何のことだらうの。」

「へい、奇代なことをおつしやいますが、父様、何でございますえ。」

母子は老人を瞻りぬ。

「何をつて、嫁をよ。」

「え、!」

「彼奴、むつちりして何様にか旨からう。」

と老人は早舌なめずり。

十

「あ、お情ない父様、左様なことをおつしやるのは果然御病気の故でございます。何卒とつくりお心を落着なすつて、お薬を召上つて下さいまし。此間から些少宛御様子が変でございますので、種々薬を差上げましても、更にお用ゐございませんが、其ではお悪うございます、え、もし父様。」と愁然たり。老人は無頓着、

「薬も品に因つちやあ飲まんでも無いが、葛根湯やなんか元伯の調合ぢやあ見る気も無えの。」

「ではまあ何様薬が可いのだえ。」

「老年の薬には、蝦蟆の精血。蝦蟆の精血が一番可いて。」

「え、なに、蝦蟆の精血!」と母子は吃驚、

「む、蝦蟆の精血に限る。悴や、早速飲ませてくれ。」

若主人は困じ果て、

「御無理ばつかりおつしやります。今時何処に蝦蟆の血が……いえさ、あつたにした処で、人の飲むものでございますか。」

「知れたことだ。人間の飲む様な不味物が飲めるかい。」

「あれですもの、母様。」

「おい喃。」と母子は顔を見合せぬ。

「おい、早速ながら蝦蟆の精血に有附きたいな。」

若主人は益々窮し、

「此節蝦蟆が居りますものか。余り御無理でございます。」

「だからよ、強て薬を飲ませろとは謂はん。嫁を呉れりや其で可いのだ。」

「嫁御は活きて居りますわね。」

老人は冷笑ひ、

「死んではまるつきり味が変る。何がなし、活きてる奴を引裂いて、手足をばら〳〵にする。可いか、臂の肉は刺身にして、心臓の血を打懸ける。あとは吸物よ。骨は叩にしてもり〳〵とお茶請だ。処で生肝が甘煮になる。臓腑はぶつ〳〵切にして脳味噌で和る奴さ。こゝに尤も己が目を懸けるのは彼のはらんで居る嬰児で、こいつ附焼にして天窓から噛む。まあ何んなにか旨いだらう。」と言懸けて涎を流しぬ。

若主人は蒼くなれり。老婆は声を震はせて、

「えゝ、もう何の因果で此様恐しいことを聞くことだ。ほんに〳〵虫も殺さぬ仏の様な

人だつけが……」

皆まで謂はせずせゝら笑ひ、

「汚はしい、嘘にも仏なんていつてくれめえ。癪に障る。」

と嘯けり。

老婆は胸を据ゑて身を擦寄せ、

「要らざる長生をするから起つて、聞くまいことも聞いたり、見まいことも見たりします。私はもう此世に愛想が尽きた。あの可愛い嫁殿に指一本でも指されようか。ちやつとお食りなさい、嫁のかはりに私を食はつしやれ。さあ、喰附け、覚悟した！」

「なに、私を食へだ、圧の強い。脂肪気も何にもない、まるで金魚麩の様なものだ。薄汚え。」

かつぷと痰を吐懸くる、狼藉既に人列の外にあり。

「余りだ〳〵、父上余りだ。とても本気の沙汰ではあるまい。店の物が使に行けば寒からうといつては御自分の炬燵にあたらせてお遣りなさる。老人が蚤く起きては若い者が寝からうと無理に御寝なつて在らつしやる、といつた様な父上が、誰の怨、何の罰で、浅ましい。折角御丹精遊ばした内の暖簾に疵が附く。貴父の恥と思ひますから番頭始め店の者親類一家不残に秘して居れば相談もならず。一体節分の晩お帰りなされてから急にをかしくなんなすつたは、大方道でひよんなことがあつたのでもあらうかと、推量をするばかり。お陪従をさした小僧が居れば、些少はあたりも就かうと思へど、彼も其ツきり行方知れず、何を何うして可いのやら、殆ど途方に暮れまする。」父への意見、母への繰言、己が愚痴さへ取交ぜて若主人は呟きつ。唯見れば老人は足踏伸し仰様に踏反りて、鼾声雷の如くなり。若主人は歎息して、

「母様。」と其傍に差俯向ける袖を曳く。

「おいよ。」と老婆は振返る。

「母様。」

「悴や。」

「弱つたことになりましたな。」

「何とか嫁とも相談して。」

「方法を着けねばなりますまい。」

眼を覚さしては面倒と、ぬき足して忍び出で、嫁の居室に到り見れば、衣類調度を取散らして、おや〳〵おや！　嫁は泣く〳〵落支度。

十一

若主人は慌てて嫁の袂を控へ、

「これ〳〵お花お前こりや何処へ行く。」とおろ〳〵声なり。嫁は花の紅の襦袢の袖を嚙切めながら、

「何処へも行きはいたしません。お父様のお望なら私や殺されても可いけれど、肚の児まで恐しい附焼にされては可哀相でございますから、済みませぬが暫時実家へ参ります。何卒堪忍して下さいまし。其かはり身二つになりますれば、直ぐ帰つて来て、鱠にでも刺身にでもなりませうと、覚悟して居りまする。」とわつとばかりに泣出せり。

若主人は貰泣して、

「おゝ、それでは残らず聞いて居たか。」

「あい、心許なさに窃聴して私や酒汐を飲まされたことも、手足をばら〳〵にされることも、もう、疾に存じて居りますよ。」

「やれ勿体ない。爺様の謂ふこと肯かうなどと、虚にも謂つておくれでは、却つて罰があたります。早くお里へ遁げておくれ。お前も定めし愛想を尽して、また帰つて来てはくれまいけれど、楽にして居る初孫の顔だけは、これぢや、拝みます。そつと見せて下されや。」と手を打合せて老婆は泣く。若主人は遮りて、

「しかし母様。今嫁が帰りますと、里をはじめ怪んで何故といふ疑ひを起しませう。すれば秘すにも秘されず、明けて謂はねばなりませぬ。狂気も多いけれど、何処に人間を食はうといふ恐しいのがありませう。私は何うしても父様の恥を人に知らしたうございません。これお花、まさかお前を生きながら肉俎の上へ載せる様なこともせまいから、我慢して行かずに居て呉れ。私が一生の頼ぢやほどに、肯分けてくれまいか。」

と熱き涙を灑ぎける。嫁は身もよもあられぬ思、屹と心を定めたり。

「唯、宜しうございます。貴下さへ御承知なら、何の生命を惜みませう。里へ参ると申したのも、肚の児が大切に、思うたゆゑ、私の身は万が一ぶつ〳〵切になりましても、ちつとも厭はいたしませぬ。」といと潔く言放ちぬ。

「お丶、よくいつてくれたぞ。」と姑は嫁に縋れり。

「これで一方は片附いたが、さて困るのは父様の容体ぢや。息子は思案の腕拱く。

「もし、貴下。何とかしやうはございませぬか。」

「さればさなう。」

と三人が斉しく首をうなだれて、暫時言途絶えたる時しも深と夜の更けて、丑三の鐘幽に聞え、寒さ、寂さ、身に染みて、鬼気陰々と人に迫るに、一座思はず慄然とする、天井の方にてくすくす笑。啊呀と見れば人も無く、唯声ばかり聞えつ丶、

「は丶丶丶、へい、旦那今晩は。御新姐様、お寒うござい。は丶丶丶、御隠居様、御機嫌宜しうツ。」

「あれえ！」

「おや！」嫁も老婆も蒼くなりぬ。

「誰だ。」

「へい、御存じの長松で。」

「なに、長松だ。をかしな奴だな、何処に居る〳〵？」

若主人はあたりをきよろ〳〵。

「旦那。此処に居ますよ。此処に〳〵、は、、、。」小僧は破風口より顔を出して、「あばッ」

十二

小僧は三人を驚かせり。

三人は実に驚きたり。驚きたる三人の傍へ小僧は身軽に飄然と下りて、主人の前に畏まりぬ。「へい、多日御不沙汰いたしました。」

「御不沙汰も無いものだ。汝一体今まで何処を……」

若主人の語未だ半ばならざるに小僧は急に遮りたり。

「否、旦那。（今まで何処を）なんて私を叱つていらつしやる隙はありませんよ。へい、驚いちやあ不可せん。」

これより小僧は予てのお饒舌に悉懸けたる疾口にて、お汁粉以来の怪談をさら〳〵と物語り、

「でね、旦那私も思はず噴出しました。奴が天窓を抱へて悄気返つた其風采ツちやあないんですもの。

へい、角の無い鬼は初めて見ましたね。処が笑つたのを聞いたと見えて、（や、人間

の声がする)と、青鬼が飛んで来て、私を摑出します。一方ぢや雌の鬼が、(角は何処へ何うして来た)つて雄の方を小突廻すと、其奴がいふにやあ、(つい節分の豆に面くらつて、遁出す機会に、此小僧に抵触る拍子に落ことしたのだ)と私を指さして、(これの主人と見える老年に奪られた、)といひました。もし、旦那、御隠居様は鬼の角をお拾ひなすつたといふのですが、そんなものを持つていらつしやいますか。へい、へい、成程はあ、邪慳非道なことを。へい、いやそりや屹と其故でせう。ですもの、角を落した鬼の方は、無暗に憐つぽくなつてまさあ。処で鬼等が寄つて、懸つて、(そいつは異事だ、早く取返さねば、不可)つてセツついてね、とう〳〵赤鬼を納得さして、其処で私を案内者にして、暗雲で御家まで駈けて来ました。すると例の赤鬼が、(こんな態で不意に推込んぢや、家内の者が吃驚して目でもまはすと気の毒だつて、)何処までも優しいね。他の奴等が、(何、構ふものか)といふのを無理に控へさして、私を先触に一寸御案内に寄越しました。早く何処かへお遁げなさい。今にも飛込んで参りますぜ。

私は先づ御免蒙りましてお先へ遁げます。また蛇の雷干なんて、乱暴なものを食されると大変だ。誰方もお早く。」と謂ひもあへず、尻引褰げて遁出したり。

三人はなほ半信半疑の間に迷ひて、遁げむともせで猶予ふ内、腥き風一陣破風口より入るよと見えし、鳩槃茶は牛頭馬頭の鬼を従へて、俄に姿を顕せり。

これにぞ啊呀と驚きて、転けつ、まろびつ、遁げんとする、最騒がしき物音に、奥なる老人は眼を覚し、

「ばた〳〵する！　ばた〳〵する‼　ばた〳〵する!!!　おのれ！　嫁を遁がすんだな。」

謂ふより疾く躍り出たり。母子は既に遁たれども、身重なる嫁は走ること意に任せず、気をのみあせりて這擦廻るを、老人は目疾に見着け、矢庭に髫髪を無手と掴みて、宙に釣り下げ突立つ処を、鬼どもは早押取巻き、

「やい老耄、鳩槃茶の角を返せ。」

「否だといふが最後だぞ。」

鉄棒を突立てて牛頭と馬頭とが呼はりたり。老人は怯気ともせず、冷笑ひて嫁を指さし、

「己あこれの舅なら、汝等は千疋来た処でたかが小姑の分際だ。なに猪口才な、一旦手に入る宝物、舎利になつても渡すものか。ならば腕尽で取つて見ろ。」

「問答無益だ！」

「遣附けろ。」

鉄棒取伸べ身構ふれば、老人は騒げる色なく、徐に懐中を掻探り、件の宝を取出して、

「金の角だぞ。」

牛頭馬頭は逡巡せり。蓋し金の角は渠等に対して、偉なる位階と、勢力とを保てばなり。

「金の角だぞ。」老人は再び謂へり。

渠等は一同に平伏せり。

老人は得意になりつ。繰返してまた叫びぬ。

「金の角だぞ。やい！　頭が高え。」

彼等は頓首再拝せり。これを見て老人はにこやかに、

「う、可し、可し、汝達も折角娑婆へ来たものだ、むざ〳〵とも戻されまい、此奴を少し宛捲つて分けて遣らう。」と捕へたる嫁お花の正体無きを差示しぬ。

「へい、難有う存じます。」

「見たばかりでも唾が走る。御馳走様でござります。」

牛頭と馬頭とは恐悦す。

鳩槃荼は悄然と座の片隅に彳みしが、今や老人の嫁を摑みて、足より裂かむとするを見るより、あわててこれを押留めたり。

「飛んだことをなされます。罪も無いお嫁御を滅相な、お土産なんぞ要ますものか。」

「でも已等が欲いんだい。」と傍より牛頭は叫べり。

鳩槃荼は声に怒を帯びて、

「控へろ！」と一喝せしが、金の角を持たざれば、少しも渠等を威するを得ざりき。

馬頭は軽侮の色を顕し、

「お前は今ぢや何にもならない。御隠居様が頼もしいや。」

「あゝ！　是非も無い。」鳩槃荼は悄然たり。

老人は委細構はず、あはや犠牲を屠らむとする時、後馳なる雌鬼毘舎闍は雲を踏みて

忽然と顕れつ。

「汝！　老耄、良人に角を返さぬか。阿修羅王より借請けた此剣が返せとあるぞ。」

玉散る剣を額に翳し、星眼鋭くはつたと睨めば、さすが魔王の威に恐れて、老人は打戦き、立ちも得せず膝行して、角を鳩槃茶に返しける。鳩槃茶は恭しく其角を三度戴き、一度天窓に冠むれば、こゝに再び備はりたる、夜叉の形相凄まじき鳩槃茶俄に気色を変へ、銀の髯を蠢かし、金の眼を怒らして、朱盆の如き口を開き、

「無礼至極の人非人、餌食にして腹癒せうにも、木葉の様な汝の肉は、口へ入れるも気味が悪い。其かはりに嫁を食ふぞ！」と焔の如き舌を吐く。

「やれ悲や。」と老人は身を投出して嫁を庇ひぬ。

見よ、老人が其本性に帰着せしは、鬼の角を棄てしに因るを。こゝに筆を擱きて、漫に乱神を説けるを謝す。幼年諸子、諸子また読過一遍の後は、此鬼の角を匣底に棄てて、更に机上の経典を繙け。

月の夜の鬼たち——自己疎外としての執念

高田 衛

一　疎外を生きる「鬼」

秋成の『雨月物語』も、いまはたいへん著名になって、その九話のひとつひとつの文学的読解もかなり進んでおり、現時点で多くをつけくわえることもなくなっている。しかし、そうはいっても、江戸時代の膨大な怪談の世界を背景にしたならば、話は別である。たとえば『雨月物語』全九話の全体のなかで、「鬼」という語が用いられるのは、わずか十四例でしかないことなどはあまり知られていないであろう。ほかに「鬼」の字を含む成語があるが、それも「鬼化（もののけ）」「窮鬼（いきすだま）」「鬼畜」各一例のみである。そして、興味深いのは、以上十七例のうち八例までが、「青頭巾」の章に集中していることである。

周知の通り、「青頭巾」は人肉食（カニバリズム）の話であった。下野国富田の里、その後ろに聳える深い山中の、由緒正しい大寺の阿闍梨の寵童が、ふとした病にとりつかれて、てあつい看護のかいもなく死んでしまう。阿闍梨の悲しみはいいようがない。

ふところの璧（たま）をうばはれ、挿頭（かざし）の花を嵐にさそはれしおもひ、泣くに涙なく、叫ぶに声なく、あまりに歎かせたまふままに、火に焼（やき）、土に葬（はうむ）る事もせで、臉（かほ）に臉をもたせ、手に手をとりくみて日を経給ふが、終に心神みだれ、生てありし日に違はず戯れつつも、其の肉の腐り爛るを吝みて、肉を吸、骨を嘗て、はた喫ひつくしぬ。

ということになってしまうのだった。

　気の狂った僧が、美少年の屍体を姦しながら、すこしずつその肉を啜り骨を吸って、とうとうその全部を啖いつくす――などという話題は、思い浮かべるだけで、鬼気迫るものがあるといってよい。少年の死体を「臉に臉をもたせ、手に手をとりくみて」という叙述も凄まじいが、それはたんなる愛撫の光景というより、人間が生きながらに、鬼に化してゆく過程であったに違いない。[1]

　寺中の人々は、僧も俗も「院主こそ鬼になり給ひつれ」と、あわただしく山を下りて逃げ散ってしまう。その後、阿闍梨は「夜〳〵里に下りて人を驚殺し、或は墓をあばきて腥々しき屍を喫ふ」ことがたびかさなった。里人は阿闍梨を「山の鬼」と呼んで恐れ、かつて阿闍梨の信者であり、親しい交際のあったこの里の庄屋も、「実に鬼といふものは昔物語には聞きもしつれど、現にかくなり給ふを（いまこそ、この目で＝論者補注。以下、引用文の括弧内は同じ）見て侍れ」と嘆き悲しむのである。

　この阿闍梨が、史に実在する快庵禅師（一四二二〜九三）によって、教化され済度される話が「青頭巾」なのだが、この段階では、秋成の用いる「鬼」の観念は明快ではっきりしている。すなわち日本人が古くから伝える心意伝承としての「鬼」の観念が、そっくり引き継がれているといっていい。

第一にそれは、山中に住むものであり、第二に人間を食うものであり、第三に人間ばなれした怪物であることである。さらにいえば、人の化したもの（たとえば死霊）という性格を付加できるかもしれない。いずれにしても、『雨月物語』の「鬼」の語例が「青頭巾」に集中している理由は、そのあたりに原因があると考えられよう。

しかし、日本古来の「鬼」の観念をそっくり引き継いだからといって、秋成がその素朴な伝承を、まるごと肯定していたわけではない。一般論的にいっても、江戸期に入り、新しい都市文化が成立してゆく過程で、鬼など妖怪一般はその伝承は尊重されながらも、実否については否定的な考えの人々が、儒者や宗教家を含めて多かったのであった。百物語や化物咄の怪談会が早くから盛行していたこと自体が、妖怪一般についての信憑性が薄れていたことの証拠である。

秋成が白話小説学上の師（医学の師でもあった）とした都賀庭鐘（一七一八〜一八〇四？）は、中国白話小説の翻案小説『繁野話』（明和三年〔一七六六〕刊）の第五話で独自な鬼神論を説いている。その要点は左の文につきる。

上古山川草木いまだ開闢けず、人居も密ならず。山魅の類、人に近く、形を現じて人間に来り交る。人皆山魅の為す所を知る。後世人民繁息し、山を開き海を築きてその食を足し、険しきを通し水を引いてその運輳にたよりす。人行くの処自ら蹊を成し、地平かなれば人あつまりて居とす。龍蛇犀狼恐れて人に遠ざかる。山魅罔両尤も霊なれば、なほ〱深く避けて人間に近づかず。後の人、多く目に見ざるが故に、鬼と魅との分を知らず、混じて一とし、又古の怪事を聞いて今見ざるを以て疑をおこすもあり。古に有りしを以て、今もありとして理を誣ひるもあり。又古あるの事は今もあり、今なきの事は古もなしといへるは時変をしらざる夏虫の見なり（略）深山大沢何の怪か、なしとせん。

要するに古代には人間と共存した妖怪も、現在は深山に隠れて人間の目にはとどかなくなった、というのである。「山魅罔両」というのは、「鬼」を含めた広義な妖怪のことである。[2]

秋成もまた白話小説の読解を通して得た、「太平之世、人鬼相分。今日之世、人鬼相雑」（『古今小説』「楊思温燕山逢故人」そのほかによる。太平の世では人と鬼ははっきり分かれているが、今日のごとき乱世では人と鬼は入りまじっている、の意）という認識を、深く抱えこんでいた人であった。彼にとっての「太平之世」とは、現在である。「今日之世」は逆に、中世以前の乱世であった。その鬼神論は庭鐘の説に近いけれども、微妙に異なるところがある。秋成にとっては、「鬼」は「人」の世界の何らかの反映体であったのである。

話をもとにもどす。

「青頭巾」の阿闍梨が化した「山の鬼」は、秋成によれば、その実体は「眠蔵（寝室）より」「漸々とあゆみ出で、咳たる声して」ものいう、弱々しく「痩槁たる僧」にすぎない。その猟奇的な人肉食も、この僧の「終に心神みだれ」ての狂気の所業であるにつきる。この辺は、かつて話題となったパリ人肉食事件の、S青年に対する、パリ検察当局の当時の認識とたいして違わないのである。

ただ、秋成はこの阿闍梨のなかに、はっきりと「鬼」を見ている。人間界の埒外にはみ出したがゆえに、追放されるべきものの負性の価値を見とどけている。

そういう意味では「青頭巾」は、上田秋成という稀有なる江戸期幻想詩人にして書きえた、「鬼」の発生論でもあった。

阿闍梨は、密教（真言宗）の高僧であった。平安朝の昔、密教は現世と他界とを結ぶコスモロジーを管掌して宗教的な中心聖域をかたちづくっていた。しかし「青頭巾」の設定では、阿闍梨ははじめからそのような中心的聖域とは無縁である。逆に鎌倉新仏教の一宗派、曹洞宗の旅僧快庵禅師に宗教的な聖性を賦与するという設定は、下野国富田の里の奥深い山寺という閉鎖空間に、阿闍梨を封じ込めたことを意味している。阿闍梨がになうべき聖性を、正統的な中心から疎外された負性の領域において発現させようとする構想といえるだろう。

これは、妖怪や鬼を、その時代や領域の中心から追われて、負性を帯びた価値としてとらえようとする最近の考え方と一致する設定なのである。

阿闍梨は、その周縁化し負性化してゆく古い聖性によって、「鬼」に変じていくのである。阿闍梨の人肉食（カニバリズム）は「人」としては狂気の所業であるとともに、疎外そのものを生きる「鬼」としての、聖なる所業にほかならなかった。

だから快庵禅師は、阿闍梨のあさましい所業を評して、こう述懐する。

さるにてもかの僧（阿闍梨）の鬼になりつるこそ、過去の因縁にてぞあらめ。そも平生の行徳のかしこかりしは、仏につかふる事に志誠を尽せしなれば、其の童児をやしなはざらましかば、あはれよき法師なるべきものを。一たび愛欲の迷路に入りて、無明の業火の熾なるより鬼と化したるも、ひとへに直くたくましき性のなす所なるぞかし、心放せば妖魔となり、収むる則は仏果を得るとは、この法師（阿闍梨）がためしなりける。

「青頭巾」一編の、クライマックス的文章だが、「鬼」と化する阿闍梨の堕ちた聖性のなかに、「ひとへに直くたくましき性のなす所」、すなわち「人」がまだ、世間知や秩序の規範性については素朴であった時代の、古代的心性の原像をストレートに見出し、現在には失われてしまったその高貴さを、逆説的に措定しているのだ。そこに、秋成の幻想詩人としての面目が発揮されていると私は考える。[3]

新時代の宗教唱導者快庵禅師は、「鬼」と化した阿闍梨を、かく透視することによって、つまりその新技術においてすでに勝利者だった。阿闍梨の聖なる敗北は、そのあさましくグロテスクな所業を里人の面前にさらし、快庵の教化を求めるという二重の敗北によって、いっそう悵然たるものがある。彼は月光のなかで「鬼」として乱舞し、朝日の前に一片の白骨を残す。「青頭巾」は秋成によって絶唱された「鬼」の悲歌であった。

しかし、『雨月物語』の「鬼」たちが、つねにかくも幻化されたかたちで書かれるとはかぎらない。「青頭巾」にしても、文中で中国随筆『五雑俎(ござつそ)』に載せるところの、数多の女の人肉食(カニバリズム)の例や、女人の鬼と化する例を列挙しながら、阿闍梨のケースとの違いを主張するのに執拗であった。何かそれだけの理由があったのであって、『雨月物語』で女人の「鬼」を書くときの、どこか不思議に憎悪のこもった筆致と、それは関係があるはずである。

『雨月物語』のなかで、「鬼」の語例が「青頭巾」についで多いのは、「吉備津の釜」の六例である。もちろん「鬼」の語例が『雨月物語』のなかに展開する怪異の世界の指標となるわけではないが、いま仮にこの「吉備津の釜」に話題を転ずることにする。

二　「鬼」をつくる男

「吉備津の釜」は、その凄惨な結末でよく知られている。現在の目から見れば、全体の構成はむしろ平凡な妬婦譚にすぎないが、しいていえば女主人公の妬婦への転換が、常識を超えて過激であり、徹底的であるところに、強烈な印象を与えないでおかぬものがあるというべきであろう。

作者によって磯良と名づけられた、その女主人公はあまりに貞節にすぎ、温良に努めすぎた。豪家の嫡子として生まれながら「奸(たは)けたる性(さが)」にしか生きられない夫正太郎の、再三にわたる裏切りは、彼女を絶望につき落とし、その絶望が彼女を悶死へと導く。

「窮鬼（いきすだま）」という語がここで用いられる。生霊（いきりょう）のことである。生きながらの「鬼」となって、彼女は正太郎に祟るのである。

まず、その生霊は印南野（いなみの）まで逃げた正太郎とその情婦の袖を襲う。袖は「鬼化（もののけ）のやうに狂はしげ」となり、狂死する。次に生霊は、袖の墓に日参する正太郎を、荒野の草庵に誘いこむ。正太郎が出逢うのは磯良の生霊である。

　あるじの女、屏風すこし引きあけて、「めづらしくもあひ見奉るものかな、つらき報ひ（むくい）の程しらせまゐらせん」といふに、驚きて見れば、古郷（ふるさと）に残せし磯良（いそら）なり。顔の色いと青ざめて、たゆき眼（まなこ）すざまじく、我を指（さし）たる手の青くほそりたる恐しさに、あなやと叫んでたをれ死す。

「たをれ死す」というのは、気絶したのである。これが頓死したのであれば、正太郎はどんなにか幸せであったろう。

　かつて「うまれだち秀麗（みやびやか）にて、父母にもよく仕へ、かつ歌をよみ、筝（こと）に工（たく）み」であった貞節な妻は、いま恐ろしい青女房の姿となって出現し、正太郎に向かって「青くほそりたる」その指を突きつける女鬼である。この女鬼の姿は、これ以後いっさい描写されない。この生きながらの磯良の怨霊は、死後にいたってさらにその恐ろしい魔力を強大化するのだが、読者は二度とその女鬼（死霊）の視像を与えられはしないのである。

　ようやく妻磯良の怨霊の祟りをさとった正太郎は、所の陰陽師をたのみ、身体中に呪文を書いてもらった。その上自宅の出入口のすべてに護符を貼りつけて、四十二日の厳重な物忌にこもった。その夜から怨霊は夜毎に家に訪れて、護符を見ては罵りの言葉を吐く。

松ふく風物を僵すがごとく、雨さへ降りて常ならぬ夜のさまに、(正太郎は友と)壁を隔て声をかけあひ、既に四更にいたる。下屋の窓の紙に、さと赤き光さして、「あな悪やこゝにも(護符を)貼つるよ」といふ声、深き夜にはいとゞ凄しく、髪も生毛もことごとく聳立て、しばらくは死に入りたり。

女鬼はどうやら「赤き光」をともなって、中有からあらわれるらしいのである。少なくとも「鬼」は得体のしれないかたちに肥大化しているようである。

恐ろしい四十二日間ではあった。「かの鬼も夜ごとに家を繞り、或は屋の棟に叫びて、忿れる声夜ましにすざまし」。だがついに四十二日間の夜も明けた。女鬼はついに正太郎をとりえなかったのだ。正太郎は隣家の友に大声で呼びかけて、久しぶりに外へ出た。友人は次の瞬間に、正太郎の絶叫を耳にした。

こは正太郎が身のうへにこそと、斧引提て大路に出づれは、明けたるといひし夜はいまだくらく、月は中天ながら影朧々として、風冷やかに、さて、正太郎が戸は明けはなして、其の人は見えず。内にや逃げ入りつらんと、走り入りて見れども、いづくに竄るべき住居にもあらねば、大路にや倒れけんと、もとむれども、其のわたりには物もなし。いかになりつるやと、あるひは異しみ、或は恐るおそる、ともし火を挑げて、ここかしこを見廻るに、明けたる戸腋の壁に、腥々しき血、灌ぎ流れて地につたふ。されど屍も骨も見えず。月あかりに見れば、軒の端にものあり。ともし火を捧げて、照し見るに、男の髪の、髻ばかりかかりて、外には露ばかりのものもなし。浅ましくも、おそろしさは、筆につくすべうもあらずなん。

「鬼」はいったい何をしたのであるか。秋成があえて、そこに起こった戦慄的な事態を不可視化し、わずかに家の軒の端におそらく血にまみれてぶら下がる男の頭髪だけを顕示した方法の特異さについては、すでにあまりに多くが語られている。ぶちまけていえば、鬼は正太郎の頭髪部を残して、ほかのすべてをとり尽くしたのである。「鬼一口」の概念は古典的であったが、それがあらためてここで幻視的に再現されている。

だが注意すべきは、そこに行なわれた闇の力による光の詐術であろう。女鬼は、四十二日目の深更にいたって、正太郎とその友に光の時刻〈夜明け〉を錯覚させた。鬼神の底知れない魔力が、夜の闇のなかで、ある種の時間帯を昼にもまごう白光の世界に塗りかえてしまう例は、『雨月物語』巻頭の「白峰」にもみられる。

だが、闇の力によって、夜の暗黒を白光の時刻に塗り変えること自体は、大いなる倒錯でなければならない。それを行なういうる「鬼」とはいったい何であったのか。それはほとんど「夜」の世界を管理する、恐ろしいカミの発現にほかならないではないか。

血まみれの髻の宙吊りについて、思い出される「鬼」の伝承もないではなかった。渡辺綱が羅生門の鬼退治に出かけて、逆に鬼に髻をつかまれ宙吊りになる話である。綱は宙吊りになりながらも剣をふるって鬼の腕を斬る。腕を斬り落とされた鬼は、光りものとなって夜空を飛行して愛宕山に消えるという話である。『平家物語』や『太平記』の一部の伝本が、本文の余録として特設した神剣伝承、いわゆる「剣の巻」によって伝わるこの種の「鬼」の伝承は、秋成の時代には誰もが知っていた鬼の伝説であったろう。「髻」と「光り物」というふたつの要因をそなえたこの伝説が、近世になると、鬼が老女に扮して物忌にこもる渡辺綱を訪ね、わが腕を取りかえしてふたたび光りものとなって去るという、世にいう「茨木（いばらぎ）」の鬼伝説となる。「吉備津の釜」の執筆にあたって、作者の心底にこうした「鬼」物語が揺曳していたとしてもおかしくはない。

　しかし、こうした「鬼」伝承をいくらあてがってみても、不可視のなかに包まれた「吉備津の釜」の女鬼を語るときには、せいぜいひとつの語注にしかなりえないのだ。

「吉備津の釜」の挿絵は、たった一度だけ正太郎の前に出現した女鬼磯良（生霊）の姿を描く。それは角（つの）こそないが、思いなしか能の女鬼面「生成（なまなり）」を思わせる。能の世界が、女鬼面（般若面）を、鬼女の度合いによって「生成」「中成（ちゅうなり）」「本成（ほんなり）」と区別してきたことはよく知られている。そこに特徴的なのは、日本文化が古来から発展させてきた、「妬婦＝鬼女」の観念である。

　妬婦譚という本質に即するならば、「吉備津の釜」の女鬼復讐譚成立の下地となったのは、むしろこのような一見通俗化してしまった「妬婦＝鬼女」伝承のなかの「女」と「鬼」の観念連合であったろう。そしてこうした妬婦譚や鬼女譚はどこかに因果論的俗解をともなって語られるのが、秋成以前の常態であったのである。

「吉備津の釜」が、鬼の伝説の国、吉備国の通称一品吉備津大明神の世界、特にその著名な神事、「吉備津の御釜祓」を物語の根底にすえたのは、そういう「妬婦＝鬼女」伝承の因果論的俗解に対する、秋成のきわめて大胆な反措定であったに違いない。因果論的俗解を捨象することによって、「妬婦＝鬼女」伝承は、そのもっとも凶々しい本来の姿をあらわすのである。

御釜祓神事が沈黙をもって、はっきりと「凶兆」を告げたのに対して、吉備津大明神の社家香央氏と、同じ国の豪族井沢家は、家と家との結合を急ぐあまり、磯良と正太郎を早々にめあわせてしまう。井沢家の新婦磯良は、両家結合の象徴であり、「家」という制度を保持する希望でもある。

しかし、秋成は「吉備津の釜」の冒頭で、妬婦をつくり出すのは男（夫）であることを強い口調で力説していた。まさに女は男によってつくられる。磯良は吉備津の神の裔、吉備鴨別命の血をひく、神職家の深窓の姫であり、この上ない良質な女として設定されていた。その彼女を別な女につくりかえていったのが夫の正太郎である。正太郎の「奸けたる性」によって、節婦は、「家」を司る女が絶対に犯されてはならないふたつのプライド、主婦としてのそれと、女としてのそれを決定的に傷つけられてしまう。それによって節婦は妬婦につくりかえられるのである。

秋成がここで妬婦に変じた磯良の〈妄執〉を書くのであれば、それは因果論的な説話づくりになる。しかし秋成はそうは書かなかった。妬婦に変じたといっても、磯良は井沢家や香央家の人々の目には、憂悶の内にひたすら衰弱し、生命の火のつきてゆく病者の姿としてのみ映る。だが、彼女自身が自意識を超えておのれの内なる「鬼」を抽き出すのだ。

正太郎はまた、自分が妻の磯良をつくりかえたとは思ってもいない。彼の側からいえば、妻から旅費をだましとって、愛人の袖と駈け落ちしたことは、別に妻一人を裏切ったことではなく、彼が自己意志によって、自らのあるべき姿をもとめ、井沢家、すなわち彼の名誉、地位、財産のすべてを捨てて、逃亡したということなのだ。彼が捨てた〈井沢家〉のなかに、その構成員として磯良がいただけのことである。その意味では、彼は自己の情動に忠実であったのであり、結果的には、親・妻・親戚などから成る「家」そのものに反逆したのである。しかし、何を捨てたとしても、磯良という女が、ただひとつのよるべとしていた、女のプライドまでをずたずたにしたのは、まさにパンドラの箱を開いたにも等しい所業であった。

三　「鬼」の両義性

秋成が書く「妬婦＝鬼女」物語は、このような男と女が相互に持つ、一種やむをえぬ喰い違いを、絶対的な深淵にし、一挙に拡大してしまう。いったん裂け目が生じてしまうと、事態は不可逆的に進行せざるをえないのである。いわば疎外される女の極点としての「鬼」。

ここに意味深長なのは、磯良が古代神一品吉備津大明神の血脈をひくという設定であろう。それは当然、内なる「鬼」を顕在化していく磯良の、負の聖性の上に、現在ではうかがい知れぬ、古代の不可知的な神の怒りを重層させるという構想を予想させる。

かつて松田修は、女主人公のなかに基本設定としての「女」と「鬼」の二重性を察知し、磯良という命名の時点で、この作品の表層文脈とは別に、醜悪なる容姿を持つ磯良神（海神）のイメージが導入されている、との説を立てた[4]。妬婦の属性として醜貌が考えられた江戸期のことゆえ、その説は「吉備津の釜」という作品解読にあって、一定の有効性を持ったのであった。

しかし、近時新しく注目されているのは「御釜祓」神事の行なわれる、吉備津神社「御竈殿」の由来である。遠い上つ代のこと、吉備国に百済国の鬼神がやってきて猛威を揮っていた。朝廷では五十狭芹彦命（大吉備津彦命）を派遣して、この鬼神を討伐させた。悪戦苦闘がつづいたが、最後に五十狭芹彦命はこの鬼神を追い詰めて打ち破り、その鬼神の首をうった。その五十狭芹彦命が、吉備津大明神の主祭神なのである。一方、その鬼の名は「温羅」（ウンラ説もある）といい、その首を吉備津宮の「御竈殿」のカマドの地下八尺に埋めたが、その首は昼夜を通して大声を発して吼えつづけ、止むことがなかった、というのである。

「温羅」という鬼の名は、磯良に近似しているといえる。別に「御釜祓」神事に奉仕する巫女を、特に「阿曾女（あそめ）」と呼ぶが、アソメとウラを合せるならば、ますますイソラの名に近似することになる。

森山重雄は、「御釜祓」神事の釜の唸りと、この悪霊温羅の咆哮とが無関係ではないという考えのもとに、磯良は言葉を持たないがゆえに、「しじま」の抵抗をもって鬼化する女であるという説を立てた。興味深い説とすべきであろう。そのほか、磯良を巫女とみる説もある。

鬼神温羅退治伝説は、近世期の板行文献のなかではまだ発見されていない。吉備の鬼退治の話は有名であるが、「温羅」という名を明記した板行文献もない。しかし、吉備の荒神神楽の「吉備津」は鬼に温羅の名を冠せて大いに行なわれたというし、温羅退治の伝説は吉備地方では、桃太郎咄以上に有名な昔話であったともいわれている。秋成が耳にする可能性は一応あったと考えてよい[5]。

そう考えるとき、磯良の名と温羅伝説が微妙に呼応することは否定できない。妬婦に変ずるとともに、次第に不可視化の過程をたどりつづける磯良のなかの内なる鬼の、深更ごとに叫びつづけ、不可視なままに凄絶化してゆく経過に、磯良が巨大な悪霊温羅に憑依され、あるいは甦った悪霊温羅そのものに転生してしまったおもかげを見ることも不可能ではないであろう。

いずれにしても秋成は、いったん発動してしまえば、不可視であることによって、逆に恐怖の源泉となる「鬼」を「女」一般の属性のなかに見てしまったということができる。

「吉備津の釜」の凄惨な結末部を再読するとき、人はその背筋を凍らせる恐怖の行き場のなさを痛感するだろう。これほどに虚しい結末をつくるという、作者の魂に対する恐怖といってもよい。女鬼は、逆に正太郎やその友という、凡人レベルに対して、避けようもなく押しかぶさってくる「夜」そのものでさえあるだろう。『雨月物語』を書くことによって、なかんずく「吉備津の釜」の不可視なる女鬼を書くことによって、秋成は安穏な日々を生きる人々に向って、一方的に襲撃してやまない「夜」の存在性を示唆したのである。

ここでは「女」そのものの存在に、つねに発動の機をうかがう「鬼」の内在性と、その逆に「女」という疎外圏の肉体こそが、「鬼」にとっての現世への通路であったという、恐ろしい両義的な真実が凝視されていたのである。

〔1〕　秋成が人肉食の中国故事を調べた上でこれを否定していることを重視したい。秋成がモデルとしたのは大江定基の発心譚であった（『今昔物語集』巻十九第二、『宇治拾遺物語』第四第七、なかんずく『艶道通鑑』巻四「大江定基の段」）。ただ原話では少年愛ではなく愛妾譚であった。愛妾譚を少年愛に転ずることで、作者が切りそいでいったものを一考すべき

である。

［2］　都賀庭鐘の鬼神論については、その後佐藤深雪「都賀庭鐘の鬼神論」（『日本文学』一九八二年七月）などで、研究が発展している。

［3］　この作のキーワードともいうべき「心放せば妖魔となり、収むる則は仏果を得る」の一文の典拠が仏典ではなく、中国典拠であることが閻小妹「『西遊記』と秋成の文業」（『江戸文学』九号、一九九二年十月）によって解明された。小論の趣旨と反するものではない。

［4］　松田修「夢想と創造――秋成における作家的原点」（『秋成――語りと幻夢』有精堂、一九八七年所収、初出一九七〇年）。

［5］　この問題はその後、佐々木亨「「吉備津の釜」と温羅伝説」（『国文学研究』一二四号、一九九八年三月）によって発展させられている。

青頭巾（あおずきん）

上田秋成
円地文子 訳

むかし快庵禅師という高徳な上人がいられた。若いときから禅学の旨を明らかにしたまい、つねに身を雲水〔行先を定めず諸国を修行し歩く僧〕にまかして諸国を行脚された。美濃の国〔現在の岐阜県南部〕の竜泰寺に一夏をすごされてのち、秋は奥羽〔現在の東北地方〕のほうに住もうと旅立たれた。行くほどに下野の国〔現在の栃木県〕にはいられた。富田という里で日が落ち果てたので、大きな家の繁盛している様子なのに立ち寄って、一夜の宿を求められたところ、田畑から帰る男たちが、たそがれの道に禅師が立っているのを見て、恐れ惑って、

「山の鬼が来たぞ、みな出てこい、出てこい」

と呼びののしるのである。家のなかでも騒ぎたって、女わらべは泣き騒ぎこけつ転びつ隅々に隠れる様子である。主人が天秤棒を持って走り出て来たが、外のほうを見ると、年のころ五十に近い僧が頭に紺染の頭巾をかぶり身に墨染の破れた法衣を着て包みを背に負って立っていたが、杖をあげてさしまねいて、

「あなたがたはどうしてそんなに用心されるのですか、諸国遍歴の僧が今宵一夜の宿を

お借りしようと、ここに佇んでいたのですが、こんなに怖がられようとは思いませんでした。痩法師が強盗などをするはずもないでしょう。恐れないでください」

と言った。主人は天秤棒を捨てて、手をうって笑いだし、

「里人の愚かな見まちがいからお坊さまをお驚かせいたしました。一夜のお宿をお貸しもうして、罪をつぐないましょう」

とお辞儀をして奥のほうに迎え、こころよく食事をすすめてもてなした。

「さきほど下男どもがお坊さまを見て、鬼が来たといって恐れたのも、じつはいわれのあることなのです。ここに珍しい物語がございます。奇怪な話でございますが、まあよその人にも語り伝えてくださいまし。この村の山の上に一つの寺があります。もとは小山さまの菩提寺で、代々高徳の聖が住まわれるところでございます。いまの上人は何某殿の甥で、学問に秀で信仰の道も深く、この国の人は香や燈明をはこんで、厚く帰依しておりました。私の家にもしばしばおいでになって、そのころには心おきなくお仕えもうしておりましたが、昨年の春でしたろうか、越後の国〔現在の新潟県〕へ灌頂〔僧が昇進する際行う儀式のひとつ〕の導師に行かれて、百日あまりとどまっておられましたが、かの国から十二、三ばかりの童を連れて帰って小姓にされました。その少年の容貌がすぐれて美しいのを深く愛されて、年ごろの修行もいつとなく怠りがちになられたようでした。ところが今年の初夏のころから、その美少年はかりそめの病で寝ついたのが、日を経ても治らず、いよいよ重く悩む様子なのを上人は深く悲しまれ、国守に仕える医師

いました。上人は、まるで懐の珠を奪われ、插頭の花〔冠や髪に挿す花や枝〕を風に散らされたような思いで、泣くにも涙なく、叫ぶにも声なく嘆かれたあまり、むくろを火に焼き、土に葬るのが惜しく、顔に顔をもたせ、手に手を取り組んで、日を経るうちに、ついには心が乱れてしまって、生きていたときとおなじように戯れて、そのからだの腐り爛れるのを惜しんで、肉を吸い、骨をなめて、軀を食らいつくしてしまいました。寺のなかの人々がお住持さまは鬼になられたとあわただしく逃げ去ったあとは、夜な夜な里におりて人をおどし、あるいは墓をあばいて腥々しい屍をとって食らうありさまは、まことに鬼というものは、むかし物語に聞きはしましたが、こうもあるものかと目のあたりに見て皆おそれおののきました。しかし、どうしてこれを征する力がありましょうか。ただ家ごとに夕暮れになるのを待ちきれなくて、かたく戸を閉じてしまいますので、このごろは国じゅうにもこのことが聞こえて、人の往来さえなくなってしまいました。そういう訳があってこそ、旅のお坊さまをその鬼と見誤ったのです」

快庵がこの物語を聞かれて、

「世にもふしぎなことがあるものかな。およそ人と生まれて、仏菩薩の教えの広大なことも知らずに、愚かなまま、執念深いままに世を終わるものは、その愛欲邪念の業にひかれて、あるいは亡霊となって怒りを報い、あるいは鬼となり、蛇と化して祟りをするためしは、いにしえからいまにいたるまで数えつくしがたい。また人が生きながらに鬼になることもある。楚王の宮女は大蛇となり、王含の母は夜叉となり、呉生の妻は蛾になったという。またむかしある僧が怪しげな家に旅寝をしていたところ、その夜、風雨がはげしくてとても寝られないでいると、夜ふけに羊の鳴く声が聞こえたが、しばらくして僧の寝ているのをうかがって、しきりに嗅ぐものがある。僧は怪しいと思って、枕元においた禅杖〔座禅の時、眠った者をいましめる竹の杖〕をもって強く打ったところ、大声に叫んでそこに倒れた。その音に主の老女が灯を持って来て照らして見ると、若い女が打ち倒れていた。嫗は泣く泣く命乞いをしたので、そのままにうち捨てて、その家を出たが、そののちまたついでがあってその里をすぎたところ、田のなかに人が多く集まってなにか見ているので、僧も立ち寄って、なんであるかとたずねると、里人は鬼になった女を捕えて、いま土に埋めるのだと語ったと言う。しかしこれらはみな女で、男子がこういうふうになったためしは聞いたことがない。およそ女の性質のこりかたまったのは、そういうあさましい鬼にもなるであろう。また男子でも隋の煬帝の臣下の麻叔謀というものは小児の肉を好んで、ひそかに民家の小児を盗んで、これを蒸して食らったということがあるけれども、これはあさましい蛮人の心であって、主人の語られることとは様子がちがっている。それにしてもその僧が鬼となったのこそ奇しき過去の因縁であろう。そもそもつねの道徳が堅固であったのは、それだけ仏に仕えることに真心をつくしたからで、もしその少年を養わなかったなら、あっぱれりっぱな僧として生涯を終わったであろうに、一度愛欲の迷路に深入りして、無明の業火〔煩悩に迷って悪業すること」の盛んに燃えしきるために鬼となったというのも、考えてみれば正しく強い性質がかえってそうさせたとも言えるであろう。心を許せば妖魔となり、心を収めるときは仏果を得るというのは、この法師がいいためしである。自分がもしこの鬼をさとして、もとの心にかえらしめるならば、今宵主人が宿を貸してくださった報いにもなるであろう」

と、尊い志を起こされた。主人は頭を畳にすりつけて、

「お坊さまがこのことをなしとげてくださるならば、この国の人たちは浄土に生まれたように思いましょう」

と涙を流して喜んだ。山里は鐘の声も聞こえず、二十日あまりの月がさしのぼって、古戸の隙間から光が漏れ入るので、夜のふけたことも知れた。

「さあお休みなさいませ」

と言って主人は臥戸にひきとった。

山寺には人の住む様子もなく、楼門には茨が覆いかかり、経蔵もいたずらに苔むしていた。本堂には本尊と脇侍の菩薩のあいだに蜘蛛が一面に巣を張り渡し、燕の糞が護摩壇の床をうずめている。住持の寝所や、その他の部屋部屋、廊下すべて物すさまじく荒れ果てていた。日陰がもう夕方ちかくになったころ、快庵禅師は寺にはいって錫杖をつき鳴らし、

「諸国遍歴の僧、今宵一夜の宿をかしたまえ」

と、いくたびとなく呼んだけれどもさらに答えがない。しばらくして寝所とおぼしいところから痩せがれた僧がよろよろしながら歩み出てしわがれた声で、

「この寺はさる仔細があって、こんなに荒れ果てて人も住まぬ野良同様になっている。一粒の米さえもなく、一夜を明かさせるような用意もまったくない。はやく里へ出られるがよい」

と言った。禅師は、

「これは美濃の国を出て奥州へむかって行く旅僧ですが、この麓の里を通りすぎるのに、山のかたち、水の流れのおもしろさに、思わずも心をひかれて山を登り、ここに参詣しました。日ももう暮れようとしていますから、これから里までくだるのは遠すぎます。ひとえに一夜の宿をかしてください」

「このように野原同様のところにはよくないことが多いものです。しいてお泊まりなさいとも言えず、といってむりに行けとも帰れとも言わない。御僧の心にまかせるがよい」

と言って、あとはふたたび物をも言わない。こちらからもひと言も問わないで、住持のかたわらに座を占めた。みるみる日は入り果てて、月の出のおそい宵の空はまっくらで、灯もともさないので、目の先さえ見わけられないが、ただ谷水の音だけがちかく聞こえていた。あるじの僧もまた寝所にはいったとみえて、ひっそりとして音もない。夜ふけていつか月の夜にかわった。月影が玲瓏として、いたらぬくまなく照りわたった。真夜

中とおぼしいころ、あるじの僧は寝所を出て、あわただしく物を探し求める様子である。探し得ないで大声をあげ、

「坊主め、どこへ隠れた。このあたりにいたはずだが……」

と、禅師の前をいくたびも走りすぎるけれども、さらに禅師の姿の見える様子はない。本堂のほうに駆けて行くかと思えば、庭をめぐって躍りくるい、ついに疲れて倒れ、そのまま起き上がらなかった。夜が明けて朝日がさし昇ったころ、まるで酒の酔いのさめたように、禅師がもとの所に座禅していられるのを見て、ただあきれ果てて物も言えず、柱にもたれて、深いため息をついてじっとだまっていた。禅師は近く進み寄って、

「御住持、なにをため息をついておいでです。もし飢えていられるならば、私のこの肉をくらって空腹を満たされるがよい」

と言った。

「御僧は一夜じゅうここにいられたのか」

「ここにすわって終夜一睡もしない」

「われあさましくも人の肉を好んで食らうが、いまだに生仏の肉の味を知らない。御僧はまことに仏である。畜類に堕ち果てた蒙昧な目をもって、生仏の来迎を拝もうとしても見えるはずがないのだ。ああもったいない」

と頭をたれて黙然としている。禅師は声をはげまして言った。

「村人の語るを聞くと、汝ひとたび愛欲に心が乱れてから、たちまち鬼畜に堕ち果てた

とは、あさましいとも悲しいとも、ためし稀（まれ）な悪因縁である。夜ごとに里に出て人に害を与えるゆえに、ここに近い里人は心のおちつくそらもない。われこれを聞いて捨てるに忍びず、わざわざここまで来て、汝をさとし、もとの本心にかえらせようと思う。汝わが教えを聞くか否か」

「御僧はまことに生仏であられる。かくもあさましい悪業を、たちまちに忘れる方法がありましょうか。お教えください」

「汝わが言うことを聞くならば、ここにこい」

と言って、禅師は縁側の前の平らな石の上に住持をすわらせて、みずからかぶっていた紺染の頭巾をぬいで、あるじの僧の頭にかぶせ、証道（しょうどう）の詩の二句を授けられた。

江月照松風吹（こうげつてらししょうふうふく）
永夜清宵何所為（えいやせいしょうなんのしょいぞ）

「汝ここを去らずに、しずかに句の意を考えるがよい。その意が解けたときこそ、おのずから汝が本来もっているはずの仏心に再会するときであろう」

と、ねんごろに教えて山をくだられた。こののちは村人は恐ろしい鬼のおりてくるわざわいからのがれたけれども、なおあの僧が生きているか死んでいるかわからないので、疑い恐れていましめあい、だれも山に登ることをしなかった。一年が早くもたって、つぎの年の十月のはじめに、快庵禅師は奥州の帰り道にまたここを通られた。あの夜一夜の宿を借りた家に立ち寄って、そこの主人に、あの僧のその後の様子をたずねられた。

主人は喜び迎えて、

「上人さまのありがたい御徳によって、鬼はふたたび山をくだって来ませんから、ここらの人はみな浄土に生まれいでたように喜んでおります。けれども山に行くのは、まだ恐ろしがって一人として登るものはございません。それでその後の消息を知ったものがありませんけれども、どうしてあの鬼がいままで生きているはずがありましょうか。今夜お泊まりになって、あのお住持の菩提をとむらってくださいまし。私どももごいっしょに回向いたしましょう」

と言った。禅師は、

「かれがもし悟りをひらいて他界しているならば、われにとっては仏道に精進する先達の師とも言うべきであるし、また生きているときには、わがためには一人の弟子だ。いずれにしても、その後の様子を見ないではいられない」

と言って、ふたたび山に登られた。

あの後人の往来はまったく絶え果ててしまったので、去年ふみわけて歩いた道だとさえも思われない。寺にはいってみると、荻や尾花の丈が人よりも高く生い茂って、露はしぐれかと思うほどに降りこぼれている。どこがどの道ともわからないなかに、本堂や経堂の戸が右左に倒れ、住持の住居や台所のほうにめぐらした廊下も朽ちた木目に、したたか雨を含んで苔むしていた。さてあの僧をすわらせておいた縁のほとりをめぐると、影のような人の形が、僧侶とも俗人とも見わけられぬほど、髭も髪もぼうぼうとのび乱れたまま、雑草生い茂り尾花の押し倒された中にすわっていて、かすかに蚊の鳴くほどの細い声で、言葉とも聞きとれぬほどに、まれまれに唱えるのを聞くと、

江月照松風吹
永夜清宵何所為

と聞きとれた。禅師はこれを見て、禅杖をとりなおし、作麼生何所為と一喝して、その頭をはたと打ちたもうと、たちまち氷に朝日がさしたように消えうせて、あの青頭巾と骨ばかりが草の上に残った。まことにひさしいあいだの執念がこの一喝に消えつきたのであろうか、尊いことである。禅師の大徳は遠い国々、海の外にまでも聞こえて、禅宗の始祖達磨大師の再来ではあるまいかと嘆称された。そこで里人は集まって寺の中を掃除し、修理をととのえて、あらたに禅師に願ってここに住みたもうこととしたので、もとの真言宗をあらためて、曹洞宗の寺とされた。今もなおこのお寺は、尊く栄えているということである。

鬼情（きじょう）

上田秋成　雨月物語・青頭巾より

京極夏彦

あなたに問う。

慈しみに限りと云うものはあるか。

惜しみなく、見返りもなく、与えるべきものなのではないのか。

愛と云う文字がある。古くはかなし、と読んだそうである。この頃はいとおしい、と読むのだろう。

かわいがり、大事にし、守る。そうした慈しみ愛おしむことをして、慈愛と謂う。慈愛の心を以て他者と接することをいけないことだと謂う者はおるまい。

慈愛に満ちた言葉を他者に向けて投げ掛けることで、他者を励まし、温め、許し、助け、豊かな心へと導くことも出来る。そうした言葉を愛語と謂う。愛語を発するのは、菩薩の行なのだ。菩薩の行に、これでよい、などと云う限度があるか。ある訳がない。

どこまでも強く。

どこまでも深く。

どこまでも高く。

いつまでも。
永遠に。
人を慈しみ、愛おしむことがいけないと云うのか。
慈しみ過ぎるとか、愛おしみ過ぎるなどと云うことがあるものか。
何を基準にすると云うのだ。
そのような半端な慈愛があるものか。
菩薩の行は無限に為されるべきだろう。
そんなことを云えるのは、人の心を持たぬ——鬼だけだ。

他者を想い、大切にする心に限りはあるまい。
それは惜しみなく、見返りもなく、与えるべきものである。
だがしかし。
他者に歓びを与えるのは慈の心である。
他者の苦しみを取り除くのは悲の心である。
これを併せて慈悲と謂う。
慈悲の心を持つことを戒める教えなどはないだろう。
また、慈悲の行いに限度などはあるまい。
ただ、愛はどうか。

愛とは執着である。そして欲である。

愛欲に溺れることと慈悲の心を持つことは、まるで違うことではないか。

お前は、ただ一人の者に執着し、剰え愛欲の業に取り込まれて、

無明の境涯に陥りたる無分別者でしかないではないか。

その、いったいどこが菩薩の境涯であろうか。縦んばそうであったとして、

菩薩の行は大衆に向けて為されるものである。

衆生を救わず教化せず、徒に惑わし畏怖の心を抱かせるだけの慈愛などあろうか。

菩薩どころか、人でもない。畜生にも劣るではないか。

そんな仏者がいるものか。

お前の如き者が仏弟子を名乗ることは許されない。

慈愛だ菩薩だと詭弁も甚だしい。

そもそもお前は、そのたった一人にさえ何も与えてはいない。

己が愛していると云うその者は、お前にいったい何を貰ったか。お前の愛語は、

その者を救ったのか。許したのか。導いたのか。

お前は果たして何をしたと云うのだ。

己が欲しているのは肉である。

愛とは情欲である。

そんな振る舞いをする者こそ、人の心を持たぬ——鬼ではないか。

愛する者をどこまでも愛することの、どこが鬼なのか。

愛とは情欲などではない。

それは人の持つ、根源的な感情、そして衝動ではないのか。

親が子を愛するように、無償で人を愛する――そうしたことは一切ないと云うのか。

愛すること即ち性愛であるとする方が、余程偏っているのではないか。肉欲を是とせぬまでは良いとして、凡てを肉欲に結び付けるあなたの方が、性に縛られているとは云えまいか。

肉なき愛もある。

否、それこそが真の愛である。慈しみと結びつく、慈愛である。

異性であろうと同性であろうと、そうした気持ちに変わりはあるまい。

仏弟子とて人である。

人であるなら、そうした想いは必ずある。

ない訳がない。それを押し殺してしまうことが正しい仏の道なのか。消してしまうことが善きことなのか。

どのような悪人であろうとも、道に外れた者であろうとも、そうした真実の慈愛は心の奥底にあるものだろう。それを導き出すことが仏者の役割ではないのか。その、仏者自身が、それを覆い隠し押し潰し、剿え、なくしてしまえとあなたは云うのか。

あなたは修行を積まれた徳の高い僧であるらしい。
ならば、あなたにはそれがないのか。
覆い隠し押し潰し、なくしてしまったと云うのか。
そうすることが修行であるなら、それは何のための修行なのか問いたい。
仏の道を行くことは、人の道から外れると云うことなのか。
成仏するとは、人でなくなると云うことなのか。
慈愛なくしては、仏道も歩めぬのではないのか。
人と仏の道は違う方向へと延びる道なのか。
もしあなたにそれがないと云うのであれば。
あなたこそ鬼である。

執着を絶つことで人が人でなくなると云うのであれば、
それは正にその通りではあるだろう。生きることそれ即ち執着であると考えるなら、
慥かに成仏とは人の道に非ずと云うことになりもしよう。
生き物は、生に固執することで生きる。
生きるために必要なものと云うのはあり、生き物はそれを求める。そう云う意味で、
愛と云う感情、衝動は、人にとって慥かに根源的なものではあるのだろう。
ただそれは、息を吸い水を飲み飯を喰うのと同じものである。

いずれ苦しくて求めるものであり、
渇いて求めるものであり、
飢えて求めるものである。
求めても求めても足りることはない。
どこまでも求め続けるならば、そして過剰に求め続けるならば、
それはもう欲である。
渇愛とは煩悩に他ならぬのだ。愛する者をどこまでも愛すると云うのなら、
それは、お前が永遠の渇愛に囚われていると云う意味でしかないではないか。
世に永遠などない。
諸行は無常である。
人の世などは果無いもの、一瞬にして消えてなくなる泡の如きものである。その泡を、
いつまでも留めておこうとすることのどこが慈愛か。
お前は詭弁を弄して己を正当化しているが、
煩悩に衝き動かされているだけではないのか。
色界は即ち是、空なりと知れ。
そして空は即ち是、色である。
それを知ることなく、どこまでも色界の執着に拘泥するなら、
それは仏の道でもないし、人の道でもない。

魔道は仏道を妨げるが、お前の歩む道は仏道どころか人の道さえ阻むものである。

いや、お前は道など歩いてはおらぬのだ。

そこに留まり、永遠に煩悩の虜となって在る気か。

それを、鬼と云うのだ。


あなたは永遠などないと云うのか。

慥かにこの現世は有限である。

有限の世に在るものは、
終わる。

消える。

なくなる。

此の世に在る凡てのものは、ひとつの相に過ぎぬのだろう。

それは移ろう。現れては消える。凡ては空である。

色に惑うは愚かなことである。

だからこそ。

だからこそ、愛を信ずるのだ。

それが執着であるならそう呼べば良い。煩悩であるならそう呼べば良い。愛を信ずる者は仏弟子に非ずと云うのなら、それでも構わない。それならば仏者をやめよう。

どの道も歩んでおらぬと云うのなら、それでいい。

ここに留まることの何がいけないのか。

永遠にここにいられるならば、そして永遠の愛を感じていられるならば、それで良い。

もう、それで良い。

このまま、この身が朽ち果てるまでここに留まろう。

動くものか。

そうすれば——我が慈愛は永遠となる。

あなたにそれを邪魔する権利はない。力もない。既に仏者ではない者に説法は要らぬ。

どのような者でも教化出来ると思うならそれは驕り(おご)だ。仏に帰依し、修行を重ね、悟りを啓(ひら)いたこの身を、これ以上どうやって説く。どうやって導く。

どのような言葉も届かぬ。

どんな法力も、どんな霊験も効かぬ。

あなたの言葉は——鬼の言葉にしか聞こえぬからだ。


言葉などどうでも良いのだ。

言葉で伝わるものなどない。それが我が宗の教え。

法力も霊験もない。そうしたものは普(あまね)く方便である。

お前の邪魔をしようとは思わぬし、お前がどうなろうと知ったことではない。

救うべきは、お前を畏れる衆生である。お前を忌み嫌う無辜の民である。
従ってお前をこのままにしておく訳にはいかぬのだ。
朽ちると云うなら朽ちるが良い。動かぬと云うなら動かねば良い。
ただ、滅ぶなら今この場で滅べ。
お前はどうなっても良い。
お前がそうしている限り、お前を知る凡ての者の心が曇る。不必要な畏怖は、
正しき在り方を阻むだろう。そして、お前の執着を一身に受けた者もまた、
安らかにはなれぬだろう。
お前が永遠になると云うのなら。
その者も永遠に安寧は得られぬ。
それで良いのか。それがお前の云う慈愛か。愛する者を永遠の虜囚とし、
いたぶり貶めるがお前の慈愛か。
そうだと云うのなら、それは決して見過ごす訳には参らぬぞ。
お前は仏者をやめたと云うが、お前の愛する者は仏弟子である。
お前が何と云おうが、それは変わらぬ。
お前はお前でしかなく、お前の愛する者はお前ではないのだから。
成仏せんと欲する者まで苦界に留め置こうとするのか。
それは、お前の単なる身勝手ではないのか。

お前はお前がそうしたいからそうしているだけではないか。
己の欲の赴くままにして、得手勝手な理屈を並べておるが、
そんなものは通用しない。

その者が生きておったなら、万が一お前の詭弁で感化することも叶ったやもしれぬ。

だがそれは叶わぬ。彼の者の意志を知ることは未来永劫出来ぬ。

彼の者は、もう死んでいるのだ。

死んだ者を束縛しようなど——鬼の所業以外の何ものでもあるまいに。


死者を愛してはいけないのか。

死者を敬うことのどこが鬼の所業か。

生前に愛した者を、死後にも愛し続けることがいけないことか。

少しもおかしくないではないか。いや、死んでしまったからこそ永遠に愛せるのではないか。移ろい行くこの無常の世の中で、永遠があるとするならば、それは死だけだ。

仏者をやめた者に輪廻を説いても始まらぬぞ。

成仏も解脱もあるものか。

この者の魂は永遠に我とともに在るのだ。我が身が朽ちても、我とともに在る。

それこそ永遠ではないのか。

そう、もう仏者ではないのだから気取ることはない。

好きだった。

そうよ、欲よ。

肉欲よ。

しかしそれだけではない。

心が通じておらねば、これ程までに狂おしい感情などが涌き出るものか。

心の底の、奥の深くの、ずっとずっと遥か遠くの、感じることも出来ない程に下の方から、まるで強い力で突き上げるように、それは強く強く涌き出て来たのだ。

好きだ。

好きだ好きだ好きだ。

だから全身全霊をかけて愛したのだ。

愛したから、通じたのだ。

いや、通じ合ったのだ。

心の底から愛する者と情を交わして何が悪い。

肉の交わりは、強い情の顕れに過ぎない。

好きだ好きだ好きだ。好きだったのだ。

それを破戒と呼ぶか。慥かにその時は仏弟子だった。しかしもう違う。

鬼の戒めなどに耳は貸さぬ。

死者を慈しむこと、敬うこと、それは即ち生を慈しむこと、敬うこと。

お前にはそのような気持ちは微塵もあるまい。仏者であるかないかなど、既にして関係のないことと、幾度申せば判るのだ。

お前はただ肉欲に囚われて行者を弄んだだけではないか。それを愛などと、妄執甚だしいとしか言い様がないではないか。相手が誰であろうと。それは女犯と変わりなきこと。たとえ仏者でなかったとしても、姦淫は姦淫、しかも力なき者を組み伏せて犯すなどと云う愚挙が許される訳がないではないか。

どこが慈愛か。何が慈しみか。

愛し合った情を交わしたなどとお前は云うが、それはただの思い込みだ。彼の者がお前にどれ程執着していたか、お前に判るか。判る筈もないではないか。

彼の者が強く懊悩していたことは明らかである。

尊敬すべき高僧と敬っていたお前に陵辱され、

のみならず関係を続けることを強要され、彼の者がどれだけ苦しんだか判らぬと云うのか。判らぬ筈はないではないか。

彼の者は、苦悩の揚げ句に体を毀し、衰弱して落命したのだ。

その、命の燈火が消えかけている彼の者を、

お前はどうした。お前は病み付き死にかけている彼の者を、幾度も犯したのであろう。

人の所業ではない。

断じてない。

彼の者を殺したのはお前自身ではないか。

お前にどれだけ浅ましい情念が涌き上がったのかは知らぬが、

その爛れた心が、爛れた心による非道な行いが彼の者を殺したのである。

正しく悪鬼羅刹の行いではないか。

それで飽き足らずに死して後まで彼の者を束縛しようとは、

どれだけ罪深い行いをすれば気が済むのか。

お前はもう、鬼以外の何ものでもないではないか。

そう。

彼の者は病に斃れた。

彼の者の病床でどれだけ煩悶したか。人の心を持たぬあなたには解るまい。決して解るまい。愛する者の身を案ずることがどれだけの苦痛か、それは愛を持たぬ者には解りはしないのだ。

辛かった。

辛い辛い辛い。

しかし、彼の者はもっと辛かったのだ。苦しかったのだ。

だから愛してやったのだ何が悪いか。それ以外に何が出来ると云うのだ。それでも彼の者は死んだ。

死んだ死んだ死んだ。

もう動かない。もう話さない。眼は何も見ず鼻は何も嗅がず耳は何も聴かない。

こんな悲しいことがあろうかこんな辛いことがあろうか。

あなたの云う通り、彼の者が何を思っていたのか、何を望んでいたのか、それは判らぬ。

判らぬが、それでも愛はあったのだ。

あったのだあったのだ。

思い込みではない。あなたに何が判ると云うのか。あなたにも判らないだろう勝手なことを云うな。彼の者が苦しんでいたと云うならそれは愛故だ。愛を捨てろ愛をなくせなどと云う莫迦な教えに搦め捕られていたからではないか。彼の者を苦しめたのは、仏ではないか。

仏の所為ではないか。

そして何よりも——ただひとつ確実なことは、悲しかったと云うことだ。

愛する者を失った悲しみが解るか。彼の者はもう永遠に帰ってこない。だから永遠に愛するのだ何がいけない好きだ好きだ好きだ苦しい苦しい辛い辛い辛い。

どこかに失せろ、人でなしの鬼め。

辛かったから。

悲しかったから。

永遠に愛したかったのか。

だから埋葬もしなかったのか。

荼毘(だび)に付すこともしなかったのか。

屍(しかばね)を掻(か)き抱き、撫(な)で擦(さす)り嘗(な)め啜(すす)ったのか。

それが、お前の云う愛すると云うことなのか。

菩薩の行だの愛語だの慈愛だの好き放題に云うておったが、それは屍を犯し、
屍の肉を食(は)み、腐汁を飲み干し、骨を齧(かじ)り喰い尽くすことなのか。

お前は、愛する者をいたぶって殺し、その骸(むくろ)を喰らっただけだ。

それはもう人ではない。

鬼だ。

鬼だ鬼だ。

お前が鬼だ。

人でなしはお前ではないか。これ程までに罪深い行いが他にあろうか。

これ程までに業の深い行いが他にあろうか。

これ程までに恐ろしい行いが他にあろうか。

これ程までに――。
人を超えた行いが、他にあろうか。お前が鬼でなくて何だと云うのだ。
お前は彼の者の死骸(しがい)を喰らうに飽き足らず、夜な夜な墓を掘り起こし、
新仏を掘り起こして喰っていたのではないのか。
それが鬼でなくて何だと云うのだ。
今すぐに滅びよ。人でなしの鬼め。

為すがままに。
あるがままに。
為すがままに。
あるがままに。
江月照松風吹(こうげつてらししょうふうふく)。
月が入り江を照らすが如く、松の間を風が吹き抜けるが如く。
永夜清宵何所為(えいやせいしょうなんのしょいぞ)。
永き夜、清らかな宵は、何のために、何によって齎(もたら)されるものか。
何のためでもないだろう。それは、そのようにあると云うだけのもの。意味はない。
あるようにある、あるがまま。
そう、だからあるがままに振る舞ったのだ。為すがままに身を任せたのだ。

愛して殺して喰った。

為すがままに。
あるがままに。
為すがままに。
あるがままに。
江月照(こうげつてらし) 松風吹(しょうふうふく)。
月が入り江を照らすが如く、松の間を風が吹き抜けるが如く。
永夜清宵(えいやせいしょう) 何所為(なんのしょいぞ)。
永き夜、清らかな宵は、何のために、何によって齎されるものか。
何のためでもないだろう。
己のためでもない。
人のためでもない。
ならば己の我欲を通すことなど、それで他者を屠(ほふ)ることなど。
あってはならぬことだ。
己が鬼か。
お前が鬼か。
あなたが鬼か。
私が鬼か。
鬼は。

「鬼は――どうなったのでございましょう」

「扨、拙僧もその後のことが気になりましたので、こうして立ち寄ってみたのだが、その口振りでは拙僧が山を下りてより後は、何も起きてはおらぬ様子。平穏であったのでございましょうかな」

「はい。禅師様が山からお戻りになってよりこちら、墓が荒らされることもなく、あの恐ろしいものが山から下りてくることもなくなったようでございます。里人も皆、大事なく暮らしておりますれば、禅師様には感謝の言葉もござりませぬが、ただ」

「ただ何でございましょうかな」

「ただ、果たしてあの恐ろしきものがどうなっておるものか、それが一向に判りませぬ故、枕を高うして眠れぬ毎日ではござりました。その日一日何ごともなく過ごしたと致しましても、明日のことは知れませぬ。愚民故の杞憂でもござりましょうが、今日は来るか、明日は来るかと思えば足は竦む身は震える。結局以前と同じく、戸を固く閉ざしまして、恐れ戦く毎日。気が付けば一年が過ぎようとしておりまするが――」

「なる程。災厄自体はなくなったものの、皆様方のご懸念ご不安は取り除かれてはいないということでございますかな」

「はい。そうでござりまする」

「それはいけませんでしたな。配慮の足りぬことでございました」

「何を仰いまするか。元より禅師様はこの郷を通り掛かられただけのお方。その旅の御坊を、鬼めと間違え打擲せんと致しましたるは、偏に私どもの不始末。そのような失礼を致しましたにも拘らず、禅師様はお瞋りになるどころか、私どものためにあの恐ろしき山に単身登られ、鬼めをば封じてくださったのではございませぬか。それを配慮が足りないなどと、そんなことを仰せになられたのでは、申し訳なく上げる頭がございません」

「いやいや、皆様のお心を安けくするが仏家の役目。衆生の苦しみ恐れを取り除けずに何の出家か、何の修行か」

「勿体ないことでございます」

「いや——それに加えて、あの鬼めは元は高僧。宗旨こそ違いまするが、拙僧と同じ仏弟子には違いない。その仏弟子が、聞くに堪えぬ程の浅ましき所業を為しているとあらば、同じ仏門にある者として放っておくことも出来ますまいて。当然のことをしたまでのこと。礼を云われるまでもございません。しかし、結局この里の皆様のお心が、安寧を取り戻せていないと云うのであれば——」

「いえいえ、それも我等が臆病の所為にござります。下りては来ずとも死んでいるのか生きているのか、恐ろしゅうて恐ろしゅうて様子を確かめに参ることも叶いませぬ。もしもあのまま、あの荒れ寺に生きて、居るのだとしたら、そう考えただけでもう——山に近寄ることも出来ませんのです」

「そうでしたか」

「はい。禅師様はもう心配は要らぬと、そう仰せでございましたでしょう。ただ、あの恐ろしいものがどうなったのかは──お教えくださいませんでした。これが豪傑であれば、首を刎ねたの打ち殺したのと云うことになるのでございましょうが、徳高き禅師様がそのような野蛮なことをなさる訳もなく、かといって、あの恐ろしいものは人の話を聞くようなものではございませんでしょう。ならば、法力でお封じになったか、霊験で滅却せしめたか──」

「そんな大層なことは出来ませんよ。話をしただけです」

「話を──されたのでございますか」

「ええ。話を聴く耳はありました。理性も知性もあるのです」

「あのような──人喰いにでございまするか。墓を掘り起こし、仏様の皮を嘗め、臓腑を喰らい骨をしゃぶるような、そんな鬼めに、理や知がございまするか」

「ええ。仏の教えを捨て人の倫を外れて鬼と成り果てようとも、元は僧侶。しかもかなり位の高い学僧であったようでございましたからなあ。話は通じました。ただ、拙僧の姿が見えぬと云った」

「見えぬ──と」

「いや、見えてはいるのです。ただ見ていない。見たくないのでしょう」

「能く判りませぬなあ」

「お解りいただくのは難しいやもしれませぬなあ。拙僧があの山の廃寺を訪れましたのは、丁度一年前の秋。着いたのはまだ陽のある刻限でございました。そこで拙僧は一夜の宿を乞うたのです。すると彼の者は、見た通りの荒れ寺であるから宿も取れぬし食べるものもない、荒れ果てた場所には良くないことが起こるから帰った方が良いと、まあ丁寧にそう云うたのでございますよ。拙僧に立ち去れと警告した。つまりは、人の心が残っておったのですな」

「ほう。そう――でござりますか」

「ええ。思うに、そのまま一緒にいれば喰ろうてしまうかもしれぬから、早く帰れと云うことだったのでございましょう。生きている者、しかも坊主を喰うのは厭だったのかもしれませぬな」

「恐ろしいことでござります。しかし、厭ならば喰わねば良いだけのことではありませんかな」

「ええ。厭なのに、喰ろうてしまうのでございましょうな。抗い難い何かが、彼の者に鬼の所業をさせるのでございましょう。つまり、抗う心はあるのです。心を罔くしてしまっておるのなら、警告などせず喰うていたでしょう。拙僧は喰われていた。そうならば、もうどうしようもないと云うことになるのでございましょうがな、そうではないのです。で、そんなことを云うものですからね、拙僧は戻らぬと申しました。するとまあ好きにしろと云うのです。ですから、夜明けまで座っておりました」

「座禅――でございまするか」

「いえいえ、座っていただけです。しかし何もされませんでした。見えなかったとあのものは云った。愛欲に溺れなければひとかどの僧となっていたであろう者です。喰いたければ喰えと申しましたところ、突如低頭しましてなあ。教えを乞うて来ました」

「教えを――あの鬼がでございますか」

「あの鬼がでございますよ」

「信じられませんなあ。そこで、禅師様は――」

「教えることなどございませんよ。拙僧はあのものを悟らせ得るような、高僧ではございません。この齢になっても自ら悟ることすらままなりませんのですからなあ」

「いやしかし禅師様。事実、あの日からぴたりとあの鬼めは山から下りて来なくなったのでございます。そう云う意味では心配はなくなったのでございまするが――いずれ禅師様はあの鬼に何かをなされた筈でございましょう。何もせずにあの鬼の所業が止む筈もないではありませぬか。いや――里の者はあれこれと勘繰るのです。封じられたか滅せられたか、もし封じられたのなら、封印が解ければいずれ出て来よう、そうでないなら」

「いやいや、封じてなどおりませぬ。況んや滅することなど出来る訳もない。実を申しますとその時、拙僧は彼の者に証道歌を二句与え、それを解いてみよと、そう申したのですよ。それだけです」

「歌でござりまするか」

「ええ、ええ。教えることは叶わずとも、考えさせることは可能でございましょう。そう思うた。正直、拙僧もその歌の示すところは解らなかったのでございますよ。だから同じく考えようと、そう云うつもりでございました。あのものはその場に座り、考え始めた。拙僧も考えつつ、山を下りた。それだけなのでございますよ」

「すると——あの恐ろしいものは」

「はい」

「禅師様の出された問いを——」

「ええ、真剣に考えておりましたな。ぴくりとも動かずに、只管無心で考えていた。ですから、この者はもう人は喰うまいと——そう拙僧は信じたのです。ただ、一年も経っておりますから——」

「はあ、生きているとは思えませぬなあ。飲まず喰わずで一年も考え続けられる訳はござりますまい。鬼となろうと妖物ではなく人。死んで、朽ちておりましょう。そうであるならば回向せねばなりますまいかな。まあこれも禅師様のご功徳でござります。あの鬼が滅んだのであれば、この里は極楽へと転じましょう。里人一同、禅師様への感謝も込めて、あの鬼を弔いたく思いまする。就いては禅師様も成仏冥福をお祈りくださいまし。そうすれば——」

「いやいや、果たして死んでおりましょうかな」

「死んでおりましょう。一度も里には来ておりませんからな。思うに一年前に禅師様の教えを受けて悟りを啓き、我と我が身を恥じて自死を選んだのではありますまいかな」

「それは――どうでしょう」

「いや、禅師様の仰る通り、あの鬼に人の心が残っているのであれば、とても生きてはおられぬのではないですかなあ。己の稚児童子を喰い、里の墓を掘り返して屍を喰うなど、常人のすることではございませんでしょう。もしも禅師様の出された問いの答えを見付け、仏の教えに導かれて悟りを啓いたのだとすれば、そのまま生きてお天道様を拝むことなど出来はしませんでしょう」

「いいえ。悟られたのであれば、自死など致しますまい」

「そうでございますかなあ。それでは、悪鬼非道の行いを深く悔いて、どこかへ身を隠したか――」

「どちらも」

「どちらも」

「違いましょうなあ。拙僧が思うに、あのものはまだ――考えておる筈です」

「いや、しかし禅師様。一日二日ならまだしも、一年でございまするよ」

「あのものは鬼――なのでございましょう」

「鬼と雖も元は人。人は一年も絶食すれば死にましょう。それとも、人の屍を取り喰らえば、一年飲食せずとも死なぬようになりましょうか」

「それは関係ございませんでしょうなあ。いや、考え乍ら身罷ったか、考え付かずに未だ考えているか――いや――白状致しますとな」

「白状――でございますかな」

「はい。己が出した問いであるにも拘らず、拙僧も今以て、その問いの答えが得られないのでございますよ」

「禅師様も――でございますか」

「ええ、難しい」

「いやあ、それなら、あんな鬼畜如きに解る筈もござりませぬよ。禅師様はあの鬼に理や知があると仰せになる。慥かに禅師様と会話を交わすばかりの知はあったのでござりましょうし、公案を工夫するだけの理もあったのでござりましょうが、禅師様程の徳高きお方でもお解りにならないような難問が、あのような人喰いの鬼に解ける道理はありませんでしょう」

「それは――知れぬことでございますよ」

「そうでしょうかな。ま、わざと難しき問いをお出しになられたと云うことなのでござりましょうか。解けるまで動かぬと云うのであれば、難問である程にあの鬼めが動かぬ時は延びる。絶対に解けぬ問いであるのなら、もう二度と動けぬと云うことになる。これは封印したも同じこと。そもそも、それが絶対に解けぬ問いであるならば――鬼と雖も死にましょう」

「そうであるかもしれませぬ。ただ、解けぬ問いではないのですぞ。解ける者にはすぐにも解ける。そう云うものです。あのものには解けぬやもしれませぬ。いずれ、聞きしに勝る執着を持ちたる者。考え乍ら死んだか、まだ考えているのか、そのいずれかだと思いまするがな。悪鬼と雖も元は仏家。修行もしておりましょう。ならば人を喰うのを止め、喰うたことを悔いたなら、善行の報いで往生しているやもしれませぬ。そうであるなら、仏道成仏の上では我が師たるべきもの。また、万が一まだ考え続けているのならば、あのものは我が弟子と云うことになりましょうよ」

「そうなりましょうか」

「ええ。拙僧は——これから再びあの山へと登り、あのものの様子をば見て参りましょう。いやいや今度こそ、安心していただけるように、きっちりと見届けて参ります。もし死んでいたなら弔いましょう。生きていたなら、問答などして共に悟る道を探しましょう」

「それは真に忝ないことでござりまするが、しかし禅師様、御身は本当に大丈夫でござりまするか。あれは浅ましく激しい、鬼でござりまするぞ。もし一年飲まず喰わずで生きていたなら、今度こそ禅師様を喰うてしまうのではござりませぬか。禅師様の身に何か起きましたなら、私どもはいったいどうしたら」

「いや、心配は要りませぬ」

何を——しに来たのです。

何をしに来たのか。

「尋ねに参ったのだ。尊公には解ったのか。拙僧には解らぬ。あれから一年、ずっと考えたが、それでも解らぬ。どうしても解らんのだ」

江月照(こうげつてらし)松風吹(しょうふうふく)。
永夜(えいや)清宵(せいしょう)何所為(なんのしょいぞ)。

「何の所為(しょい)か——そんなことは解らぬ。否、解らぬと云うよりも、それは何の所為でもなかろう。月が江(かわ)を照らすのも、風が林を抜けるのも、誰の所為でもないではないか。それならば、どうするが仏の道か。どうすることもないのだ。永き夜も清らかなる宵も何の所為でもないのであれば、この世に僧としてある意味はあるのか。如何(いかが)か。人を喰うた尊公なら——解るのではないのか」

為すがままに。

あるがままに。

「それは解っておるのだ。だから――どうだと云うのだ。尊公の境涯は、拙僧には決して行き着けぬところである。尊公が何故人の屍肉を喰うようになったのか、拙僧は知らぬし、知っても詮無きこと。子細も経過もどうでも良いのだ。同じ立場に置かれたとしても拙僧は尊公のようには振る舞わぬだろう。拙僧と尊公は、違う。違うのだ。だがしかし、それは拙僧が決して人を喰らわぬと云う証しには――ならぬ。違う状況、違う理由で喰うやもしれぬ。喰うやもしれぬではないか。ならば、知りたい。どうしても知りたい」

人が喰いたいか。

破戒したいのか。

「人が喰いたい訳ではないのだ。いいや、人など喰いたくはないわ。ただ、人を喰うとどうなるのかは知りたい。どうしたら人を喰うようになるのかが知りたい。さあ、どうなのだ。どうしたら人は鬼になるのだ」

鬼ではない。

鬼ではないのだ。

「では何なのだ。悪因か。悪業か。そんなものではないだろう。ならばどうしたらそのような」

どうもせずとも。

何もせずとも。

「何の所為ぞ」

何の所為でもなし。

人は何もせずとも。

「鬼になると云うのか。人は普く鬼だとでも云うのか。鬼にならぬために修行するとでも云うのか。しかし尊公は、修行を積んだ上で鬼となったのではないか。では、何のための修行ぞ。拙僧はこの一年、夜を日に継いで考えたのだ。考えに考え抜いたのだ。どうしても、どうしても解らなんだ。鬼とは、鬼とは何なのだ」

鬼は拙僧だ。

鬼は尊公だ。

「鬼は何故人を喰う。それが解らぬのは、執着を捨てているからではない。煩悩を滅したからでもない。況んや仏家だからでもないのだ。欲深き者でも、信心なき者でも、そんなことはしないではないか。当たり前にしないではないか。ならば何故に、何のために、人のせぬことを、人に出来ぬことをする。それが――出来る。解らぬ解らぬ」

そう。考えたって解りはしない。

私も解らなかった。分裂しただけだ。

「解らなかったのか。尊公でも」

「自分を鬼と思うたことはなかった。だが、考え始めてから」

こいつは鬼だと思うた。

こいつは鬼だと思うた。

やっと――ひとつになった。

「考え始めるまで、私は鬼ではなかった。入り江を照らす月も鬼は照らさぬ。松間を吹き渡る風も鬼には当たらぬ。永き夜にも、清き宵にも、鬼など居らぬ」

「鬼は居らぬと」

「居るまいよ。居らぬからこそ、鬼なのだ」

「鬼は、居らぬと言うか」

「居らぬ。拙僧も、尊公も、居らぬ。人を喰おうが喰うまいが、そんなことはこの三千世界にとって関係のないこと。鬼は、頭の中に居る。胸の裡に居る。肚の底に居る。でも、そんなものは見えぬし聞こえぬし触れぬものなのだ。つまり、ないのだ。ないのだが、それは」

「それは」

「いいや。矢張りない」

「解った」

もう何も云うなと云って、禅師は錫杖を男の脳天に振り降ろし、男を打ち殺した。

男は簡単に死んだ。

長い間男の死骸を眺めていた禅師は、やがて。

男を喰った。何もかも喰い尽くして——。

青い、頭巾だけが残った。

鬼

福永武彦

上

正親(おおきみ)の司(つかさ)に仕えている若者が、屈託のなさそうな顔附をして、夕暮の京の町を、七条堀河(ほりかわ)から安衆坊(あんしゅうぼう)に向けて歩いていた。供に連れているのは、眼の大きな、臆病(おくびょう)そうな童(わらわ)ばかりで、童の足がつい駆け出しそうになるのを主人は笑いながら引き留めていた。

「そう急ぐな。」

陽が山の端(は)に沈もうとして、血のように滲(にじ)んだ色が町並を酷(むご)たらしい色合に彩(いろど)った。品物を頭に載せて往来していた販婦(ひさめ)もとうに姿を消したし、帰りおくれた女車の側を行く雑色(ぞうしき)は、鞭(むち)を振上げてしきりに牛の歩みを急(せ)き立てていた。破れた鈍色(にびいろ)の水干(すいかん)を着た乞食(こじき)が、物欲しげにこちらを見ながらすれ違った。秋の初めらしい光の澄んだ空には、赤くただれた鱗雲(うろこぐも)が次第に赫(かがや)きを失って行く。

「この間、応天門(おうてんもん)に何やら光り物が出たそうだ。お前ならまず気を喪(うしな)うところだな。」

童はそう言われて、一層顔色を悪くした。つぶらな瞳を起して心配そうに暮れそめて行く空を見上げたが、主人の方はお構いなしに喋(しゃべ)り続けた。

「応天門には鬼がいるらしいな。いや、あれは朱雀門(すざくもん)だったか、ひょっとしたら羅城門(らしょうもん)

だったかな。御所にあった玄象という琵琶が掻き消えて、それを弾く音が南の方から清涼殿まで聞えたので、博雅の三位が音を頼りに朱雀門まで訪ねて行ったところ、鬼が縄をつけて、琵琶を手許まで下してくれたそうな。鬼というのは、なかなか変ったこともするものだ。」

「夜になれば、狐だって出ます。盗賊なんかも待ち伏せしているかもしれません。」

童は漸くそれだけ言い、主人の足の遅いのをじれったそうに横眼で見た。主人は今日、京極の端れまで所用で出掛けて、どうしたわけか、そろそろ日の暮れそうな時分になって、二条の我が家へ帰りかけたのだから。

「盗賊がお前なんかを相手にする筈がない。朱雀大路を走って行けば、大して怖いこともないさ。私は今日は他に泊るから。」

主人にそう言われて、童は口の中で思わず阿弥陀仏の御名を称えた。さんざ威かされた上、一人で夜道を帰されるのではたまらない。主人がゆっくりしているのには、何かしら魂胆がありそうだと思ってはいたのだが。

若者は七条大路の次の辻を右に曲った。その角近くに、かねて父の代から出入りをさせている夫婦者の家があった。亡くなった父が受領を勤めていた頃に国から京に上った者で、旅人の宿を業としていた。平門をはいるといつもは客も少なく、ひっそり静まりかえった家なのに、土間では下人どもが車座になって騒いでいて、身分ありげな若者を遠くから小腰を屈めて眺めた。言葉の中に、耳馴れない国の訛が多かった。

顔色の悪いのを愛敬で包み隠した中年の女が、若者を奥へ案内した。

「手筈はいいのかね。」

「本当に若様のお気の弱いこと。局にお通いになればお宜しいのに。こちらまで気を揉まされるんですからね。」

「なに気が弱いわけではない。これが風雅の道という奴だ。」

「どうですか。こんなあばら家では風雅でもございますまい。」

女は意味ありげに笑ってみせ、若者の方は気が弱いと言われて、道々その臆病さをからかって来た童の姿を眼で探した。しかし童は、下人どもの世話している馬を見る方が面白いらしく、主人の側からは離れていた。

「お方様が恐ろしうてなりませぬか。」

女は尚も若者を苛めていたが、ふと気を取り直して真顔になった。

「それが、実は今夜ばかりは家へはお泊め申せませぬ。」

若者は顔を起して、意外なことを訊くという面持をした。

「あの人に何ぞ……。」

「いいえ、あの方はお出でになれますが、実は田舎から、公事があって都に上った縁つづきの者が、あのように沢山の下人を引き連れて参っておりますので、とても若様のお泊りになる場所がございません。全くわたくし共の都合で申訣ございませんが、向うを断るわけにもいかず……。」

「それでは私の方はどうなるのだ。」

若者は一瞬相手が嘘を吐いてごまかすのではないかと思ったが、確に下人も多勢いることだしその疑いは直に振払った。といって、事がうまく運ばないと分るや、久しぶりに逢うつもりでいた女への不憫さが、急に込み上げて来た。

「今夜はどうしても逢わずには帰らぬ。」

相手は暫く思案をめぐらしていた。

「実は一つ手だてがございます。」

「何だ。早く言え。」

「この西に当る大宮のあたりに、久しく誰も住み手のない御堂がございます。如何でしょう、今夜ばかりはそちらへお泊り遊ばしては。きっとこれも風雅でございますよ。もしお宜しければ、すぐにもお迎えに参りますから。」

若者には考えてみるまでもなかった。恋しい女の面影が、ここ暫く逢わないでいたために、一層鮮かに眼に浮んだ。それは気の小さな、いつもおどおどした、髪の長い女だった。どんな寂しい場所であろうとも、決してしりごみはしないだろう、私が一緒にいる限りは、――そう若者は思った。

若者は早く結婚したが、それは年も自分よりはずっと上で、顔の半面に痘痕の残った、醜い女だった。初めのうちは、暗い几帳の蔭で逢っているばかりだったから、世馴れない若者には姑射山の仙女のようにも思われた。思えばその頃、若者は何も知らなかった。女はさる中納言の遠い縁つづきで家柄もよかったし、物腰も柔かで、若者はとうとう聟になることを承知した。心の隅に、何かしら心残りのようなものを感じながら。

それは予感というようなものだったかもしれない。若者は少しずつ気がついて行った、妻は容貌が醜いばかりでなく、心ざまも賤しく、若者の一挙一動に鋭い眼をくばっていることを。歌の道にも暗く、書もつたなく、言葉遣いも次第にぞんざいになり、女の童に優しい言葉を掛けることにさえ若者の心を疑った。そして若者の方は心の奥深く不満を育てながら、妻の眼を逃れて、心ばえの優しい、情のある女を愛人とすることを夢みていた。

或る日、若者が六条堀河の大路を歩いている時に、通りすがりの赤糸毛の女車を引いた牛が、不意に大路の向うから放れ馬が来たのに驚いて、急に横にすさった。そのはずみに車の轅がはずれ、すずしの下簾が翻って、楓重ねの小袿を着た女房が危く中から転り落ちそうになった。若者はとっさに車の後ろへ走り寄り、その肩を抱きとめた。顔色を蒼ざめさせて、細く見開いた眼、わななく唇、そして彼の手に纏いついた黒髪の冷たさ、……しかしそれも瞬時で、女は素早く簾の中に消え、雑色は車に牛をつけ直し、そして牛は何事もなかったかのようにのんびりした歩みを続けた。白昼夢のように若者は女車のあとを見送っていたが、ちらりと見た、恐怖と感謝との二つの感情を綯いまぜた若々しい女の顔は、若者に嘗て覚えたこともない烈しい恋心を惹き起した。若者はその女車が大きな屋形にはいるのを見届け、七条まで歩いて、かねて町の事情に明るいことを自慢にしている、宿屋を営む女を訪ね、様子を訊いた。そして女房のはいった屋形が、若者の妻とは遠縁に当るなにがしの中納言の別宅だということが知れると、若者は小ざかしく引き受けた女の手を通して、その女房に文を送った。女房の方でも、女車の簾の蔭に見た男の姿が忘れられなかったのだろう、直に文を返して来た。幾度か文が交されてお互いの気持も分ったが、しかし若者にとっては、屋形の局まで忍んで行くことは危険が大きすぎた。それはどういう風の吹き廻しで妻の耳にはいらないとも限らない。そこで二人は、仲立をした女の家の一間に、御簾を下し、蚊帳を吊して、ひそかに逢った。蛍が蚊帳の外をはかなげに飛び交う夜、若者にとって、今まで生きて来た自分の命は、ただこの幼な顔の残った、悲しげな女ひとりのためのものであることが理解された。切なげに身をわななかせている女にとっても、怖れと愛との入り混ったこの一夜は、恐らくは初めての生きがいを感じさせたもののようだった。二人はしっかと手と手とを取り合い、そして夜はいつしかに白んだ。二人は稀にしか逢うことが出来ず、逢うたびに一層誓いを固くした。司に出仕している間にも、机の上の書類を一枚また一枚とめくりながら、若者はうつけたように女の顔を記憶の中に描いていた。ややもすれば嫉妬深い妻の表情がその上に重なり合うのを、必死に振払おうとしながら。

青い袿を頭に懸けた女房が、仲立の女に連れられて現れると、若者は童を呼び寄せて、女に案内されるままに、七条の大路を大宮の方に歩いた。既に日は全く暮れ、僅に一抹の明るみが西の空に漂っているばかり、人通りの全く絶えた大路には秋の初めの涼しい風が道端の柳の葉を吹き返している。童は寒そうに肩をすくめ、自分の前を、足弱そうに歩いて行く小柄な女房の、青ばんだ衣の裾のあたりを眺めていた。お方様が怖いから、それでこんなところでこっそりお逢いになるのだな、と考えた。お方様がもしも気がつかれたら、ただ事では済まされないだろう。それなのに御主人様のあの嬉しそうな顔。

一町ほども歩かないうちに、大路から横にそれると、破れた築地が長く続き、その尽きたところに如何にも古びた御堂が、ひっそりと戸を鎖したまま、夕闇の中に蹲っていた。案内役の女は入口の戸に手を掛け、こともなくそれを開いた。中はしんとして黴くさい臭いがぷんと鼻を衝き、内陣に今もなお仏が飾られているものかどうか、それさえ見定められない。女は若者の方を振返った。

「此所でございます。暫くお待ち下さる間に、わたくしが畳を持って参りましょう。」

小柄な女房は尚も袿に顔を隠して若者に倚り添ったまま、怖そうに御堂の中をうかがっていた。その後ろ姿を童はぼんやりと見詰めながら、主人がいつになったら自分に帰れと言うのか、気が気でなかった。あたりは次第に暗くなって来て、萩の花が築地のあたりに咲いているのが、白々と浮び上った。

仲立の女が自分の家から畳一帖を持って走って戻って来ると、御堂の中に姿を消した。ついでに紙燭をも持って来たらしくて、仄明い灯が、瞬きながらがらんとした御堂の中を照し出した。

「さあこれでお休みになれましょう。わたくしは暁方にお迎えに参りますから。」

女はそう挨拶すると、小腰を屈めて外へ出た。若者はそこで漸く、童が自分の命令を待って入口に佇んでいるのに気がついた。

「お前も御苦労だった。もう帰るがよい。明朝また迎えを頼む。」そして優しく附け足した。「他言をしてはならないよ。」

童は悲しそうな顔をして頷いたが、その時、主人の側にいた女房が袿を取って童の方を見た。物に怯えたようなその表情が、童の心の中に、沈痛といったような一種の感情を喚び起した。

紙燭がかすかな音を立てて燃え尽きると、暗闇の中に濃い油脂の臭いが漂い、それが黴の臭いと混った。女房は若者の腕の中にしっかと抱かれていたが、その身体は、あたりが暗闇になると、一層わなわなと顫え出した。風が御堂の破間から吹き入って、戸をかたかたと揺すった。しきりに虫がすだいて、それがこの夜を風情ありげにするよりも荒涼たるものに感じさせた。

「私がこうしているのだもの、何も案じることはないよ。私はこうやって、あなたと一緒にいるときが一番幸福なのだ。この時のために生きているのだ。私は今さえ幸福ならばそれでいい。あなたはそうは思わないか。」

女ははかばかしい返事をしなかった。

「私にもっと力があったら。私がもっと身分のいい家に生れていたら。今の妻のような嫉妬深い妻を持っていなかったら、――そういうことを考えると、私は夜でも眠られないのだ。私はあなたをこれ以上幸福にしてあげることが出来ない。こうやって人目を忍んで、ただあなたと逢っている時だけが、せめてもの私たちの慰めなのだ。しかし私たちは若いのだから、いつかはもっと愉しい、もっと為合せな日がめぐって来るだろう。もし此の世で駄目ならば来世にでも。」

「いいえ、わたくしは今だけで満足でございます。」

女はそれだけ言い、一層強く男の胸に身を任せた。今だけが愉しければいい、それが本来の若者の考えだったから、未来に幸福があるなどということは、実は思ってもみなかった。殆ど毎年のように悪疫が流行し、都大路にさえ腐れ果てた屍体が投げ棄てられているのを見ることに馴れていたから、明日というものが少しも頼みにならないことは、よく知っていた。どれほど仏を拝んだところで、病いや災いを避けることが出来ない以上は、今こうして女を抱いていることの他に、幸福があるべき筈もなかった。しかし女はやがて、心細そうな、張のある声で、訴えるように話し始めた。

「わたくしは今、心から満足しておりますし、このことを決して忘れはいたしませぬ。わたくしはたとえこれから尼になって暮しましても、御読経の合間合間に、あなた様のことを思い起して、わたくしの後生は極楽に生れ変らなくても、あの時のわたくしは極楽にいたのに等しかったのだから、これ以上慾ばることはないと、申し聞かせるつもりでございます。たとえ今わたくしの命が死に絶えて、地獄へ堕(おと)されることがありましても、わたくしはそれで満足でございます。なぜならばわたくしは、此の世にあなた様のような方にめぐり合って、こうしていとおしんで頂きましたことを覚えておりますから。」

不吉なことを相手が言い出したので、若者はそれを遮(さえぎ)ろうとした。女は更に言葉を続けた。

「……けれども、わたくしと同じ心持を、あなた様もお持ちなのでございましょうか。疑ってはなりませぬ。それはよく存じております。けれどもあなた様はいつまでも、今のわたくしたちのこの幸福を、覚えていらっしゃいますでしょうか。わたくしは恐ろしげな場所で忍び逢いに逢うのも、少しも厭だとは思いませんし、あなた様が今、わたくしをいとおしんで下さいますのも、真心からのことだと存じております。ただ明日のことはわかりませぬ、明後日のことは分りませぬ。あなた様が後になって、中納言の局(つぼね)にいた女房と忍び逢いに逢ったことがあるが、何とも風雅なものだったなどと、もしや昔語りのたねにでもなされることがありましたならば、……」

「どうしてそんな悲しいことばかり言うのだ。私は決してあなたのことを忘れることはない。明日も明後日も同じだ。もしもあなたが死ぬようなことがあったなら、私も必ずや一緒に死んでしまうよ。」

「いいえ、そういうつもりで申したのではございませぬ。わたくしはただ、今のわたくしがどんなに幸福か、それを申したかったばかりでございます。」

女はそう言って喘いだ。若者の情熱が再び掻き立てられ、二人は言葉もなく抱き合った。長い鬚を生やした蟋蟀が破間からはいって来て、二人の上に掛けた直衣にとまって鳴き始めた。虫は、そこに人がいるのも知らないように、いつまでも鳴き続けた。

そして長い時間が経ち、夜も更け、あたりが一層森閑と物恐ろしく感じられる頃おいに、ふと御堂の後ろの方にかすかな気配がして、虫の音が一時に止んだ。若者は奇妙な予感を覚えながら、そっと暗闇の中をうかがった。灯先がちらちらと影を投げ、誰かが裏口から御堂の中にはいって来る様子だった。

若者はぞっと怖気立って、思わず抱きしめていた腕に力を入れた。女はそれまで眠っていたのか、驚いたように身をすくませた。若者は息を殺して、ちらちらと動く灯影の方に注意を集中した。

御堂の中がぼんやりと明るくなり、紙燭を手にした女の童が一人、中にはいって来た。その背後の影が大きく壁に映り、その影が動くと見るまに、女の童は仏の座の前にあった燭台にその火を移した。御堂の中で燭台の火はゆらゆらと揺れた。若者は女を腕の中に抱きしめたまま、身を起してそっと後ろの壁の方ににじり寄った。

女の童がはいって来たその同じ場所から、風のように、萌黄の唐衣を纏った女房が一人、現れ出た。ゆっくりと前に進むと、御堂の隅に顔を隠すように横ざまに坐った。

若者は、腕に抱えている女と同じほど自分も身をわななかせていた。眼は吸いつけられたように、怪しげな女房から離れなかった。初めに現れた女の童はいつのまにか消え失せ、燭台の灯の仄暗い中に、その女は横向に坐ったまま、最早ぴくりとも動かなかった。そして時間が流れたが、鳴き止んだ虫はもう再び鳴き始めなかった。

　言いようのない恐怖が若者を捉えた。この女はただ者ではない。生きた人間である筈がない。この夜中に、単身、人けのない御堂に現れるとは。これは私の女を食いに来た鬼かもしれない。若者は、むかし業平の中将が女を連れて山科の山荘に泊った時に、その女を鬼に食われたという故事を思い出した。そして、自分の力で必ずや守り通そうと、腕の中の女を固く固く抱きしめた。しかしその力も、ややもすれば崩おれそうになるほど、しんと静まり返った中に静坐している女房の姿は無気味だった。その女房は、此所に人がいると知ってか知らずか、横ざまに坐ったまま身じろぎ一つしなかった。そして不意に、細く、よく透る声で、口を利いた。

「そこにいるのは如何なる方々です？　わたくしは此所の主ですが、どうして主にも告げずに此所におはいりになりましたか。此所は昔から、人という人の来たことのない処です。」

　その声は特に変っていたわけではないが、それだけにかえって恐ろしげな響きを持っていた。若者は顫え声で答えた。

「此所にお住みになる方があるとは、つゆ存じませんで。今晩、此所に泊るよう人にすすめられたものですから。申訣のないことをいたしました。」

「早く此所を出て行きなさい。出て行かないと、よくないことになります。」

若者にしても、それだけ答えたのが精いっぱいだった。言われるまでもなく、一刻も早く逃げ去りたかった。腕の中の女は、着物の上に徹るまでに汗を流していた。若者が抱き起そうとしても、ぐったりして手応えもなかった。その身体を抱えるようにして引摺りながら、若者は御堂の入口の方へ少しずつにじり寄った。

漸く表に出ると、外はぬば玉の闇夜だった。若者は女の腕を肩に掛けて歩かせようとしたが、それだけの気力が女にある筈もなかった。何処をどう歩いたかも覚えぬうちに、若者は堀河に近い中納言の屋形の前まで辿り着いた。とにかく危いところを免れた、この女を鬼に食われないで済んだ、――それだけのことしか考えなかった。若者は門をしきりと敲いた。漸く警固の侍どもが門を開いた時に、若者は正体もない女を品物のように相手に渡すと、身を翻して走り去った。自分の家まで、物に憑かれたように駆け通しに駆けた。

次の日は一日寝ていた。思い出すだけでも毛髪が逆立つような気がした。しかし夕刻が近づくにつれ、昨晩の女のことが痛ましく思い起された。思えばあの恐ろしい事件のあとで、殆ど口ひとつ利かないで別れたのだ。歩くことも出来ないほど正体がなかった。今日の日に見舞に行かなければ、あまりに不実のように思うだろう。若者は決心して身仕度を整えると、昨日の童を供に連れて、何はともあれ七条堀河の、仲立をしてくれた女の許を訪ねた。女は待ち構えていたように若者を小脇に呼んで、その耳に囁いた。

「あの方は屋形にお戻りになってからも、まるで死んだようで、一体何事があったのかとどなたが尋ねても返事ひとつお出来になりませんでね。中納言様も御心配あそばされて、これは何ぞ穢れに会ったのだろうとの仰せで、仮屋を造ってそこへあの方をお入れになりましたが、そこで間もなく息をお引取りになりました。わたくしは今朝ほど、心配なのでお屋形を訪ねましたところ、それはもう大変な騒ぎで。」

「お前はそれであの人に会ったのか。」

若者は顔色を真蒼にして尋ねた。

「それが、わたくしが出向きました時には、もう息を引取られたあとでございました。身寄もない方で、仮屋でお亡くなりになるとは、きっと前世が悪かったのでございましょうね。」

若者は茫然としてその言葉を聞いていた。

「鬼の住むようなところにあの人を泊めたのが、私の不覚だった。何という愚かなことをしたものだろう。」

若者はそう言って返らぬことを嘆いたが、仲立の女は、鬼が住むなどとは聞いたこともないと、真顔で繰返すばかりだった。

中

この話は、「今昔物語集」巻第二十七本朝の部附霊鬼の第十六「正親の大夫若き時鬼にあひし語」を、私が小説ふうに書き直したものである。殆ど原文に忠実であり、私はほんの少々、例えば主人公に童を一人供につけたり、仲立の女に宿屋をやらせたり、また御堂で主人公が「女と臥して物語などする程に」という段に、会話を加えてみた程度の、潤色を施したにすぎない。原文はほんの二頁ばかりで、この直後に例によって didactique な結びを添えているから、その部分は原文のまま次に引用する。

「正親の大夫が年老いて人に語りけるを、聞き伝へたるなるべし。其の堂は今にありとかや。七条大宮の辺にありとぞ聞く。委しく知らず。されば、人なからむ旧堂などには宿るまじきなりとなむ語り伝へたるとや。」

これだけである。

ところで「今昔物語集」はかねてからの私の愛読書だが、この挿話には多少合点のいかない節を覚えていた。というのも、この中では鬼があまりにもあっけないからだ。巻第二十七には、霊、鬼、死霊、野猪、狐、迷わし神、産女、などの怪異談が四十五篇含まれているが、鬼に関するものはいずれも凄惨である。例えば、私が右の話の中にちょっと引用した、業平の中将が女と共に北山科の旧い山荘に泊った時には、「にはかに雷電霹靂してののしりければ」という事態が起り、中将が太刀を抜いて身構えたにも拘らず、「女の頭の限りと着たりける衣どもとばかり残りたり」（第七）という悲惨な結果になる。このように、鬼の特徴は、一般に言って、その姿を現さずに、後に被害者のバラバラの屍体だけが残るというのが多い。「重き物の足音にてはあれども体は見えず」（第十）とか、「夜なれば其の体は見えず、ただ大きやかなる者」（第十四）とかいうのがそれである。しかしこの鬼なる者は、形を変じようと思えば何にでもなれるものらしく、例えば「此の板、俄にひらひらと飛びて、此の二人の侍の居たる方様に来る」（第十八）という板も、「車の前に小さき油瓶の踊りつつ歩きければ」（第十九）という油瓶も、鬼が形を変えたものである。最も形相の物凄いのは、「面は朱の色にて、円座の如く広くして、目一つあり。丈は九尺ばかりにて、手の指三つあり。爪は五寸ばかりにて刀のやうなり。色は緑青の色にて、目は琥珀のやうなり」（第十三）とあって、だいぶ後世の鬼に近くなっている。この他に白髪の老女に形を現じたのもあるが、鬼が美しい女房の形をして現れ、いっこうに真の正体を現すこともなく、犠牲に選ばれた女は恐怖のあまり後になって悶死するというようなのは、此所に紹介した挿話の他に例を見ない。

そこで考えるのに、どうもこの鬼は死霊というよりは、生霊の方に近いらしい。生霊に関しては、「源氏物語」の「葵」に現れる六条御息所のもののけを初めとして、「栄花物語」の中にもしばしば描かれている。強度のノイローゼに伴う幻視幻聴であろう。もしこの話の中で若者と女との見たものが、二人の共通の幻覚であったとすれば、鬼と錯覚したのも無理からぬところと言える。しかし更に一歩を進めて、この鬼が死霊でも生霊でもなく、人間業であったとしたならばどうであろう。私はこれについて、幾つかの場合を推理してみた。それをみんな書くのも曲がないから、一つだけを選んで次に述べることにしよう。もっとも「今昔物語集」の中の右の話を紹介するに当って、必要なだけの伏線は少々余分に張ってあるから、聡明な読者は早くもそれと気がつかれたかもしれない。

下

帰れと言われて、臆病な童は朱雀大路まで走って行ったが、そこではたと立ち止った。既に夜はとっぷりと暮れ、見はるかす限り大路に人一人見えない。さっき主人がからかい半分に言った応天門の鬼のことや、自分が口を滑らせた狐のことなど、知っている限りの恐ろしい妖怪が、この大路の向うで自分を待ち構えているような気がする。童は立ったまま顫え出し、よくよく考えた末、もとの道を大宮の方へ駆け戻った。どうせあくる朝また主人の迎えに来るのなら、いっそあの御堂の側で夜明しをした方がましなような気がした。童は主人思いだったし、また主人の側にいさえしたなら、鬼が出ても狐が出ても、怖くはない筈だと自分自身に言い聞かせた。

童はこっそりと御堂に戻ると、裏手に廻って小さな壺屋を見つけた。これもすっかり荒れ果てて、入口には戸もついていなかったから、童はた易く中へもぐり込み板壁に凭れかかった。身体中が小刻みに顫えて、どう息ばんでも顫えはとまらなかったが、しかし声を出せば聞える範囲に主人がいるのかと思えば、少しは気が安まった。すぐ足許で虫がすだいていた。童はとうに両親に死に別れ、一人きりの身寄である姉も世をはかなんで大原の里で尼になっていた。怖いという気持を鎮めるために、亡くなった母や遠くにいる姉のことを思うと、ひとりでに涙が流れて来た。そして童は両腕の間に膝を抱いたまま、いつのまにか泣き寝入に寝入ってしまった。

どれほどの時が経ったのだろう、童はふと目を覚ました。どこかで幽かに人声が聞えて来る。と、急に自分の立場がぎょっとするような不安の中に喚び起された。身体中ががたがた顫えたが、それでも主人のことが気になったので、這うように御堂の方へ近づき、破間の隙からそっと中を覗いてみた。薄暗い燈台の灯が大きな影を揺がせて、童はその中に、主人と、先程の小柄な女房とを認め、そして心臓の締めつけられるような恐怖と共に、見も知らぬ女が反対の側に坐っているのを見た。主人は女房の身体を抱きかかえるようにして、入口から表の闇の中に消えた。あの女は誰だろう、そして御主人様はどうして不意に行ってしまったのだろう。そうした疑問と共に、自分も早くお伴をして一緒に行かなければ、――そう考えはしたものの、どうしたことか奇妙に足腰が動かなかった。童は尚も破間に眼を押し当てたまま、見るともなしに中を覗いていた。御堂の隅に横ざまに坐った女は、主人たちが逃げるように走り去ったあとでも、じっとしたままでいた。もしやあそこにいるのは鬼ではないかしらん、それならばきっと見つけられてただの一口に食われてしまうだろう。童は口の中で一心に仏の御名を称(とな)えた。それでも顫えはいっこうにとまらなかった。口の中がからからに乾(かわ)き、眼に見えぬ手でじりじりと首を締められているような気がした。

ふと気がつくと、明いたままの入口の戸から、女の童を連れた女が一人、そっとはいって来た。それと同時に、今まで黙然と静坐していた壁際(かべぎわ)の女が、首を起し、声を掛けた。

「うまく行ったかね。」

「行ったもなにも。隠れて見ていたら、転るように逃げて行ったわ。さてさて臆病な若様のことよ。」

その声を聞いて、童は思わず自分の耳を疑った。紛れもない、この女は夕刻この御堂へ案内してくれたその同じ女ではないか。これもやっぱり鬼なのだろうか。

「あたしがうまくやったからさ。どうして、我ながら怖いくらいの出来だったよ。」

女たちは二人とも得意げに語り合った。

「お前さんは髪を振乱して、口許に紅(べに)でもこすりつけた方がいいという意見だったじゃないか。黙って坐っているだけで大丈夫だと言ったのはあたしだよ。もっともお方様もそれでよかろうとのお話だった。」

「あたしはもっと凄みのある方が面白かったと思うよ。それでもあのお女中の怖がりようと来たら。」

押し殺すような笑い声がその唇から洩れた。

「あたいだってうまくやったでしょう。」

女の童までが一緒になって笑った。その子供子供した声が、外にいる童の気持を急に鎮めた。さっきほど恐ろしいとは思わなかった。この女たちは決して鬼ではない。しかし何かしら、鬼よりももっと邪悪なものが……。

「お方様もこれで安心というものさ。若様も二度とあの女とはお逢いになるまいよ。」

「口惜しいほど綺麗なお女中じゃないか。いっそ息の根を止めてやればよかった。」

女の憎々しげな声が鋭く響き渡った。

「なにあの女はごくごく気が弱いとお屋形でも評判だから、怯え死に死ぬだろうよ。めったに手でも掛ければ検非違使がうるさいだけさ。そこがお方様のお考えの深いところじゃないか。」

「ふん。それで御褒美の方にも間違いはあるまいね。」

「それは大丈夫とも。今夜あたしがお方様のところに御注進に行ったら、いずれ首尾を見た上で礼は充分に取らせるが、取り敢えずというのでこれを頂いたよ。これは唐渡りの珠だ。」

乏しい燭台の灯の瞬く中に、自慢そうに延した女の手の中できらりと燦くものが見えた。

「それはあたしにおよこし。」

「とんでもない。お前さんへのお礼は明日にでも……。」

「いいからおよこし。それは婆さまの持つようなものじゃない。」

「何をほざく。子持ちの傀儡女のくせをして。」

　女二人は口汚く罵りながら摑み合いを始め、それと共に、女の童が不意に甲高い声で泣き出した。その泣声が真夜中のしずまり切った空気の中を、ぞっとするような寂寥感で貫いた。これはひょっとしたら夢じゃないだろうか。そう童は考えた。破間から見える諍いの光景は、そこだけが地獄図絵のように、悪夢じみて乏しい光線の中に浮び出た。


　あくる日の夕刻、心配げに足を急がせる主人に従いながら、童は今でもまだ信じられない昨日の光景を思い浮べていた。あれからどうやって主人の屋形まで辿り着いたのか、さっぱり覚えていない。眼や耳にしたことを教えようと思っても、昨日はあんなに屈託のない顔附をして、鬼の話で童を怖がらせた若い主人も、今日は不機嫌に黙り込んだまま眉間に皺を寄せて歩いて行く。そして主人の考えている不安は、童の心にも次第に空恐ろしいものとして伝って来た。

　仲立の女が声をひそませながら、中納言家での騒ぎや不幸な女房の最後などを主人に告げている間に、童の心を襲ったのは、事の成行の意外さと共に、空とぼけたこの女の心持の恐ろしさだった。この悲しげな声、眼には涙さえ浮べているのに。ひょっとしたら自分の間違いで、御堂にいたのはやっぱり鬼だったかもしれない、この女は本当に何も知らぬ正直者なのかもしれない。そうした疑いが次々に浮んでは消えた。
しかしこれはみんな嘘だ、みんな企んだことだ。子供らしい直覚でそう見抜いて、童は思わず声をあげて叫び出しそうになった。自分だけの知っている秘密が、心の中で次第に重たくなった。しかしこの場で、声に出してそれを告げることは出来なかった。

若者はその日から、うつけたように病床に臥してしまい、妻はまめまめしく看病した。童は事の仔細を主人に告げようと思いながらも、容易にその時を得ることが出来なかった。

一度、例の仲立をした女が屋形を訪ねて来たが、奥でどのような話が交されたのかは童には分らなかった。ただ、女は嬉しげな顔をして出て来ると、庭先にいた童にお世辞を言った。きっと自分の顔を覚えていたのだな、と童は考えたが、それはあの日の夕刻、主人の伴をしていた時の自分の顔で、深夜に御堂の破間から覗いていた時の自分の顔である筈はなかった。もしもそのことを知ったなら、この女は自分をただではおかないだろう。童は眼に見えぬ蜘蛛の網に捉えられているような気がした。

病いが癒えると、主人はまた何事もなかったように正親の司に出仕し始めた。また前のように屈託のない、晴々しい表情にかえった。童を供に連れて都大路を歩いた。そして童の心の中に、初めて、言いようのない悲しみが萌して来た。

あの女の人は死んでどうなったのだろう。仮屋の中で誰にみとられることもなくはかなくなり、今はどこをさ迷っているのだろう。地獄だ。地獄の他に行くところがある筈もない。童は萩の咲いた御堂の入口で、夕闇の濃くなって行く中にぽっかりと浮んだ小さな白い顔を、まざまざと思い出した。その顔は物に怯えたように自分の方を見詰めていた。その短い、しかし鮮明な印象。それは地獄へ堕ちることを予め知っていた顔ではなかったのだろうか。頼る者もない諦めたようなその顔、しかし御主人様がいた筈なのだ。その人が頼りになるからこそ、あんな荒れ果てた、人も住まない御堂で逢引をしたのではなかったろうか。

頼りに？　そこで童は、今になって、御主人様が何の頼りにもならないことを理解した。妻の眼を掠めて、今や若者はせっせと別の女房に文を送っていた。まだあれから一月とは経っていないのに。いずれは童を供に連れて、こっそり通って行くことになるだろう。最早童にとって、あの夜の恐ろしい事実を主人に告げたところで、何の効果もないことが分って来た。そして亡くなった女房が、尚も無量の恨みを含んで地獄道をさ迷っているその気持が、切ないほど自分の心にも感じられた。

あの仲立の女も、あの傀儡女も、またお方様も、みんな鬼よりももっと悪いのだ。しかしどうしたらその罪を問うことが出来るだろう。検非違使に訴え出たところで、何の証拠もない。陰陽師に調伏してもらおうにも、童には何の資力もなかった。口惜しさに身のわななく思いがしても、どうすることも出来なかった。

童が主人に暇をもらって、ひとり大原へ向ったのは秋も末の頃だった。主人がその訣を尋ねても、童は眼を伏せるだけで、理由を告げようとはしなかった。姉に会いたいからと口にするばかりだった。

尼になった姉は、かねて寂光院にいると聞いていたが、高野川に沿って行くその山道は遠かった。紅葉は既におおかた散って、うそ寒い時雨が降りかかると濡れた道は滑って歩きにくかった。ひとりきりの旅でも、今は怖いとは思わなかった。心の中で、冷たい焰のようなものが、急きたて励ましていた。

長い石段を昇りつめて、漸く尼寺にまで辿り着くと、姉は寂光院の裏手の山中にある小さな庵室にいることが分った。童は痛む足を引摺りながら、竹林の間を抜けて更に歩いて行った。やっと姉の姿を認めた時には、疲れのために声も出ず、ただ涙ばかりがとめどもなく流れ落ちた。数年来会わなかった姉は、亡くなった母親とそっくりになっていた。姉の方は、弟の身に何ぞ不首尾でもあったのではないかと、まずそれを心配した。

その夜、童は心のたけを物語った。火の気もない庵室の中は凍りつくほどの寒さで、時雨もよいの風が竹林を吹き過ぎて行く音ばかりが、無気味に夜空に響き渡った。

「それでお前はどうしようと思うの。」

姉がそう訊いた時に、童は、まるでみまかった女房の霊が乗移ったかのように、口惜しげに叫び出した。

「私には我慢がならないのです。あんな罪のない、優しそうな人を、鬼の真似をしてたぶらかして殺してしまった奴等が。どうしてそんな無慚なことが出来るのでしょう。そういうことを頼んだお人も、仲立をした女も、鬼の代りをした女も、みんな何の咎めも受けないで、安穏と日を送っています。そして御主人様だって、もうあの女の人のことは忘れかけているのです。そんなはかない、情けないことってあるものでしょうか。私はあの人の仇を取ってやりたい。あの哀れな死にかたをした人を慰めてやりたいのです。」

「それには仏を念ずるより他にはありませんよ。」

「いいえ、私は仏に頼ろうとは思いません。」

「その人たちもいずれは地獄に堕ちるのです。もしもその哀れな女人のために仏を念じてあげれば、必ずや功徳になります。私たちに出来るのはそれだけです。」

「私はこの世で罰を与えてやりたいのです。」

「それが何になります? そうすればお前だって地獄に堕ちるだけではありませんか。仏の御名を称えてその人の魂を救うほかに、お前に出来ることはありませんよ。」

竹林を吹く風の音が心に沁み入るようだった。不意に声をあげて泣き始めた童を、尼は数珠を爪繰りながら、いたわしげにじっと眺めていた。

寂光院に近い魚山大原寺に、翌年、修業に熱心な一人の沙弥がいた。先輩の僧たちは彼の精勤篤学なのを愛でたが、同時に、稀に見せるその鋭い眼指を怖れていた。そして地獄に堕ちた一人の女人を今もなお幻のうちに見ているのは、ただこの鋭い、無量の訴えを含んだ、沙弥の眼指ばかりだった。

鬼に喰われた女

坂東眞砂子

京の六条大路の一角にある河原院は、左大臣にまでなった源融の邸宅であった。四町もの広大な敷地に、かつては陸奥国の塩竈の浦を模した池や庭園が散らばり、風流を凝らして造られた母屋や離れ屋、客殿などが配されていたが、今は荒れ果て、屋根は朽ち、壁は崩れかけ、池では葦が風に吹かれて、びゃうびゃうと葉をこすれあわせているだけだ。

ある秋の夕方、この河原院の門の脇に住んでいる守りのところに、立派な身なりの男が訪ねてきた。後ろには、虫垂れの下がった市女笠を被った女が馬に乗り、荷馬と伴の者らしい男女が、五、六人従っていた。

主人らしい男は、「突然、お訪ね申したのは、左大弁、清原時文殿からご紹介頂いたためです」と告げた。妻と伴を連れて京に出てきたのだが、手違いで心当てにしていた宿に泊まれなくなったため、しばらく河原院に泊めてもらえないかという話だった。よろしく頼むと認められた左大弁の書状も携えている。守りは断ることもできずに、承知した。

「荒れ果てたところですが、どうぞお泊まりください。母屋の裏手にある放出の間が、まだしも雨風を凌げます」

守りは、蝶番をきしませながら門を開いた。一行は安堵したように荒れた院の中に入っていった。遠いところから来たのだろう、馬も伴の者たちも疲れているようだった。守りの前を通る時、女の笠から下がった虫垂れが夕風を受けて、ふわりと翻った。その下から現れた艶やかな横顔に目を止めて、守りは思ったものだった。

こんな古びた屋敷に泊まるのは、あまり勧められたものではないな、と。

男は、東国に住む者だった。金には不自由はない裕福な長者だ。この上は「大夫」と呼ばれる身分になりたいと、五位の位を買うために京に出てくることにした。二年前に娶ったばかりの妻も、ついでに都見物をしたいといいだして、夫に同行したのだった。放出の間に幕を巡らし、夫婦はそこを寝所とした。伴の者は土間に寝させ、食事の煮炊もそこでさせ、一行はなんとか落ちつくことができた。翌日から、男は早速、官位を売ってくれそうな者を探して、左大弁をはじめ、知人を訪ねまわりはじめた。妻は伴を従えて、祇園社や清水寺などを参詣して巡っていた。目新しいものがいっぱいの京の都に若い妻は浮かれているようで、仕草や言葉の端々に活気がこぼれていた。

こうして数日が過ぎた。夕方、知人宅から戻ってきて、男は縁でくつろいでいた。妻は放出の間で一人、休んでいた。西に傾いた陽が、庭の木々やその向こうに聳える仏塔を赤味を帯びた色に照らしだしている。この世の終わりのような、なんともいえず寂しげな色だった。

不意に水草の淀む池の水面にざわざわと波が立ち、一陣の風が吹いてきた。放出の間に巡らしていた幕が翻ったかと思うと、奥のほうで、ばたぁん、と戸の開く音がした。風だろうかと思った刹那（せつな）、妻の叫び声がした。

男は幕を撥（は）ねのけ、中に飛びこんだ。一行が使っていない奥の間に続く両開きの戸が開き、暗闇から伸びた太い二本の手が、妻をつかんで中に引きずりこもうとするところだった。

「なにをするっ、放せっ」

走り寄った男の目の前で、ばたぁん、と音を立てて戸が閉まった。戸を開けようとしたが、どうしても開かない。男は妻の名を呼びながら、頑丈な木の戸を拳でどんどんと叩（たた）きはじめた。

強い力で肩と脇腹をつかまれて、体が宙に舞いあがったかと思うと、女は薄暗闇にいた。戸の隙間からこぼれてくる光に、自分に覆い被さる巨大な者の影が浮かんでいる。

鬼だ、鬼に捕まったのだ。

女は叫び声を上げたが、首の後ろと頬（ほお）に手が当てられると、恐怖は鎮まっていった。柔らかで温かな手が、どくどくと脈打つ首筋を包んでいる。その手はゆっくりと顔に伸びてきた。そして、優しい仕草で頰を撫でると、ためらいなくすうと女の胸元に降りた。手は、女の胸のあたりを、円を描くように撫でまわしている。女はこれをどう受けとっていいかわからないでいた。

手は、乳の丘のあるあたりをぐるりぐるりと撫でまわし、渦を巻くようにして、乳房の盛りあがりを掠（かす）め、遠ざかり、また掠めていく。決して不快ではなかった。不快どころか……。

突然、その手が腹にあった。女の柔らかですべすべした下腹に。背後を支えていたもうひとつの手が女の脇腹をつかんだ。なんという強い力か。なんという大きな力か。女は体の内で、悲鳴とも感嘆ともつかない、声にならない声を上げた。

気を失いそうだ。

手が太腿（ふともも）の間に差し伸ばされてきた。どういうことか、女の太腿は開いていたのだった。

力強い手は、女の体のどこにでも現れるようだった。体は、その手の中にあった。やがて手は、女自身でも真似のできないほどに滑らかに、着物を脱がせていった。

女の肩から、胴体から、足から、着物が離れていき、やがて鬼は、女を喰らいはじめた。

肩の下の窪みから吸いつき、乳房に繋がる肉の丘陵を這（は）いおり、乳首までの長い長い道程を下っていく。鬼は、女を貪り喰う。舐め、吸いつき、くちゃくちゃと嚙（か）む。女は鬼の口の中にいた。

女の乳首がそそり立ちはじめた。

鬼の口は、女の腹にまで広がっていく。餅のような湿り気のある腹の肉を口に含み、ゆっくりと吸いこみ、そして再び、腹へと戻してやる。鬼の口を経た女の腹の肉は、今や炎に包まれている。鬼は、女の持つ肉という肉を揉み、こねまわしていく。

やがて鬼は、両手で女を抱えて、我が身のほうに引き寄せた。女の顔を吸い、くちゃくちゃと嚙む。ふっくらとした唇が形を失い、めくれ上がり、象牙のように輝く歯が剝(む)きだしになる。

女の体はじりじりと鬼に近づいていく。その太腿は大きく開いている。お互いの陰毛が触れあうところまできた。女の前には、鬼の男根がそそり立っている。女の流れ垂れる滴の森から、男根の形をした陽石が屹立(きつりつ)している。

頭がくらくらとして、女は融(とろ)けはじめた。

手が女の脇腹から差しこまれ、乳房を持ちあげた。そして鬼は、女の求めてやまなかったことをした。乳首を呑(の)みこむことだった。女の陰(ほと)は、陽石のほうに滑り寄っていった。

なんという美味(うま)さか。

快楽の波が女を攫(さら)っていった。

女の唇から洩れた喘ぎ声を、鬼は口ですくいとった。いかにもおいしそうに、それを吸い、くちゃくちゃと噛んだ。

絶頂を迎えつつある女に呼応して、鬼もまた己れの絶頂に向かって痙攣しはじめていた。

男は半狂乱になっていた。伴の者たちを引き連れて、奥の部屋に通じる押し戸、引き戸、ありとあらゆる戸をこじ開けようとしたが、叶わなかった。

部屋の中で何が起きているか。それを考えるのは怖かった。

「誰か、守りのところに行って、斧か何か貸してもらってこい。戸を破るんだっ」

男は怒鳴って、必死の力を振り絞り、両開きの戸を引っ張った。微かに、戸が動く感触があった。

男はその間に爪を立てた。一寸にも満たないほどの隙間ができた。男はそこに目を押しつけた。

薄明かりの中に、巨大なものの影があった。妻に覆いかぶさって、口を吸っている。

衝撃の余り、男の手がだらりと下がった。同時に、鬼の腕の中で、女の手もだらりと下がった。

「旦那さまっ、借りてまいりましたっ」という声が聞こえても、男はまだ呆然としていた。

伴の者が、斧を振るって、両開きの戸を壊しはじめた。

ばりっ、めりめりめりっ。

板の割れる音に、男は我に返った。戸が破られるや、真っ先に中に飛びこんだ。部屋の中に、鬼の姿はなかった。妻だけが、ぐったりと床に倒れている。沈む直前の夕陽が、その裸体を赤々と染めていた。まるで竿に干された衣のように、平べったく見えた。

男は妻の名を呼びながら、女の体を抱き起こした。しかし妻は生気を失い、死んだようになっている。

男の脳裏に、鬼が口をつけて妻を吸っていた光景が蘇った。

妻は、鬼に吸い殺されてしまったのだ。

男は無我夢中で、妻の口に自分の口をあてると、息を吹きこみはじめた。

背中から抱きかかえ、しばらく口から口へ、息を送っていると、妻の瞼(まぶた)がぴくりと動いた。

男の心に希望の光が射した。

男はさらに一心に口に息を送りつづけた。妻の喉(のど)が上下しはじめた。もう少しだ。

その時、太腿の内側に何かの気配を感じた。男は息を吹きこむのを止めた。目玉だけ動かして、はだけた股の間を見る。

それは妻の手だった。蛇のように蠢(うごめ)きつつ、男の太腿の奥に下った男根へと伸びてきていた。

男は悲鳴を上げて、妻を突き飛ばした。妻は床に背中を打ちつけられ、ぼんやりと目を開いた。その瞳は焦点を失い、唾液にまみれた唇は、夕陽の中で血のように赤かった。

妻も、鬼になってしまったのだ。

男は、放出の間から飛びだした。伴の者がどんなに叫んでも、遅ればせながら駆けつけてきた守りが声をかけても、男は振り向きもせずに、河原院から走りでていった。

伴の者が、鴨川（かもがわ）の河原を虚（うつ）けたように歩いている男を見つけたのは、翌朝のことだった。男は伴の者に連れられて、東国に帰っていったという。

女については、どうなったことやら。河原院の守りに尋ねても、青ざめた顔をして、くわばらくわばら、と唱えるだけである。

水に溶ける鬼

田辺聖子

『今昔』などの古物語には、怪異を語っておわりによく、

「極テ怖シキ事ナリトナム語リ伝ヘタルトヤ」

と結ばれているが、現代から見ると嗤うべき荒唐無稽でも、まさにそのころは「極テ怖シキ事」であったろう。

鬼もすだまも、物の精も、陰陽道の神も、死霊も、すべての魑魅魍魎、妖怪変化が跋扈していると信じられた時代だから、(信じるということは実在する、ということである)語り伝えられる怪異はヨソゴトではなかった。

身にふりかかる災難の、今日は人の身、あすわが身と、切実に聞いたことであろう。

さればこそ、語り手はおわりに必ず、警告めいた教訓を洩らし、それらの怪異談は、「鬼や変化の者に会ったらどうするか」「いかにしてのがれるか」という、ハウツーものといってよいようになっている。

「然レバ案内知ラザラム所ニハ努々立チ寄ルマジキ也。況ヤ宿リセム事ハ思ヒ懸クベカラズトナム語リ伝ヘタルトヤ」

これは、在原業平の中将が、さる所の姫君を盗み出し、北山科のほとりの廃屋の倉に逃げたところ、雷がはためいた。業平がそれに気をとられているうち、女は鬼に食われてしまった。いわゆる『伊勢物語』の「鬼ひとくち」の話の、末尾につけられたいましめである。

「然レバ女、然様ニ人離レタル所ニテ、知ラザラム男ノ呼ハムヲバ、広量シテ（うっかりと）行クマジキ也ケリ。努々怖ルベキ事也トナム語リ伝ヘタルトヤ」

これは、例の、武徳殿の松原の怪、といわれるもの。若い女が、月夜にあるいていて男に呼び止められて食われてしまった話の警告。

「然レバ男ト成ナム者ハ（男たるものは）尚、太刀・刀ハ身ニ具スベキ物也。此レニ依テ其ノ時ノ人皆、此ノ事ヲ聞テ、太刀・刀ヲ具シケリトナム語リ伝ヘタルトヤ」

これは、夜、宿直をしていた若侍二人と、五位の話である。

若侍二人は武道の心得があり、油断せず太刀を持って宿直していた。寝もやらず物語などしていたが、夜ふけ、ふと見ると、東の対の棟の上に、にわかに板の如きものが出て来たではないか。

「何だ、あれは？」

と二人は注視した。

「板か？　曲者が放火でもしようとして屋根の上に登ろうとするのだろうか」

「しかしそれなら、下から板を立てて登るだろう。だがあれは上から落ちてきたようじゃないか」

「怪しいぞ。ぬかるな」

と二人が見守るうちに、板はじりじりとさし出して七、八尺ばかりにもなった。と思うと、この板は、にわかにひらひらと飛んで二人の方にやってくる。

「おのれ、妖怪め！」

二人の若侍は直ちに太刀をぬき払って近寄ったら切って捨てようと身構えていると、板は怯(お)じたのかして、そこへは来ず、格子(こうし)のはざまの、ほんのちょっぴり開いていた所から、原文によれば、

「此ノ板、コソ〳〵トシテ入(イリ)ヌ」

その向うは出居(でい)になっていて、ここにも宿直の侍、五位が寝ていた。この男はのんき者とみえて、身に寸鉄も帯びず、ぐっすり寝込んでいる。

五位が急に、物におそわれた人のように、

「うーむ。うーむ……」

と苦しげに呻(うめ)き、やがて声を立てなくなったので、若侍たちは驚いて、いそいで人々を起し、走りめぐって危急を知らせた。人々が起きて火をともしてみると、五位は、あわれや、平べったくなって圧(お)し殺されていた。怪しの板は、外へ出たともみえず、また、室内にもない。

掻(か)き消すごとく消えてしまったのだ。

人々は怖じ怖れること限りもなかった。仕方なく、五位をみんなでかき出した。

これは、二人の侍が太刀を持って切ろうとしたから、妖異変化のものもその気魄におそれ、近寄ることができず、無警戒でねむっていた五位をおそったのであろう、と人はいった。

それゆえ、「男たるもの、刀はやっぱり持つべきだ」と最後にいましめている。刀は抜き払って刀身を見せることが魔除けでもあるのだ。

『源氏物語』でも、優男の源氏でさえ、愛人の夕顔が物の怪に魘われたとき、太刀を抜いてきらめかせている。男が刀を抜くのは、あの長い大河小説で、あの部分をふくめ、たった二度である。

また、ある所に宮仕えする若い女があった。身寄りのない女で、ふだんから「病気でもしたらどうしよう」と心細く思っていた。

ところが、この女に通う男ができた。だがちゃんと契り交して誠実な心根の男ではなかったらしい。しかるに妊娠してしまった。ここは原文には、

「サセル夫モ无クテ懐妊シニケリ」

と簡潔に要領よくいっている。

女はいよいよ心細く、前世の宿縁のつたないのを歎いたが、相談する人もなく、仕える主人にも恥ずかしくていい出せない。

しかしこの女は、中々、性根がすわって賢明だったとみえ（性根が据わって賢明な女

ならば、「サセル夫モナク懐妊」というような、うろたえた仕儀にはならないかもしれないが、ここはたぶん、女がせっぱつまったあまり、火事場の大力とでもいうか、ふだんと打って変った知恵と胆力を出したのであろう）、しかたない、一人でこっそり、どこかへ隠れて産み落そう、と決心した。

（それで死んでしまうなら、しかたないわ）

　と女は思った。

（でももしうまくいったら、知らぬふりで戻ってこよう。子供は捨ててしまえばいい。山の中ふかく入って産み落そう）

　この女が、そういう決心をしたとしても責めるべきではない。身寄りのない女は、仕えている邸をしくじったら、全く野たれ死にするしかない時代だったのだ。

　無力な女にとっては、「悲シキ事云ハム方无ク」おぼえたがしかたない。人々の手前、気強くふるまってけどられぬようにし、ひそかに、ただ一人召し使っている女の童に、山ごもりの食物の準備などさせていた。王朝の女の衣裳はかさ高く、衣に埋もれたようなものなので、臨月になっても人に見咎められることはなかったろう。

　ある夜あけ、出産のきざしがあったので、女の童に、準備させたものを持たせていそいで邸を出た。京を出て、東山の方へいこうとすると、川原で夜が明けた。どこで産もうか、心細いこと限りない。休み休み、やっとのことで粟田山まで来た。山の中にこわれかかった家があり、人も住んでいないようなので、やれうれしやと、女は垣をこえて入った。

朽ち残った縁に腰かけ、ほっと休息していると、思いがけなく奥から人の足音がした。

（あこまった。人が住んでいたのか……）

と思って、遣戸をあけるのを見ると、あたまの白い老婆だった。出て行け、というかと思いのほか、にっこりと笑って、

「どなたさまかな？　ここには珍しい客人は」

という。女は泣く泣くありのままを語った。すると老婆はふかくうなずいて同情した。

「まあ気の毒に。それならばなんのご遠慮も要りません。ここでお心安う、安産なされ」

といって奥へ案内してくれた。女は仏の助けと喜んで、老婆の敷いてくれたうすべりの上で、平らかに安産した。お産が軽くて。老婆も喜んだ。

「ようございました、お産が軽くて。私は年も取り、こんな山奥の一人ぐらし、物忌もべつにいたすつもりはございませんから、ゆっくりここに逗留なさってご養生なさいませ」

といってくれたので、女はうれしかった。

老婆は湯などを女の童に沸かさせ、赤児に産湯をつかわせたり、いそいそと世話をしてくれた。はじめは捨てようと思った子だが、可愛いい男の子だったので、女も情が湧いて乳を飲ませたりしていた。

こうして二、三日たった。

女が昼寝しているそばに、赤子も寝かせてあったが、女はふと目がさめた。老婆が近々と寄って、赤子をながめている気配なのである。

老婆は、女が目を覚しているとは知らず、

「何と美味（うま）そうな。ただひとくちに、わんぐりと……。いひひひひ」

とひとりごとをいっているのだった。

女は身の毛がよだった。

この老婆は鬼だったのだ。逃げなければみな食われてしまう、とぞっとした。

老婆の昼寝を見すまして、女は、子供を女の童に負わせ、仏を念じつつ走りに走って逃げた。やっとのことで粟田口にたどりついた。そして、人家をみつけて衣服を着更え、暗くなってからあるじの邸にもどり、子供は里子にやった。

老婆がその後どうしたか、わからない。この話は、女が年老いてから人に語ったのである。

鬼の怖ろしさから、というよりも、人知れず身二つになった、ということを知られたくない配慮が働いていたためであろう。

「此レヲ思フニ、然（サ）ル旧（フル）キ所ニハ必ズ物ノ住ムニゾ有（アリ）ケル。然（サ）レバ、彼（カ）ノ嫗（オウナ）モ、子ヲ『穴甘気（アナウマゲ）、只（タダ）一口』ト云ヒケルハ、定メテ鬼ナドニコソハ有（アリ）ケメ。此レニ依（ヨリ）テ然様（サヤウ）ナラム所ニハ、独リマニハ立チ入ルマジキ事也トナム語リ伝ヘタルトヤ」

ひとりで、ややこしい所へ（王朝語では、むつかしき所、という）行ってはいけないといういましめである。人々はこれを読んで、どれほど心にふかくうなずき、肝に銘じたことであろう。

また、字の読めぬものは、その話を人にしてもらい、読み手や話し手は、原本にあるいましめに加えて、自分の意見もついでに開陳し、いましめを生んで、たがいに語り伝えたであろう。

しかしながら、あまりの妖異に、話し手は忠告や訓戒をつけ加えるのも忘れることがある。

また、つけ加えられない妖異もある。それは、自分の落度で招いたのではない悪運は、避けられないから、訓戒の埒外というべきなのであろう。

私なんかが読んでいて、何となくぞっとするのは、板のバケモノや老婆の人喰い鬼ではなく、形も姿もわからぬが、何となく圧迫感のある怪異のものである。

私は、慈岳の川人が、地神に追われる話、というのが、いちばん気味わるい気がする。

――昔、文徳天皇の崩御されたときのことだった。御陵を占定するため、大納言安倍安仁が諸官をひきいてそのことを行った。正史によると、これは天安二年九月二日だったというから、西暦八五八年、である。

一行の中に慈岳の川人、という陰陽師がいた。これはベテランの陰陽師で、「世ニ並ビナキ者也」とあるくらいである。御陵を定めるのに、陰陽道によって占定するのはいうまでもない。

陵地が定まって一行は帰途についた。深草の北の方をゆくころ、川人が責任者の大納言のもとちかく馬をよせ、何か言いたそうにしている。

「用か？」

大納言はそう聞いて馬を控えた。

川人はただならぬ様子で、顔色もない。

「私はいままで、陰陽師として身を立ててまいりまして、幸い、誤りもなく、なんとか過ごしてまいりました。しかし、こんどというこんどは、一世一代のまちがいをしてしまいました。地神を怒らせてしまったのです」

「地神を」

「そうです。彼らは追って来ます。彼らは陰陽師たる私と、責任者のあなたを求めているのです。彼らに追われたら遁(のが)れる道はありません。どうなさいますか」

どうなさいますか、といわれたって大納言安仁にもこたえようがない。その道のプロフェッショナルである川人でさえ途方にくれているのに、素人(しろうと)の大納言に方策がたてられるわけがない。

「ともかく、お前に委す。私にはわからない、助けてくれ……それにしても」

と大納言は身震いしていった。

彼は、川人を信じて、そちらの方面のことは委していたのだ。それを今になって、まちがってました、地神に命をねらわれています、というなんて、無責任ではないか、という気がある。しかし川人ほどの男が恐れているのを見ると、その恐怖が伝染して、責任問題を論ずるどころではない。

「何とかやってみます。身を隠す法を考えます」

と川人はいい、後続の行列を先にやらせた。

この川人の、失策というのがくわしくわかればいいのだが、それは『今昔』には触れていない。煩瑣(はんさ)で難解な陰陽道の理論や方法をいちいちくわしく書きとどめるにも及ばないと思ったのか、どうか。

私の思うに、この川人の失敗というのは、根本的な、見通しをあやまった、というような大きなものでなく、ほんのちょっとした失敗、川人ほどのベテランが、まさかというようなミスをおかした、というようなものではなかろうか。初歩的なミスであればあるほど、その結果は大きい、というような。つまり、まず、バルブを閉じるべきところを、開けてしまった、というような、誰でも気付くことが、大爆発の原因だったというようなものであったかもしれない。

地神（土公神(どくじん)ともいう）というのは、陰陽道でいう、土をつかさどる神である。

この神が土の中にいるときに、土木工事をしたり、土をいじったりすると、怒りを買うといわれている。たぶん川人は、前以て、地神の怒りを転じ封ずる秘法を忘れたのかもしれない。

（いまも、折々、旧蹟の碑を建てるとき、地神の碑もいっしょに建てられることがある）

やがて日が暮れた。夕闇にまぎれて大納言と川人は馬を下り、馬は先へ遣って、ただ二人、田圃の中にうずくまった。川人は大納言の上に、田圃に刈って積んである稲をかぶせてゆく。そうして姿をかくすと、そのまわりを呪文をとなえつつ、何度もめぐった。そのあとで川人も、稲の中へもぐりこみ、大納言と二人、息を殺していた。

この時の大納言の心地はどんなであったろう。

大納言には地神の恐ろしさも、地神の報復が如何（いか）なるものかもわからない。すべて五里霧中である。しかし、深く信頼している川人が、身震いして青くなっているのだから、それによって地神のおそろしさを思いやるのみである。原文には、

「大納言、川人ガ気色極（キハメ）テ騒（サワギ）テワナナキフルフヲ見ルニ、半バ死ヌル心地ス」

とある。

目にみえる妖異や、鬼はまだ逃げようがあるが、何かわからぬものはイメージの描きようがないから、気味わるい。しかも、地神、などというもの、単に妖怪とだけでは片づけられない。それはもはや、皮膚感覚に感じられる恐怖である。全存在を圧倒してくれるような巨大な、何かである。顔も体もない、大きな虚無に似た何かである。

むしろ、それは、死そのものかもしれない。

大納言はただもう、じっと堪えていた。

声も出さずにいくときか。しばらくして、千万人の足音が通り過ぎた。ゆきすぎたかと思うと、たちまち帰ってきて、ガヤガヤ話している。人の声に似ているが、人の声ではなかった、と原文にあるが、これはおそらく、こちらの気持にひびいてきただけの声であって、肉声ではなかったのであろう。

「このあたりで馬の足音が軽くなったぞ」

「このへんで馬を下りたな」

「あたりいったい、ずうっと土を一、二尺掘ってみろ。きっと見つかるぞ」

「川人の奴、腕のいい陰陽師だから、うまく隠れているつもりだろうが、見つけずにおくものか」

「奴は見つけられないにしろ、大納言めをのがすものか」

と、ここかしこさがすのであった。

しかし、いくらさがしても見つからない。統率者らしい男がついに、

「ようし、引き上げよう」

といった。

「いつまで隠れおおせるものか。今夜の所は見のがしてやるが、いつかはきっと見つけてやるぞ。こんどの十二月の晦（つごもり）夜半、天から地の底まで隅から隅、目を皿にしてさがしまわってやる。おれたちにかかったら、隠れたってダメだ。そのときにまた、集まろ

う」

「おう」

「おう」

と応えて、怪しの物たちは散っていった。

大納言と川人は足音が聞こえなくなると、夢中でとび出して走った。

馬は川原にいた。おのおのそれに飛び乗って駈けた。

しかし、これで難をのがれたわけではない。

三か月先の十二月には、また集まって捜すといっているのだ。

「こんどこそ、見つけられるだろうなあ」

と大納言は生きた心地もしない。しかし川人のほうは、すこし自信を取り戻していた。

「十二月ということを聞いてしまったのですから、その夜、二人ともこっそり隠れていればよいのです。日が近づいたらまたご連絡します」

といって、家へ帰っていった。

恐怖の十二月晦日はすぐ来た。川人は大納言に、

「絶対、人に知られないで下さいよ。ただ一人で、二条と西の大宮との辻に、暗くなってからおいで下さい」

といった。大納言はいう通りするほかない。日暮れの雑踏にまぎれて大納言は辻へいってみると、川人はすでに来ていて、無言で大納言についてくるように合図し、嵯峨寺

へいった。

堂の天井に登り、川人は呪文をとなえ、大納言は「なんまいだなんまいだ」と呟いている。――果して夜半すぎ、いいようもない、いやな気分に襲われた。なまぐさい臭いのする暖い風が吹いて来て、地震のような地鳴りがする。そら来た、と大納言はあたまを抱えたが、このたびはそれだけで、怪しの物の気配は近くにあらわれず、ついに、鶏が鳴き出し、二人は生色をとりもどした。まだ明るくならぬうちに、それぞれ家へ帰ったが、別れぎわに川人は、

「もう大丈夫です。難はのがれました」

と大納言にいった。このときに大納言が、「お前のおかげだよ」といった、というのは原典にない。あるいはそこは脱落しているのかもしれないが、川人は言葉をつづけて、原文によると、

「然ハ有レドモ、川人ナレバ此ハ構テ遁レヌルゾカシ」

と恩着せがましくいっている。大納言は川人を拝んで家に帰った、という。

私のようなベテランだから、うまく脱れられたんですよ、と川人はいうのだが、はじめは、自分のあやまちで地神を怒らせ、大納言を災厄に巻きこんでおきながら、「私だったから助かったのだ」というのは、平仄が合わない。かなり、おっちょこちょいの男である。

しかしここは恩着せがましくいったんではなくて、しみじみ、思わず出た述懐であっ

たのかもしれぬ。陰陽道の第一人者としての実力があらためて証明され、そのことに対する感懐が思わず口を洩れたのかもしれない。とすると、川人は、恐怖よりもふかい満足で以て心をいっぱいにしていたのかもしれぬ。

しかしまた、現代風に悪く勘ぐると、川人は、かねてより大納言に何か、ふくむ所あったのかもしれぬ。

大納言は、何かこの陰陽師の恨みを買うようなことがあったのかもしれない。

川人は、いつか、目にものみせてやろうと思っている。いっぺん、怖い目にあわせてやろうと考えている。

彼はうまくこしらえて、地神が追ってくるという恐怖を大納言に吹きこむのに成功した。

大納言は暗示にかかって、みぐるしく狼狽し、恐怖に惑乱し、川人に唯々諾々と従う。

いい気味だ！

川人の芝居につられて、大納言は「半バ死ヌル心地」を味わった。偉そうに威張っていても位階勲爵は、物の怪の世界では無力である。

そこでは、あやしの闇の力に翻弄される、非力な、かよわい、矮小な一匹の人間にすぎない。大納言は冷や汗をかき、わななく手で川人をつかみ、

「たのむ。たのむ。どうしたらいいんだね。たすけてくれ。お前のいう通りにするよ」

と哀願したろう。

目は光を失っておどおどし、口ひげは臆病に力なく垂れていたろう。大納言だの大臣だのといったって、所詮は、一人になれば無力な裸虫、正体を見たぞ）と快哉を叫ぶ。川人は内心（そうれみろ。いざとなればこんなざまだ。

川人は尤もらしく大納言をかくし、呪文をとなえる。このへんから川人が自信ありげにふるまっているのをみても、どうも芝居臭いのである。地神とおぼしき足音や声は、川人の道術かもしれない。

災厄がすんで、大納言ははればれする。咽喉もとすぎれば熱さを忘れるのたとえ、大納言ははや、川人に尊大になり、

「何もなかったじゃないか、大げさにいうからびっくりした……」

とでも文句をいったのかもしれない。川人がそこで、

「私だから、これ、逃げられたんですよ」

といったとしたら、大納言は一言もないだろう。

そうでなければ、ベテランの川人が「とんでもないあやまち」をするはずがない。かつ、はじめの周章狼狽ぶりと、のちの沈着冷静ぶりが釣合わない。

しかし、九世紀十世紀の暗黒蒙昧の時代の人間に、そこまで気をめぐらす余裕はないであろう。

ほんとうに地神におそわれたのだとすると、これはおそろしい。

地神の悪意だけ感じられて、実体のイメージのないところが、より不気味である。そ

うして、声なき声が、こちらに感知される、というところも、骨を嚙むような怖さがある。

時の人は、さすがに、こういう災厄から身をのがれるいましめは、思いつかなかったとみえる。唯一の希望は、川人のようなすぐれた、やんごとない陰陽師にめぐりあって助けられることである。されば『今昔』の原文にも、

「此レヲ思フニ、尚、川人止ム事无キ陰陽師也トナム語リ伝ヘタルトヤ」

という感嘆の声でむすんでいる。

これを要するに、中世の鬼・妖怪・変化のものは、当方さえ注意していれば、かなり、災厄を未然に回避することができるのである。「むつかしき」場所にたちいらぬとか、しかるべき対応手段さえ心得ていれば身の助かることもある。しかし、もっと上のクラスの恐ろしい未知のものには、人間はもうお手上げである。

そんなことで、陰陽師は、なくてはならぬ存在であったろう。

未知のおそろしいもの、訓戒も歯に立たぬもの、といえば、地神と共に幽霊である。『今昔』の幽霊は、近世の幽霊とちがい、恨みをのんで死んだ人が化けてくるというものではなく、みな、やさしい愛情が凝って幽霊となるのだ。

それは怨念にまといつかれるよりも、戦慄的である。甘美であるだけに不吉で、おどろおどろしい。

上田秋成の『浅茅が宿』の話も、『今昔』には、

「人ノ妻、死ニテ後、旧夫ニ会ヘルコト」

として載っている。妻を捨てて他国へいった男が、もとの妻恋しさに堪えきれず、任期の終るのをまちかねるようにして京へ戻ってくる。まっ先に旅装束のまま、もとの妻のところへいってみると家は荒れ果て、人の住む景色もない。秋の月ばかり明るい。

しかし妻は家の中にいた。恨む気色もなく、男をみて嬉しげに、

「まあ、お帰りなさい。京へはいつお戻りになったの」

といった。男は年来、お前のことを忘れたことはなかった、これからはもう、どこへもいかない。家財も明日になったら取り寄せ、従者もここへ呼ぼう、という。妻の喜びはいうまでもない。別れてからの幾年かの苦労をこまごま語り、夜もふけたので、

「今ハイザ寝ナムトテ、南面(オモテ)ノ方(カタ)ニ行テ、二人搔抱(カキイダキ)テ臥(フ)シヌ」

ここには誰もいないのかい、と男が聞くと、

「こんな貧乏ぐらしですもの、居ついてくれる者もいなくなりましたのよ」

二人はよもすがら語りあかし、男は、身に沁(し)むように哀れに思った。

ふと目ざめれば、夜は明けていた。

日ざしがきらきらとさしこみ、あたりはくまなく明るい。

男は驚倒する。搔き抱いて寝たとみた妻は「枯々(カレカレ)ト干(カレ)テ骨ト皮トバカリナル死人ナリケリ」男は衣服を抱えこむと走って縁から下り、もしや僻目(ひがめ)かとよくよく見たが、やはり白骨であった。

妻は男の去ったのを嘆いて死んだのだった。みとる人もなく、また葬る人もなかったので、そのままに骨は打ちすてられていた。近隣の人は恐れて近寄らず、家は無人だったのである。原文は、そういうときは、よくよく聞き合わせてからにしなければいけない、と教えている。

それにしても男が、白骨と語り、泣き、愛しているのを、もし、物陰から見る人があれば、どんなにおそろしかったであろう。白骨の妻がやさしくしおらしかったから、よけい男は恐ろしかったであろう。

愛人同士の仲といっても、亡霊はおそろしい。

大和(やまと)の国に住むある人が、美しい娘をもっていた。両親は可愛いがって大切にかしずいていた。また河内(かわち)の国に住む人は、美しい息子を持っていた。この青年は京に上り宮仕えして笛をよく吹いた。愛すべき性格だったとみえて、みんなに好かれていた。

青年は、大和の国の美しい娘の噂をきき、求婚した。はじめはことわったが、熱心に懸想したので、ついに娘の両親もゆるして結婚させた。蜜月が三年ばかりもつづいているうちに、夫はふとした病いがもとで、亡くなってしまった。

妻は嘆き悲しみ、死んだ夫を恋うていつまでも泣いていた。

男たちがたくさん言い寄るのだが、耳にも入れず三年たった。

秋のある夜、常にもまして、女が夫のことを思い出して泣き悲しんでいると、夜なかばかり、はるかに笛の音がきこえた。

笛の音はしだいに近づき、止んだ。と、女の居間の蔀戸が、ほとほと叩かれ、

「おい、あけてくれ」

という声、まさしく、死んだ夫の声である。

女は恋しいことは恋しいが、恐ろしさで体が硬直してしまった。

それでも、ひとめ、姿を見たい。もしや、ありし世のそのままの姿であろうかと、やっとのことで身を起して蔀のすきまから覗くと、生きていた時そのままの姿で、男は立っていた。

「私だよ。お前にあいたくてね……」

夫は悲しそうな目をし、体からは烟が立っていた。女はがくがく震え、ものもいえない。

「怖いのか。……無理もない。お前があまり恋しがるから、むりに閻魔大王からおひまをもらって帰って来たのだが、そんなに怖がるなら、いくよ。日に三度、体が燃える苦を受けているのだ。苦しくて……」

といい、男はかき消すようにふっと消えた。

女は夢かと思った。

しかし、笛の音の余韻はまだあたりに漂い、男の口調はそのまま、耳に残っていた。

一目見たいと恋い焦れた男ではあったが、やはり冥界の匂いにまつわりつかれている

男を、女は抱くことができなかった。

浅茅が原の妻は、白骨になっても夫を幻惑させることができたのに、笛の男の方は、妻をまきこむ愛執の念が足らなかったのかもしれない。

また、妻の方に、そこまで雪崩れこむ恋慕が足らなかったのかもしれない。もしかしたら、笛吹の妻は、泣きながら自分のことを憐れんでいたのかもしれない。自分のようにあわれな不幸なものがあろうか、と……。自己憐愍の涙は甘く快いものなのである。

また、この妻は、ひょっとすると、いちじるしく理性的な婦人だったかもしれないのである。亡き人を悲しむという点については、まちがいなくそうなのだが、幽霊が現われるのはみとめられません、という、区別をハッキリする方針かもしれぬ。

小野篁という人がいた。

変人だという噂が高く、篁にはたえずふしぎな伝説がまつわりついていたが、しかし篁自身は、自分は当然のことをやっているのにまわりがおかしいのだ、と思っていた。

これはちゃんと実在の男で、その一生も公的記録に残っている。九世紀のはじめの人である。

小野岑守の長男で、六尺ゆたかの大男、学問ぎらいで、少年のころは馬に乗ったり弓を射たりするのが好きだった。

しかし青年になるに及んで学業に励み、文章生となり、途中、一度は失脚したが、もとに復してからは順調に出世して参議から左大弁になった。百人一首では「参議

篁」の名で、

「わたの原　八十島かけて　こぎ出ぬと

人には告げよ　蜑のつり舟」

というのがはいっている。

多感な詩人で、直情径行のふるまいが多く、人に愛されもしたが、憎まれもした。家はまずしかったが、母にやさしく友情に篤く、俸給をあげて親友にほどこすことがある。みんなは、篁に「野狂」というアダナをつけていた。

飄々としているようで、詩人の直情が彼を狷介にさせ、率直さが酷烈と裏おもてに貼り合されて、異様な人となりの印象を与えた。

中年の頃の失脚原因は、遣唐副使忌避事件である。彼は承和元年（八三四）、遣唐副使を命じられたがこのときは暴風で渡航できず、引返した。四年後、再び命じられたが、遣唐大使の藤原常嗣が、破損した船に篁を乗せようとしたので、怒った篁は仮病を使って乗船しなかった。

その上、遣唐を諷する詩文も作ったので、勅勘に触れて、官位を剝奪され、隠岐の島へ流された。「わたの原」はそのときの歌である。この歌には、どこか悲憤やるかたなき思いがほとばしっている。『古今集』に載せられていて、

「おきのくにに、ながされける時に、ふねにのりていでたつとて、京なる人のもとにつかはしける」

という詞書（ことばがき）がある。

彼の詩才は帝の愛する所であったから、翌年、ゆるされて京へもどり、本爵に復した。

当時の噂では唐の白楽天（はくらくてん）をしのぐとさえいわれ、白楽天は彼が遣唐副使でやってくるときいて、たいそう喜んだということである。一族には、詩人文人多く、道風（とうふう）は彼の甥である。小町（こまち）も、彼の縁戚ではないかといわれているが、そういうことへの畏敬が、ふしぎな篁伝説を生んだ。

世にも奇っ怪な噂が篁にはあり、そのため、篁は人々から、恐れられていたのである。

それは、篁は、地獄の役人、閻魔庁の冥官であるというのだ。

いつとはなく、口から口へとそれがささやかれ、人々は篁に口を利くのも恐れるようになった。

その噂の出所は、西三条の大臣、良相（よしすけ）であるという。

大臣は重病にかかっていったん死んだ。

あの世へいくと、たちまち閻魔大王の使いが来て、からめとられて大王の前で罪を定められることになった。

大王の王宮には、冥官が並んでいた。その中に、見知った顔だと思ったが、何と小野篁の顔が見えるではないか。

（や。あの男も死んだのか）

それにしても、役人の席に坐っているとはどういうことだろう。

やがて、大臣の現世における罪の数々が読み上げられ、冥官たちはそれによって、大臣のおちるべき地獄を宣告する。これから無限の苦役がはじまるのだ。永劫の呵責（かしゃく）に骨身を裂かれるのだ。大臣は絶望し、慄えていた。

と、篁がやおら笏（しゃく）をとり直して口をひらいた。

「あいや、各々方（おのおのがた）。この日本の大臣は、本来、心直き人でございます。生きている間、人の世の掟にいささかは違う罪もおのずと出て来たかも知れませんが、それらはいずれも片々たる微罪。この者は公平で勇気に富み、これが正しいと思ったことは敢（あえ）て貫いて、人のためにはかりました。この度の罪はどうか私に免じておゆるし下さい」

そうして、閻魔大王に向いて一礼した。

大王は困って、しばらく考えていたが、

「難しいことだが、それほどその方がいうなら、聞き届けてつかわそう」

「ありがとうございます。罪をおゆるし頂けるとすると、この者は、では罪なくして閻魔の庁へ曳いてこられたもの。いやしくも、大王のご差配に過誤があってはなりません。いそぎ、この大臣を現世へもどしましょう」

「おいおい、そこまでは、わしは言うておらん」

「はて、罪なくして地獄へ引きとどめておくことは、公平ではございません。これ、早う連れていけ」

と篁は地獄の獄卒の鬼たちにいった。

ほっと大臣・良相が目をあけてみると、わが家だった。

「殿が生き返りなされた」

「うれしや、加持祈禱の甲斐があった」

「お父上、しっかりして下さい」

と人々は大臣を覗きこみ、うれし泣きに声を放って泣いた。邸中、主人が蘇生した喜びの声で満ちた。

やがて病いは日一日とよくなったが、大臣は、あの夢を忘れることができなかった。夢にしてはあまりに鮮明に心に彫りつけられていて、ただもう、実際にあったこととしか思えない。

しかし、不気味でもあり、かつ、篁の人格にも関することなので、軽々しく口外もできず、自分一人の胸におさめていた。けれども篁に対し、今までとはちがう目でみるようになったのは事実である。

（おそろしい男だ――）

と思いもし、また命の恩人でもあるからありがたくも思い、その反面、冥官である彼が、半分は死人のような、普通の人間とはいえないような、薄気味わるい気持であった。

あるとき、大臣が陣の座に着くと、篁がひとりだけで、ほかに人のいないときがあった。

（いい折だ。冥途のことを聞いてみよう。あの奇っ怪な夢が事実だったかどうか、たし

かめてみよう）

と大臣は思い、篁のそばへ寄って、声を落していった。

「このあいだから、よい折がなくて申上げられなかったが、あの冥府でのご好意は忘れられません。あれは、どういうわけで、私をお庇い下さったのかな？」

篁は、ニコと頬笑(ほほえ)んで大臣を見た。青少年時代に武芸で鍛えた、強大な体軀(たいく)のこの男、しかも、いったん憤激を発すると、帝であれ権力者であれ、恐れず抵抗してはばからない鼻っ柱のつよいこの男は、笑うと、少年のように、無垢(むく)な純真さが輝く。

「あれは、お礼でございます」

「私への礼と？——」

「さよう。過ぐる承和五年の年、遣唐副使を拝辞して勅勘を蒙(こうむ)った私は、あやうく死罪にされるところでした。それを、あなたが弁護して下され、死一等を減じて流罪となりました。ご恩はありがたく、終生わすれませぬ。いささかのお礼に、私も尽力させて頂きました」

「それは」

大臣は言葉もなく、（ではあれは、真実だったのか）とぞっとしながら、

「あなたが冥官の一員でいられるとは知らなんだことです」

「どうかそのことは口外なさいますな。誰にも明かさぬようにおねがいします」

「む、むろんのことです。しかし、どういう縁であなたは、冥官につてがおありになっ

たのか……」

「ははは」

篁は、恐怖と好奇心で張り裂けそうに目をみはっている大臣に、憐れむような笑いを投げた。

「現世もあの世も、私にとってはかわりないのですよ。彼岸、此岸を私は自由自在に往来し、遊行します。されば、この世での人の悪行善行もあの世で浄玻璃の鏡に映したようにわかるのです。私にとって死は生、生はすなわち死、——夢もうつつもわかちがたいのです」

「おお……」

大臣は呻いた。

「あなたは、ただの人間ではないのですな、神人であられたのか」

「役の行者をごらんなされ。昼は伊豆に、夜は駿河の富士の頂きに、天空を飛翔して通い、修行したというのではありませんか。現世とあの世を往来するぐらい、なんでもありません。私は夜は、あの世へいって冥官の業務を執っております。どっちが本業か分りません」

大臣は、このことを、誰にも洩らさなかった。

しかし、それ以後、

「人のためには尽くしておかねばならぬぞ。どんなことで、自分の身にめぐりめぐってくるやら知れぬ。自分に因果応報がなくとも、子孫にきっとあらわれる」

とか、

「閻魔の庁から、こちらをじっとみている人がいる。かりそめにも非道なこと、曲事(くせごと)は働いてはならぬ」

とやかましく訓戒するようになった。

人間の欲望はそもそも三つあり、その一つは権力欲、また一つは、説教欲である。説教欲も、権力欲に入るのかもしれないが、大臣は、訓戒を垂れて、人がいうことをきかないと、しだいに、

「お前は知らないが、おそろしい秘密を教えてやろう」

と、少しずつ秘密をこぼして娯しむようになった。相手の知らぬことを教える、報道欲は、人間の根源的欲望の三つ目である。

そういうわけで、小野篁が、夜は地獄の役人をしているという風評が、いつとなく世間に洩れて、人々は篁をおそれた。

篁のはなやかな才気と学識は、地獄からの贈り物なのか。ひとたび筆を執れば、迸(ほとばし)るような生気が紙上に躍る、あのきらびやかな筆勢は、冥府の瘴気(しょうき)のなせるわざなのか。

篁が口をひらけば、言葉は珠玉の歌になってこぼれおちた。

あれは、鬼のつくる歌であったのかもしれない。

人々は、篁にあえば道をひらく。

篁は首をあげ、長く嘯き、手をうしろに組んで、遠いところを見るように歩む。

「地獄の獄官にもなるだろうよ。あれはいまも、幽霊を妻としているのだから……」

と嗤う人々もある。

いつしか、幽霊の妻は、彼の妹であることも、世には知られていた。

篁のいまの、生きている妻はもと右大臣だった人の三の姫である。

しかし、三の姫と結婚する前、篁には恋した女がいた。

はたちをすぎたばかりの頃である。

異母妹のところへ、漢籍を教えにゆくことになった。父親にいいつけられたのだ。

その妹は十六、七で、美しくて怜悧な娘なので、親は大事に育て、女の身につけるべき教養をすべて習得させた。宮仕えをさせようという気があったので、漢籍をも習わせることにしたのである。他人に教えてもらうよりは、というので、異母兄の大学の学生だった篁がえらばれた。

当時は、子供たちはそれぞれの母親のもとで成長するので、母親がちがえば、他人のようなものだった。おのおのの邸へ、父親が通ってゆくので、子供たち同士、会うことはなかった。篁は異母妹に会うのは初めてである。

篁は異母妹の邸へゆき、御簾の彼方に、几帳をへだてつつ、教授した。そうはいっても机をまん中に、一冊の本を置いて、字を指しながら教えてゆくものを、顔を見ずにすますということはできない。

妹は、清楚な美少女だった。

篁はだんだん、恋しくなってきた。漢籍の授業どころではなくなってきた。

妹は何にも知らず、ほんとうに無垢の少女で、澄んだ声で本を読む。そうして、

「どうなすったの、お兄さま」

と咎めた。

篁は、本の字をさす象牙(ぞうげ)の棒で、うわのそらに何か書きつけているのである。

「え？　ああ。ごめんごめん。今日はこれでおしまい」

篁はそそくさと帰っていった。……妹はそのあと、手習いの紙に、棒で彫りつけられた歌を見た。

「なかにゆく吉野の河はあせななん
　妹背(いもせ)の山を越えてみるべく」

（まあ！）

と妹はつぶやいた。

（こんなこと、考えてらしたの、お兄さまって……）

吉野川は、妹山と背山のあいだを流れる。川よ。浅くなれ。妹背の山を越えたいから。

（お前を恋している。お前を欲している）

という歌である。

妹はおどろいたが、その予感がなくもない気がしていた。けれども、

「妹背山かげだに見えでやみぬべく

　吉野の河は濁れとぞ思ふ」

という歌を返した。

(だめよ。妹背の山を越えられないように吉野川が濁ってしまえばいいわ……)

妹は、異母兄の恋を受け入れる気にならなかった。

篁はあきらめずに、食い下ってきた。

「お前、ねえ、川の水が濁ったって、水さえあればいつか澄むときもあるじゃないか」

妹はこのごろ用心して、ふたりの間に必ず几帳をへだてている。その向うから、かすかにいった。

「川の流れなんて、いつかはかわるものよ……昔の歌にあるじゃないの、『昨日の淵ぞ今日は瀬になる』って。お兄さまの心なんてどう変るか知れないことよ」

「さきのことはわからないさ」

篁はあっさり、いった。

「ともかく、いまはね……」

篁はあたりを見廻し、いっそう声をひくめていった。

「お前が好きなんだ。とりあえず、お前が欲しいだけだよ」

「何をおっしゃってるのか、ちっとも聞こえなかったわ」

と妹は起って、部屋を出ていってしまった。

妹は、何という、へんな人だろうと、兄のことを呆れていた。秀才で名高い男だと聞かされて、ひたすら尊敬して学問を教わっていたのに。

そう思いながら、篁を厭わしくは感じていない。彼には不思議な磁気がたえず発散しており、それはこちらをも捲きこんでたちまち二人だけの世界に拉してしまう。篁には、彼なりの宇宙があって、彼の発する強い香気に麻痺させられると、ほかのことは目にはいらず、篁の視線から目を逸らせることができなくなってしまう。

（へんなひとだわ……おかしな、ひとだわ）

と思いながら、妹は、兄にひき入れられるように、あけても暮れても彼のことを考えるようになっていた。

腹ちがいといっても、兄妹のことではあり、また篁は秀才のほまれ高い青年だというので、妹の母親も、二人が仲良くなるのに警戒心はもっていなかった。それがよかったのかわるかったのか、わからない。

ただ、冬のすさまじく冴えた月あかるい夜、いつまでも二人が話し込んでいるので、

「もうおやすみ」

と母親が娘を呼びにゆくと、娘の手を篁がしっかりと握っていた。それを見た母親は、

（おや）という衝撃をうけた——まさか恋を語っているとは思わなかったけれど、

「冬の月は風流なものではないのに、何でまたこの寒いのに、お月見なんてしている

の」

と咎める口吻でいった。

「なあに、歌の添削をしていたのですよ。この人が、こういう歌を詠んだものだから。『春をまつ冬のかぎりと思ふにはかの月しもぞあはれなりける』――もうすぐ春がくる、そしたら冬の月を見るのも終りだ。そう思えば殺風景で風情のない冬の月も、しみじみと情趣ありげに思える。そんな歌ですね。なかなかよい歌なのでほめていたのですよ」

「まあ、歌を」

「この人は、とても才気があってすばらしい人です」

篁がほめたので、母親は嬉しくなって警戒心も忘れてしまった。実をいうと、さきの歌も篁の即興である。母親に見咎められたので鋒先を巧みに逸らしてしまったのだった。

「おやすみなさいまし、お兄さま」

と妹は母親に引き立てられて立っていった。

篁は返事をしないでうずくまっていたが、あたりに人影が一人もみえず、月ばかり耿々と照っているのを見ると、やにわに跳ねおき、庭をあるいた。感情が激してくると、篁は一晩でも二晩でも寝ない男なのだった。篁は遠い天空から、声がひびいてくる気がした。

――年をへて思ふも飽かじこの月は
　みそかの人やあはれと思はむ――

（秘めた恋になやむ若者たちよ、月を見て飽かず物思いにふけることだろう）

天界からの声は篁を切なくした。彼は叫んだ。

「月よ。雲よ。おれの恋を蠱(まじ)ないせよ。あめつつ千鳥真鵐(ましとど)の利目(とめ)を以て、おれの恋を卜(ぼく)し祝せよ。吉(よ)きことをいえ」

邸の人々は、月あかい寒い庭に、明るい天空に向って、両腕をさしのべ、何かを朗々と叫んでいる篁にびっくりさせられた。

人々は、この奇矯なふるまいの多い青年をすこし気味わるがっていた。

青年と妹の父親が、ときどき学業の成果をのぞきに来ることがある。

「どうだね。すすんでいるかね」

篁はどぎまぎする。妹に本を読ませているあいだ、篁はいつも、うっとりと空想に耽(ふけ)り、目の前の妹のことを考えているのだった。それはみだらでもあり美しくもあり、悲しくもあるものだったが、しかし現実世界の中へ取り出して放つことのできない玄妙な蝶なのだった。現実の中では、その変幻の蝶は醜い灰色の蛹(さなぎ)になることを、犀利(さいり)な篁はわきまえていた。青年は自分の恋をひた隠しにしていた。

篁は、象牙の小さい棒で一字一字、指しながら妹に教えていった。父親が満足して去ると、たちまち、安心したせいかしどろもどろになる——熱心に聞いている妹は、

「あら、そこはさっき、やりましたわよ。お兄さま、同じ行ばかり読んでらっしゃるわ」

と注意した。

「そうか、ごめんごめん。この頃は、お前のことを考えてうわの空なんだよ。わかっているのは、お前が好きだということだけだよ。ほかのことは忘れてしまった。みんな忘れてしまったよ」

篁は、人目がなくなると几帳をずいと押しのけて妹の手を取る。象牙を刻んだような精巧で美しい指を握りしめ、接吻したり、口の中へ入れたりする。妹は微笑して、悪戯っぽく首をかしげ、いった。

「先生がそう忘れっぽくては困っちゃうわ。あたくしは何を教わったらいいの」

「恋を。愛することを、だよ」

二人はじっと目を見合す。と、遠い部屋で母親の呟きがきこえたりして、二人はまたいそいで居住いを正し、間に几帳を立てるのだった。

二月の初午の日、この邸の女たちは伏見の稲荷神社に詣ることになった。

女房や女の童たち数人、少年が数人、お供した。

妹は綾の単がさねに、唐のうすものの桜の細長を着ていた。髪は長くつやつやと美事に、姿も面輪も美しかった。

兄も、この一行を守るためにあと先になってついていった。妹が疲れて歩きなやんでいるので、つと近寄って、

「私に寄りかかればいいよ」

というと、

「やあよ」

と妹はいうのだった。そうしてわざと兄に離れて歩いた。

美少女の佳き衣着た姿は人目につくとみえ、男たちの視線が集まっていた。とくに、二十歳ばかりの清げな青年が、つきまとうてくる。

「お疲れのごようすですな。私の車をお召しになりませんか。なに、私は男のことゆえ従者の馬にでも乗ります。怪しい者ではありません。大納言の息子で、兵衛佐なる者でございます」

という様子にも、時の権勢家たる父を誇る気持がありありとみえる。

「要らぬ心配だ。こちらにも車がある。無礼な差し出口と申すものでしょう」

篁は青年をにらみつけて遮った。兵衛佐はむっとしたようだが、体格の大きい異相の男をみて思い返したのか、篁の一行を追い越していった。

追い越しざま、

「お手紙を差しあげたい。私の心持を知って頂きたい」

と妹にささやいてゆく。

「なまいきな奴だ！　あの細首を捻じ切ってやろうか」

篁は真剣に憤っていた。

「乱暴しちゃだめよ、お兄さま。お兄さまはときどき、手に負えなくなるから、怖いわ」

妹は、篁がかっとなると何をしでかすか分らない、狂気じみた感情を激発する性格なのを見抜いていた。それを恐れながらその風狂に惹かれてもいた。

「お兄さまったら、変人なのよ」

妹はそういってからかった。

兵衛佐は従者に、篁一行のあとをつけさせ、家をたしかめていたのである。さっそく、少年に恋文を持たせてよこした。篁がちょうどそこにいた。

「父上に聞かれたら何とする。うちの妹をそのへんの好色で軽率な女と同じように扱わないでくれ。二度とこんなことをしたら、ただではすまぬぞ、といえ!」

篁の見幕に怖れて少年は泣きながら帰った。兵衛佐は腹をたてた。一介の大学の学生が何という大口を叩くのだ。彼はこりずに度々恋文を届けたが、そのたび篁が押えてしまった。

たまたま、篁が大学に出かけていないとき、何も知らない者が、妹に手紙を持ってきた。

妹は、稲荷詣でにゆきあった、眉目秀麗な青年をおぼえていた。若い娘らしく心を躍らせ、返事をかいた。

「何度もお手紙頂いたそうですが、あたくしは拝見していません。あの変り者の兄が、きびしく監視しているんですもの。でも、道でゆきあっただけのあなたのおっしゃることを、どこまで信用していいかしら？」

兵衛佐はこの返事を得て、

「やったぞ！」

と躍り上って喜んだ。彼はあの美少女のきりっとした物腰や、ものを言いたそうな若々しい好奇心にみちた黒い瞳を思い出して有頂天だった。早速、また返事を書いた。

「お手紙ありがとう。どんなに嬉しかったことか。夢かと思い、お手紙に何度も口づけしました。そんなに兄上が怖いですか？　私がいまにあなたを兄上からさらいますよ……」

この手紙を持った少年と、篁は道でゆきあった。篁は、少年から手紙をとりあげ、

「あの女は、ゆうべ男に連れられて出奔してしまった。まさかこの手紙の男ではあるまいな？　どうだ！」

とどなりつけたので、少年は震え上って逃げ出した。

篁は手紙を持って目をいからせ、妹の部屋へ入ってきた。

「何だ、この手紙は。道ばたで出あったような男に返事を書いたのか！　あんな男になぜ色目をつかうのだ」

「あたくしはただ……」

「ああいう馬鹿は、女というものは片はしからおちるものと思いこんでいるのだ。そこらの色好みの、じだらくな浮気女のように、あんな奴に引っかかる馬鹿があるか、何と

いう馬鹿だ！」

「馬鹿な弟子をもっていらっしゃるお師匠さんも馬鹿よ」

と妹が拗ねていうと篁はどっかと妹の前に坐って、顔を掩って泣き出した。

「こんなにお前が好きな私の気持も察しておくれ。ちっとも私のことが判ってないな」

「あたくしも好きよ」

妹はためいきをついた。

「お馬鹿さんのお兄さまが大好きよ」

「私が怖いかい」

「怖くなくってよ」

篁は妹の膝に突伏して泣いた。人の来る気配がしたので、二人は離れたが、篁はもう勉強はうちすてて、ぷいと出ていってしまった。

夜、妹は部屋の懸金の鳴る音を聞いた。暗がりの中を手さぐりで開けると、男が入ってきた。篁にまちがいなかった。彼は涙の匂いがしていた。物も言わず、狂おしく妹を抱きしめた。しばらくしてやっと、

「懸金を開けておいてくれたのだね！」

と感謝してささやいた。

「幾月も前からよ。毎晩、戸があくか、あくか、と思ってたわ」

妹は可憐な声でいったので、篁はもう自制できなくなった。

「可愛いいな。どこもかも食べてしまいたいようだよ」

「それなら、お兄さまのおなかの中へ入ってしまうから、便利でいいわ。もうお勉強を教わる必要もなくなってしまうし」

と妹は低く笑った。たのしそうな笑いだった。邸内は死のごとく寝静まっており、闇は濃かった。

（常世の国のようだ……）

と思いながら、篁は震える手で妹のはかまの帯を解いた。

まだ暗い未明に、篁は出た。

夜々通いたかったが妹のそばには侍女が寝ることもあり、人影があって入れないときもあり、なまじ昼間は向きあって勉強をしているだけに辛いのだった。

破局は、いちはやく来た。

妹は病気になった。というのは、母やそばの人たちに訴えた嘘で、実は妊娠したのである。

母親が疑いをもって、篁と妹のいるところをそっとうかがっていた。

篁は、いとしそうに妹の手をとって、

「父上は分って下さると思うから、二人で駆け落ちしよう。日本にいられないというなら、唐へいってもいいよ」

といっていた。真実、そう思っているらしかった。

「ええ。お兄さまのよろしいように。あたくしはどこへでもいくわ。いつ？」

妹は、やつれた白い頰にうれしそうな笑みを刻んでうなずいていた。母親は仰天してその場からすぐさま妹の手を引き、部屋に閉じこめてしまい、半狂乱になって泣いた。

父親は沈着だった。

「息子は変り者だが、あたまのいい男だ。娘も子供じゃない。よくせき思いつめてのことだろう。手荒にしてやるな。そう叱(しか)ってやるな。身重ならなおのこと、体にさわってはいけない」

しかし、母親はいよいよ狂おしく怒って娘を閉じこめた部屋の、鍵穴(かぎあな)まで土で塗りこんでしまい、篁を追い出した。

篁は手の下しようがなくて、裏手の部屋から、すこし壁を破って、

「大丈夫かい？　私はここにいるよ」

と妹を元気づけた。妹は泣いているようだった。

「何か言っておくれ。もう少ししたらきっと助け出してあげるから……」

母親は、向側の外で娘を罵(ののし)り、篁を罵り、父親を罵っていた。篁は妹の母親をぶちのめしてやりたいと思った。「身分もなにもない、半人前の学生(がくしょう)のくせに……」と母親は声を嗄(か)らして篁を罵りつづけている。

妹は絶え入りそうに泣いていた。

篁は、泣く泣く、夜になってたべものを持って来て、壁のくずれからそっと入れた。

「いらないわ、何も欲しくないのよ……」

妹は暗闇の向うで、かぼそい声をひびかせていた。

「気分がわるくて死にそうよ、お兄さま。どうせ、ここを出ても、お兄さまと一緒に住めないのなら死んだ方がましだわ。……いつかお兄さまは、あたくしを食べたいとおっしゃったわね。お兄さまのおなかへ入りたいわ、といったけど、考えてみると死んだ方がもっと便利なんだわ。だって幽霊になったらそれこそ、人の目につかず、どこへでもお兄さまとご一緒できるんですもの」

そうして、妹は、ほのかに歌をよんだ。

「消えはてて身こそは灰になり果てめ
　　夢の魂　君にあひ添え」

篁は絶叫した。

「死ぬな、死んじゃいけない、だめだ、生きていておくれ！」

人々が篁の絶叫を聞きつけて集まってきた。

「開けてやってくれ、出してやってくれ、体具合をわるくしたらしい、死んでしまう、あの子が死んでしまう……」

篁は戸を打ちたたいた。人々はいそいで、鍵をこわして開けた。妹はこときれていた。

篁は妹の体に身を投げて、狂ったように名を呼び、ゆすぶったが、妹はもう目をひらかず、微笑みを浮かべることもなかった。篁は妹の死骸（しがい）から、力ずくで引き放された。

死者を葬送する手つづきのために、こんどは篁をとじこめておく必要があった。篁は、いつまでも妹の死骸を抱えて、離すまいとするからだった。

悪夢のような一日が暮れて、篁は涙も涸れ、重い頭痛になやみながら臥していた。灯は仄かに遠くにあった。

篁の枕も袖も、しとどに涙を吸って濡れている。――と、足もとのほうでさわさわと音がした。声にもならぬ声で、「灯を消して欲しい……」という意志が感じられる。篁は灯を吹き消した。

と、身に近く、添い臥しするなよやかな体がある。さらさらと冷たい黒髪が手にかかる。

（お兄さま）

篁はおどろかなかった。それは妹の声だった。薫物の香も、妹のそれだった。

「お前かい？……やっぱり来てくれたのだね……」

篁は手をのばした。手はむなしく空をつかむ。気配はあるのに、香も匂うのに、声も聞こえるのに、実体はなかった。

「触らせておくれ。抱きしめたいよ。頬ずりしたい。見たい。揉みくちゃにしたいなあ。お前はどこにいるんだい……」

篁は啜り泣いた。

（あたくしはここにいてよ）

いってみて）

妹の、やさしいささやきがつい耳のそばで聞こえた。

（手では触れなくても、心で触れるでしょう？……同なじことじゃなくて？　すぐ、お兄さまもお馴れになるわ。うれしいわ。これでもう、いつまでもお別れすることはないのですもの。生きてるときと同なじよ。お兄さま、ためしに、なさりたいと思うことをいってみて）

「胸に抱いて、接吻したい」

と篁がいうと、妹の上気したような、かわいらしい笑い声と共に、たしかにかぐわしく柔かな妹の軀が、胸もとに重くよりかかった。

そうして篁が唇をつけると、そこに冷たい、やわらかな、小さい妹の唇があった。のみならず、いまは闇の中にありありと妹の姿もみえた。

「ああ。お前はよみがえった。おれの手に戻った！」

篁は妹の軀に顔を伏せ、狂喜して笑った。

夜があけてみれば、妹の面影は消えていた。

夜々、彼は妹の幽霊と語った。七日七日の仏事供養もおこたりなくつとめ、涙を硯の水にして、法華経を書き、比叡山の三昧堂で供養した。

妹の姿が、いつもそばにあるので、篁はおちついて、いまは悲しみも忘れ、狷介で倨傲で、荒々しいふるまいもすこしずつおさまり、心が和んできた。

篁は夜な夜な、やってくる妹と、濃密な愛を交していたので、現実の女たちに何の関係ももたなかった。

（それじゃこまるわ、やはり、結婚して、お兄さまの子供をのこして下さらなくては）

妹は気にしているようだった。

「そんなこと、どうでもいいよ。――おれにはお前がいればいいよ」

（いけないわ。それに、あたくしたちの子供も、生まれなければいけなかったの。きっと、今度はお兄さまが結婚なさる女のかたの子供に生まれてくるはずよ）

篁は、それで少し、心うごかされた――もし、妹の生むべかりし子供が転生して、自分の現実の子として生まれかわるものならば、ぜひ見たかった。

篁は仰臥して、脇に妹を抱いている。妹は、彼の瞼の上や、耳に、軽いいたずらをして忍び笑いする。そうするうちに篁は満足して寝入るのだった。朝が来て、涙のせいか汗のせいか、床が湿っているのをいつも発見するが、朝のめざめは爽やかだった。

幽霊とは思えなくなっている。妹の世界がうつし世なのか、このうつし世があの世なのか、茫々として分ちがたい。そうして、僅かばかりの従者や、弟子の学生と共に、いつまでもひとり住みしていた。

（お兄さまの姿をみてると、悲しくなるわ）

と、ある夜、妹が来ていった。

（橡いろの破れた粗末な衣を着てらして、かかとのつぶれた沓を穿いて、平気であるきまわってらっしゃるのだもの……早くご結婚なさいよ。女のひとにていねいにお世話

されてこそ、男は一人前というものだわ）

と妹がいうので篁はおかしくなって、

「しかし、ほかの女と私が結婚したら、お前はどうするのだね？」

と聞いた。

「もう出て来てくれないのなら、私は結婚なんかしたくないよ」

（あら、いつもあたくしはいるのよ。昼間はお兄さまの心にひびかないだけ。そんなふうに、お邪魔にならないようにだって出来るのよ）

篁は、ふつうの結婚はしたくなかったし、仲立ちする人もなかったので、どうせ断られて元々ならば、ひとつ大ばくちを打ってやろうと思い、時の右大臣の姫君をねらうことにした。

得意の詩文で以て訴えてみようとしたのである。右大臣が内裏へ参内（さんだい）する道に待ちうけ、差し出した。むろん、数度はまわりの警備の随身に妨げられたが、ついに右大臣が目に止めて、書を手にとった。

「学生小野篁誠惶誠恐謹言」と説き出して君子の好仇（こうきゅう）を求める名文である。

「独対二寒窓一恨二日月之易レ過、孤臥二冷席一嘆二長夜之不レ曙　幸願蒙二府君之恩許一共二同穴偕老之義二不レ堪二宵峨払レ燭之迷一……」

この文章も、篁と妹が共に作ったものだった。大臣は一読感激した。

そうして、篁は右大臣の三の君を得ることができた。

それは右大臣の聟（むこ）になることであったから、これからは、右大臣の邸へ通うのである。

「もう、お前とふたりきりにはなれないんだよ」

と篁がいうと、

（いいわ）

と妹は朗らかにこたえた。

（嫉（や）いたりしないから、仲よくしてね、その右大臣の姫君と）

篁のほうが、まだ泣けてくる。彼は、悲しみともつかず苦しみともつかず、涙ぐむのだった。その涙はいつになっても乾かなかった。

（お兄さまの涙の中に溶けてるの。あたくしは）と妹はいった。

三の君は聡明で、美しい姫君だった。彼女は、篁が大臣に手渡した文章をよみ、すすんで結婚したのである。

弊衣（へいい）で容貌魁偉（ようぼうかいい）な大男の篁の、身辺にただようふしぎな雰囲気に、三の君はとまどい、いつまでも馴れなかった。

（この人は、ふつうの人ではないわ。……どこかかわっている。私たちの目でみえないものを見、聞かないものを聞いてるようだわ……）

と三の君は思った。

しかし、聡明な彼女はそのことを自分の胸にとどめて、父にも誰にもうちあけなかった。

（半分は人間だけれど、半分は鬼かもしれない……でも、何て悲しそうな目をした鬼だろう）

右大臣家では、一介の学生にすぎない篁を、右大臣が聟君として大切に扱うので、とまどっていた。篁は、妹の母親がそう思ったように、この邸でも、どこか変り者の、偏屈な人間と思われていた。

ある夜、三の君は部屋のすみでじっとこちらをみつめている何かの気配を知った。兇悪な感じはなかったけれど、ぶきみなものであるのはちがいなかった。

するうちに——おぼろな輪廓がしだいに形をはっきりとってきて、わかい美しい女になった。三の君は悲鳴をあげて、寝ている篁をおこした。三の君の目の前で、信じられないようなことがおこった。篁は幻の女に向って、

「こまるねえ、来ては」

といったのである。三の君には女の返事が聞こえなかった。

篁は幻の女を招いた。女は風のようにやってきた。

それは妹だった。あんなにいったけれどもやはり嫉妬（しっと）しているのだった。三の君の前に姿を現わしてしまったのは、嫉妬からにほかならなかった。

「常に寄るしばしばかりは泡なれば
　つひに溶けなんことぞ悲しき」

三の君の耳に、悲しげな女の声が、はっきり、聞こえた。

篁は泣いている。彼は枕もとの銀の鋺（かなまり）をとりあげた。そこには、夜の暑熱の、咽喉（のど）のかわきにそなえて削り氷（ひ）が入れてあったが、いまは溶けて透明な水になっていた。

「ここに私の涙もはいった。ごらん……」

篁はそういい、幻の女に見せた。

妹は両手にもってその水を見ていたが、みるみる、銀の鋺の中に吸われ、溶けていった。

三の君が見ていると、水かさはすこし増したようであった。

篁はそれを仰いで一気に飲んだ。そうして誰にともなく、

「さあ、たべてしまった。お前を溶かして飲んでしまったよ」

とうれしそうにいった。

そののちも三の君は、幻の女の存在をしばしば感ずることがあった。しかし実像を見ることは二度となかったので、あの夜のことも夢のように思われた。

ただ、篁が現実にないものを見、ないものを聞いているのはまちがいなさそうであった。

いつのころからか、

「篁は幽霊の妻をもっている。この世の妻と、あの世の妻をもっている……」

という、まがまがしい噂が流れはじめた。

人々は篁をおそれ、篁を怖じた。

三の君から見る篁はやさしい男だったが、半分は冥界に身をおいているような、不可解な所があった。

篁はときおり月明の夜、大手をひろげて何かをかきいだくようなしぐさをしたり、うなずいたり、ひとり笑ったりしていた。

篁はそれを見咎められても、もう困惑したりしなかった。

「現し身の妻は家へ閉じこめておけるが、幽鬼の妻はどこへでもついてくるのでね。そこが便利といえば便利、不便といえば不便」

といってすましていた。

篁がそういったとき、心から嬉しそうに笑う女の声を、遠い虚空で聞いたと、たしかに証言する人もあった。

鬼の末裔（まつえい）

三橋一夫

1

ケタケタケタケタ……この一ヵ月ばかりというもの、僕の耳の奥に、こんな妙な笑い声が、低く陰気に、終日聞こえつづけていたのです。

夜、寝床に入ってからも、この誰とも知れないモノ笑い声が、僕をおびやかすのでした。起きている時も、眠っている夢の間も……。

最初僕は、父に死なれて急にこの世に一人ぼっちになったため（その他にも理由があるのですが、それは後に述べます）神経衰弱にでもなったかと想っていました。

ところが、それが大間違いであることを、つい先刻知ったばかりなのです。

それで僕は、僕の唯一の友である君に、最後の手紙を今書こうとしているのです。

――

君も知っている通り、僕の父は有名な教育者として、相当に世間で知られた人でした。

黒い顎ひげを長く垂らし、母の死後も謹厳そのもので、十三体の仏像を書斎に飾っていました。

父は自分の写真を新聞や雑誌に載せることを好みませんでしたから、世間の人は父の顔を知らないでしょうが、父の名前は教育家として、また宗教家として、大抵の人は知っていたと想います。

　君も二、三度遊びに来ましたが、郊外の家も相当広いのに、母の死後は女中も置かず、僕との二人暮しでした。

　僕が学校へ行く前に食事の支度をすると、父が掃除をするのでした。

「わしは人様を使うような身分ではない」

　これが、父の口癖でした。

　でも、まだ二十歳の僕――外国語学校西班牙(スペイン)語科の息子――とたった二人の暮しは、淋しいものだったに違いありません。

　父は忙しい身でしたし、僕も学校がありますから、家は無人の時が多く、

「空巣にねらわれますよ。女中でいけなかったら、婆さんでも、下男でも置いたらどうです？」

　僕がこう言っても、父は真面目臭った顔をして、

「泥棒に入るような人は、きっと、気の毒な境遇の人に違いない。何でも持って行くがいいさ」

　そしてまた、口癖の、

「わしは人様を使うような身分ではない」

――なのでした。

父はほとんど笑ったことがありませんでした。動物のように笑い方を知らぬようでした。

僕は父を愛するというより、ほとんど尊敬していましたから、父の聖人みたいな言葉に黙って頭をたれていたのです。

父のその謹厳な姿の奥に、怖ろしい秘密がかくされていたとは！……

一ヵ月前、父が脳溢血で急逝すると、葬式だとか、役所への手続きだとか、世話になった方々への礼だとか、七日と二十一日目だとか、夢中になって日を過しましたが、昨日ぐらいからやっと落着きを取り戻すと、急に淋しく、今さらに父が恋しくなってきました。

母は僕が十才の時に亡くなりましたから、もうあまり恋しいとも思いませんが、謹厳で無口ではありましたが一人息子の僕を心から愛してくれた父はやはりなつかしく、亡くなって一ヵ月目に、遅ればせながらはじめて涙をこぼしました。

父が死んでから、はじめて知ったことですが、父は僕のために、僅かばかりのものですが、急には困らないだけの財産を残していってくれました。

それで僕は、もう学校をよそうと思ったのです。

学校を出たって、今の世の中では何の役にも立ちません。学校を卒業する間に、僅かばかりの遺産は無くなってしまいます。

僕は、父の遺してくれた僅かの金を元手に商売をはじめようと考えました。

「この家も整理して、小さなアパートへでも引越そう」

そう考えました。

今朝のことです。僕は自分一人のガランとした邸の中で淋しく朝食をすますと、父の書斎に入って行きました。

ここは父の最も愛した部屋で、四方の壁は全部むずかしい書籍でうずまり、部屋の周囲に、大きいのや、小さいのや、色々の仏像が十三体置かれてありました。

この仏像は、徐々に買い集められたものではなく、僕の幼い時から、すでに十三体そろっていました。

父は仏像専用のハタキで、毎日丁寧にホコリを払ってはいましたが、別段拝んだりしている様子もありませんでした。

僕は、最近の神経衰弱気味の自分を、何とかして回復したい、救われたい――そんな気がしていたものですから、父の書斎から十三体の仏像を自分の書斎に運んで来ました。

それに、この仏像を見ていると、勿体らしい顔をしてハタキをかけている父の姿を思い出すよすがになると想ったからでもあります。

それから、ふと本棚の間に、頑丈な木製の錠前のついた大きな箱を見つけましたので、それも何の気もなく、自分の部屋に持って来ました。僕は、ついぞ、そんな箱のあることを知りませんでしたので、或いはその中に、父が僕に遺すために何か大切なものを入れておいたのではないか――そんな気もしたのでした。

僕がアパートに引越すについて、売らずに持って行くものは、全部自分の部屋に集めようと考えたからでした。

仏像の中には、ほとんど七つ八つの子供ほどの大きさのものもありましたので、僕はすっかり汗になり、全部運び終えると、がっかりして窓辺の椅子に座り、煙草に火をつけました。

淋しさが身にせまり、奇妙なケタケタ声は、なおも耳元に鳴り、胸の動悸は激しく打っていました。

僕の、この神経衰弱も、父の死以外にもう一つ原因があったのです。

僕は、そのことを誰にも話しませんでしたが、今こそ、君にお話しましょう。——

2

阿辺伊竿という男を君はまだ覚えていますか?

一度、銀座を君と一緒に歩いていた時、コロンバンの前で出会って、君にもちょっと紹介したでしょう。

二十二、三の苦味走った、なかなかの美青年です。

僕が最初、阿辺と知り合いになったのは、長野の疎開先でした。

阿辺がどんな主義を信奉しているのか知りませんが、とにかく、思想運動をしているそうで、ふたこと目には同志だとか、社会だとか、闘争だとか言うのでした。

阿辺が先生と呼ぶ人の一家――その池内という先生は来ていませんでした――が、父と僕とが間借りしていた家の向いの百姓家に疎開して来ており、そこに使いとして、一週間に一度は阿辺がやって来て、一晩泊って帰って行くのでした。

池内先生という人の一家は、お婆さんと中老の夫人と中学生の息子の三人で、この人達は良い人ばかりで、父や僕にも親切にしてくれました。

終戦後、東京に帰って来ると、僕は早速椿正代という娘と愛し合う仲になりました。停留場のすぐそばの歯医者のひとり娘で、僕が歯の治療に行っていて親しくなったのです。

勿論、両方の親達も僕達の交際は知っていましたが、ただの子供らしい恋愛ごっこぐらいに考えていたようでした。

そのころ偶然、僕は郊外電車の中で阿辺に会いました。

「これは、おめずらしい！」

阿辺は、いつものように底力のある声で言いました。服装も戦時中よりは遥かに立派でした。

「この辺にお住いですか？」

僕は疎開地ではじめて阿辺と会ったときから、何故か虫が好かなかったのですが、彼の方は鈍感に僕の気持ちも察せず、平気で親しげに近づいて来るのでした。

「ええ、このすぐ先です」

「ほう、それは偶然ですなあ。ぼくも、すぐそこですよ」

二人は一緒に駅を降りましたが、阿辺が、

「ここが、ぼくの家です。どうか遊びに来てください。書生が一人いるきりで、大抵昼間は二人とも留守にしていますが、夜はおりますから……」

という家を見ると、正代の家の丁度斜向いだったのです。

僕は嫌な奴に会ったと思いましたが、どうしようもありません。

その後まもなく、僕の怖れていたことが起ったのです。

僕と正代が駅で立話をしているところに阿辺が来かかり、いやでも紹介しなければばならないことになり、それから阿辺はズンズンと僕達に近づいて来ました。

二人を芝居に招んでくれる、映画には誘う、野球には招待する——という具合です。ですから、僕が正代に、

「僕はどうもあの阿辺という人が好きになれないのだけれど……」

と言った時、正代は、

「どうして？——いつも二人一緒に招んで下さるし……」

と言いました。

阿辺は、

「ぼくは同志と一緒に商売などをしているんですがね、こんな時代だから仕方がないと

こんなふうに言っていましたが、彼が何か闇ブローカーのようなことをやっているこ
とは、ひと目でわかりました。
「きっと、阿辺は闇ブローカーですよ」
僕がそう言うと、正代は、
「こんな時代ですもの、闇ブローカーだって何だって、自分の腕一本で立派に生きてい
く人は偉いと思うわ」
といった調子でした。
親のスネ齧り（かじ）の学生が、故（ゆえ）もなく嫉妬（しっと）している。
ただの商人ではない、立派な思想家の闘士が働いているのを見て、自分一人さえ生き
て行けぬ若造が嫉妬している。
正代はそんなふうに、僕の忠告を受け取ったようでした。
或る日、正代は一人で買物に行った途中で阿辺に会い、一緒にコーヒーを飲んだので
すが、それも長いこと僕にかくしていました。
その後、阿辺は歯を治しに正代の父親のもとに通い、両親とも親しくなりましたが、
僕には苦情の言いようがありませんでした。
歯を治してはいけないとも、歯医者と親しくするとは怪（け）しからんとも言えませんから
ね。

ただ、僕は最後に、

「正代さん、僕はどうも阿辺が気になって仕方がないのです。僕は嫉妬しているのかも知れません。——何の理由もないんですが、どうも阿辺がニセ者のような気がして仕方がないのです。——僕は志士とか闘士とかいうような人とは付き合いがないから知りませんが、貴女のような若いお嬢さんや僕のような青二才に同志だとか何だとか、勇ましそうなことばかり言うのはどうもおかしいと思うんです」

と、こういいましたが正代は、

「何も、そんな勇ましそうなことばっかりは仰言いませんわ。時々、口が滑るんでしょう。——そんなに仰言っちゃ、阿辺さんがお気の毒よ。——あんなに、貴方にだってよくして下さるじゃないの。——父にだって、貴方のことを讃めてますわよ。——そんなに言っちゃ、阿辺さんが可哀想だわ」

と言うのでした。

それから後、僕はもう阿辺のことには、ひとことも触れぬことにしました。

僕の直感は子供のころから不思議によく的中するのです。

阿辺は、正代の父と碁友達になり、正代の両親の方から言い出して、二人は結婚することになりました。

「室久君、正代が僕の女房になってからも、今まで通り、仲良く付き合って下さい。——式の時も来て下さるでしょうな」

僕は結婚式の時も末席に列しました。

正代と僕は正式に婚約も何もなく、ただ愛し合っていただけなのですから、苦情の言いようもありませんでした。

ただ正代が結婚の前に、そっと僕に、

「あたし達のは本当の恋愛じゃなかったのね。今になって解ったわ。——あなたもあたしも一人っ子でしょう。だから、きっと、兄妹が欲しかったのね。——あなた、結婚しても、ずっと兄さんでいて頂戴ね」

こんな都合のよいことを言いました。

そして、正代は喜んで阿辺に嫁ぎ、両親の家の前に住むことになったのです。

阿辺は余程景気が良いらしく、五部屋もある家でしたから、正代が来てからは書生を出して女中を置き、堂々と暮らしていました。

僕は電車の都合で嫌でも、その門前を通らなければならないので、時々正代に捕まって話しかけられることがありました。

しかし、僕は決して阿辺の家に上りませんでした。

結婚後、二、三ヵ月したころ、僕が学校から帰って来ますと、正代に呼び止められました。

正代は幾分蒼い顔をしていました。

「阿辺は留守よ。女中もいないの。ちょっと上って下さらない。お話があるんだけど

「……」

「僕は、今日は用事があるので……ここでじゃいけないんですか？」

正代は眼に涙をためて、

「あなたは、ずっと兄さんになって下さるって仰言ったじゃありませんの――妹がこんなにお願いしているのに……怒っていらっしゃるのね」

僕は正代のように、兄妹のように愛しているのではなかったのです。

今もなお愛しつづけているのです。

正代の相手が、阿辺のような男でなく、もっと誠実な人なら、僕も男らしくあきらめたでしょう。他人の妻を恋するというような罪から、全力を振ってのがれたでしょう。しかし僕には、阿辺が正代の良人とは想われず、恋人を不幸に陥れつつある悪魔のような気がしていたのです。

その時までの僕の阿辺に対する憎悪は、ただ単に直感だけのものだったのですが、その日はじめて阿辺の正体を知りました。

「阿辺はネ、終戦後、自分のお世話になった池内先生という方が亡くなると、奥様に、財産を自分が管理して奥様方に不自由をかけないようにすると言ったんですって――それで奥様が阿辺を信用して、印形から書類から全部お渡しになると、それを全部自分のものにして、それを元手に商売をやってるんですって――それを、あたし、池内先生の奥様から伺ったから間違いないの――阿辺の話の中によく出て来る池内先生の御住所が名簿にあったから、一度、奥様に御挨拶にでも伺いたいと言うと、阿辺は行く必要はないって言うんですけれど、その言い方があまりキツイので変だと思ってたの。そこにこの間、鎌倉のお友達のところに行ったら、そのお隣が偶然、先生のお宅なので、阿辺には内証(ないしょ)でお寄りしてみましたのよ――奥様は、もうどうしようもないから、この家を売って、山口に引込むより仕方がないと言って泣いていらっしゃいましたわ。奥様はあたしの何も知らない様子を見て、あたしに窮状を訴えて何とかしてもらおう、とお考えになったようでしたわ。本当にお気の毒に……」

僕は、

「それごらんなさい」

と口まで出かかりましたが、じっと歯をくいしばってこらえました。

「その上、商売の方でもひどいことをやってるらしいのよ。ブローカーの仕事はちっともうまくいかないけれど、色んな人達をだましてお金を捲き上げているらしいの。――この間も酔ったまぎれに、世の中には、馬鹿な奴が限りなくいるもんだから、俺は安心しているよ――なんて言うんですもの、あたしゾッとしたわ――人に恨まれるくらいが怖ろしくて生きていけるもんか、ですって……」

正代は涙を拭いていましたが、

「それに、あたし、赤ちゃんが出来たらしいの……」

と言うのでした。

正代は、今更口に出してこそ言いませんでしたけれど、やはり本当に愛していたのは、この僕であったことに気づいたようでした。彼女の眼がそれを語っていました。

阿辺が不都合なことをしていようが、赤ちゃんが出来ようが、今更僕に何が出来るでしょう。その日は極力正代をなぐさめて帰りましたが、それから半年程して、阿辺は、紙屋の主人に短刀でさし殺されました。

これは新聞の隅に小さく載っただけですから、君は大方気がつかなかったでしょう。数十万円を阿辺にかたり取られ、どうにもならなくなった主人が、遺恨に思ってやったことだったのです。

正代はその驚きのためでしょうか。流産しましたが、その後は体の具合が悪くなり、血を吐くようになりました。以前から、肺は幾分悪かったようでした。

僕はその後、ほとんど毎日正代を見舞いに行きました。

父の死後は、色々の用事で行けぬ日もありましたが、それでも一日おきには行っています。

阿辺はあんな豪勢な生活をしていましたが、死んでみると借金だらけで、正代はそんなことにも心を使うのでしょう、女中は帰し、両親が引きとって看病していますが、もう助かるまいとの事です——

この哀しみの上に、僕は敬愛する父を亡くしたのです。

日頃は頑丈な僕も、耳はケタケタと鳴りつづけ、体は日毎に衰弱して行くような気がします。

こんな時に、――そうです、今日、僕は大変なことを知って驚愕し、今もなおペンを持つ手の震えが止まらないのです――。

3

十三体の仏像を僕の居間に運び込んで、さて一服やりながら、僕は何の気なしに、例の木の箱に眼をやりました。

それは、二尺に一尺五寸、深さが五寸ほどの箱で、厳重に錠がかかっていました。

僕は再び父の書斎に行き、机の抽出(ひきだ)しをかき回して鍵の束を見つけて来て、一つ一つ試みましたが五つ目か六つ目で、木箱は割に簡単に開きました。

箱を覗き込んで、何か大変貴重な高価なものでも入っていると、勝手に想像していた僕はがっかりしました。古い、もうすっかり変色した新聞紙の束と、これまた一層古めかしい、虫の食った穴だらけの和紙を綴った草紙が一冊入っているきりでした。

「あれ、妙なものがあるな！」

僕が最初に眼を牽(ひ)かれたのは草紙の方でした。

それは、和紙に墨と筆で横文字が細かく書かれていました。

それがもし、英語とか仏蘭西(フランス)語とか独逸(ドイツ)語とかだったら、僕の注意をそんなに引きはしなかったでしょう。

しかし、それはよく観ると、僕の専攻している西班牙語で、しかもそれは随分昔の、今では使用されないような古い言葉で綴られているのでした。

「これは一体、何だろう？」

それに、だいたい、父が何故こんなものを大切そうに、こんなに大袈裟に、箱の中にしまい込んでおいたかということです。

それは大して長いものではありませんでしたから、ちょっと読んでみようという気が起りました。

僕は書棚から西班牙語の大辞典を持って来て、字引を引きながら、ポツリポツリ読みはじめましたが、間もなく僕は夢中になって読み進みました。

その大要を君に報らせましょう。どうせ、これは僕の最後の手紙になるのだから……。

その草紙の表題は「わが子孫へ」でありました。

その文章は、僕のような初学者が見ても、あまり上手なものではなく、その上、誤字も随分あって読みづらいものでしたが、大して長いものではないのと、内容の異常さに牽かれて、とうとう最後まで読んでしまったのでした。

その大要は――

『余、キノ・アルメンダリスは西班牙のカジスで生れた……。

父も船乗りであったので、余もまた成長するに従って、船乗りとして生きていこうとしたのである。そのころ、ローマ軍はイタリヤに遠征し、ポーランドを征し、ブルクンド王を討ち、その戦争のおかげで、西班牙の船乗りは大変な儲けになったのである。敗残の兵は賊となり、商人はドサクサにまぎれて巨富を得んと狂奔した。船乗り達もまた気が荒くなり、戦争に乗じて一攫千金（いっかくせんきん）を夢みる者も多かったが、余はそのようなことを好まなかった。

一〇一六年、余の二十歳の時。シエラネバダの山々を振り返りながらマラガの港を出て、ゼノアに到り、そこでローマ法王庁の聖ポオロ号の乗組員になったのである。

余の両親は、余の遠く故郷を去ることに反対したが、余は海賊じみた仕事を好まず、同じ船乗り家業にしても、信仰のために働きたいと願ったのであった。ところが、乗組んでみてはじめて解ったのであるが、聖ポオロ号の如き船でさえも、船員水夫達はロクでもない者ぞろいであったのである。

表面は敬虔（けいけん）に、信仰深い振りをしておったが、その実は怖ろしい男共が、全部ではないがほとんどであったのである。

余は、しまった——と思い、下船しようとしたが、それは許されなかった。というのは、聖ポオロ号は間もなく、ノルマンディーへ、聖（きよ）い使命のために旅行する僧侶達を送って航行するはずになっていたからである。

僧侶達は、衣食を購（あがな）い、戦敗に苦しんでいる無辜（むこ）の人々を救うために、沢山の金銀を積んで行くのであった。

出帆して二日目、余の怖れていたことが起った。

暴動が起きたのである。

神をおそれぬ、野獣のような人達——というよりも、金銀の光りに眼がくらみ、悪魔の虜になって神を忘れた、哀れな弱い者共が、発作の起きた兇暴な狂人のように、聖僧達を海に投げ込み、財宝を奪った。

聖僧達に味方した者達も、同じく海に投げ入れられた。

首謀者はホンの僅かであったが、彼等に反対することは自分の命を捨てることであったから、大抵の者は彼等の命令に従ったのである。

恥かしいことだが、余もまた、その一人であったのだ。

いったん秩序が乱れると、その混乱は徹底的なものになるものである。

腕節の強い者が頭目になった。

船長は、もはや、聖僧達と死を共にしていたから、水夫の中で、首謀者の一人であり、最も強く、最も乱暴の者が船長の地位についた。

赤く日焼けした水夫達の下に、余等、蒼白い船員が従うことになったのである。

余等は、その新しい地位によって金銀を分配された。

しかし、いったん船をわがものにした首謀者達は、これで満足するはずがなかった。

印度や高麗の方に、良い商売がある。その途中も海賊を働きながら航行し、巨富を抱いて帰国しようと考えたのであった。

かかる悪業を、どうして神が許し給うであろうか。

聖ポオロ号は、危険になると法王庁旗を掲げて聖船を装い、悪業をつづけつつ高麗に近づいた時、大暴風雨に遭い、上下の地位が転倒し、秩序なき船は、統率なき混乱に陥り、帆柱は折れ、帆は飛び舵（かじ）は流され、難破漂流することになったのである。

幸か不幸か、奪った食品は充分あったので難破して五日目、余等は美しい陸地に漂着した。

それが日本国であったのである。

漁村の人々は見なれぬ余等の風態を見て驚き恐れ、町では余等の身が危険であった。日本の武士達は、余等を怪物とでも想うらしく、余等がもし隊を組んで町を歩こうものなら、弓矢をもって一人残らず殺害されることは明白であった。

船を失った余等は、海に逃げることは出来ず、仕方なく山へ逃げ込み、山から山を伝って安住の地を見出そうと努めた。

余等は生きなければならなかったから、木の実ばかり食うわけにも行かぬので、掠奪（りゃくだつ）もしたのである。止（や）むを得ず殺人の罪も犯した。

そして、首謀者達があらゆる周囲の事情を考えた末、大江山に本拠を築いたのである。

余等は此処（ここ）を、誰にも知られぬ安住の地にしようと願った。

余等は各々相当の掠奪せる富を持っていたから、これによって必要品を購いたいと思ったが、衣類は着のみ着のままの余等は、ながい山住いに、着物は裂け、猿又（さるまた）一つで、日本人とは違った黄色の頭髪はたれさがり、日焼けの激しい者は赤く、日焼けせぬ者は青く、ほとんど裸形の有様であったから、言葉の通らぬことは当然ながら、日本の町家の者は余等を見ると逃げかくれるのであった。

最初、余等は、あくまでも当方の誠意を示そうとしたが、しまいには、町では自警隊の如きものを作り、余等の姿さえ見れば鐘を鳴らし、人々は寄ってたかって、怪物である余等を退治しようとしはじめた。

そこで、余等は、大江山において自給自足の生活をしなければならなくなった。

畑を作り、魚を釣り、鳥を撃ち、食用にする獣を捕らえるのである。

しかし、猿又も時折は取り替えたい。それには布が要る。食用にした獣の皮も猿又にはなるが、獣の皮は部屋の敷物や、皮袋や、その他色々に使用せねばならなかったからどうしても布が欲しかった。布を得るには、どうしても町に出て奪って来なければならなかった。

また、荒くれ男が三十六名（これだけが生き残ったのである）では、そうそうおとなしい者ばかりはいなかったから、どうしても婦人が入用であった。

余等は料理とか、掃除とか、洗濯とかいうようなことをあまり好まなかったから、その点においても婦人の助力が熱望された。

婦人さえおれば、余等の、幾分ヒステリー気味の仲間喧嘩も無くなると思われたのである。

そこで、余等は、ここに述べるのも甚だ気恥ずかしい次第であるが、夜になると出来るだけ身なりを整えて町に出て行った。

今までの、武士に追いかけられたり自警隊に囲まれたりした経験から割り出したところによると、

「日本の婦人は、男達にはかくして、内心われわれに大いに好意を寄せている――」

これが、余等の一致した観測であった。

余等はこう考えることによって、大いに町に忍び込む勇気が出たのである。日本の男に見つからぬように、婦人だけに会えるように、余等は心がけた。言葉は不必要であった。手真似の方が親しみが加わった。一度会い、二度会い、三度会いしている間に、彼女達は進んで余等について大江山に来てくれたのである。

町では、余等の頭に角が生えているとか、婦人をさらったなどと噂していたが、それは全く根拠のない、馬鹿馬鹿しい流言蜚語（りゅうげんひご）であった。

大江山の山塞に日本婦人が増えるに従って、余等も日本語は上達し、日本の事情にも通じるようになった。

殊（こと）に余は、スペイン人であるので、背も日本人並み、頭髪も瞳も黒かったので、掠奪して来た日本服を着ると、ほとんど日本人と違わず、日本語が上達すると、町に出ても誰一人怪しむ者も無くなったのであった。

それで余は、町の様子を探りに行く任務を引き受けるようになった。

それは一〇一七年のことで、日本では寛仁元年と称していた。

日本の王様はゴイチジョウテンノウ（後一条天皇）で、大江山山麓の婦人たちの話では、ミナモトノヨリミツ（源頼光）というのが一番人気のある将軍であるそうであった。

そのころ、余は町のはずれのムロヒサ家の長女ナヨ（室久奈代）と恋仲になっていたが、余は大江山の住人であると告白する勇気を持たなかった。

何故ならば、町の人々は余等を人間と認めず、

「オニ（鬼）！」

と称して、人間によく似た恰好の魔物のように想っていたからである。

それには、こんな事情もあったのである。

山にまよった或る日本人が、余等の気付かぬ間に、余等の住居を盗み視（み）したのである。

その男がやっと町に帰った時、

「オニ共は肉を手づかみで食い、大盃で血の入った酒を飲んでいた……」

そんなことを言いふらした。

余等は船からやっと持って来た、葡萄酒（ぶどうしゅ）を飲んでいたのである。

鳥肉を手づかみで食うのは余等の習慣である。

大盃といっても、余等は日本人のような小さな盃で酒を飲む習慣はないから、当り前のことをしていた訳である。

この男のお喋りのために、オニであるところの余等は大酒のみということになり、水夫長であった余等の頭目は、

「酒顚童子」

と呼ばれることになったのである。

このままならそう大したことにならずにすんだのであるが、そのうち大変なことが起きてしまった。

余等の仲間の一人に、非常に醜男で酒癖の悪い男がいた。

その男は夜、酒を飲んで泥酔すると、日本婦人の着物を着て、頭からスッポリと顔をかくして町へ出かけて行くのであった。

その男は、町の男を捕えては不意に自分の醜い顔を出して、

「バア!!」

と驚かせ、相手が魂消て逃げて行くのを見て喜んでいたのである。

この男だけは、あまり醜男なので、流石の日本婦人も相手にしなかったので、幾分ヒガンで神経衰弱みたいになっていたのであったが、この男はまた馬鹿に力が強い、意地の悪い奴であった。

道の都合で、この男は、いつも町のラショウモン（羅生門）というところで、こんな悪戯をしていたのであるが、或夜、片腕を斬り落されて、右腕一本になって泣く泣く帰って来た。

翌日、余が内偵したところによると、その男の腕を斬ったのは、源頼光の部下で四天王と呼ばれている四人の大将の一人、ワタナベノツナ（渡辺綱）という人で、その人は、その腕を箱に入れて保存しているとの町の噂であった。

なおも、渡辺綱について調べてみると、綱は乳母によって育てられ、その乳母がまだ田舎にいるとの事であった。

余が山塞に帰って、このことを報告すると、一同は、

「腕を箱に入れて保存しているとは、俺達が奪い返しに来ると思っているのだ。——このまま黙っていては、鬼は卑怯者だなどとぬかすに決まっている」

と言い出し、なかには、

「みんなで襲撃しよう」

というものもあれば、

「そんな智慧のないことをすると、みな殺しにされる。——何とか、うまく奪い返し、口惜しがらせてやるのが一番だ。——復讐は復讐で、腕とは関係なしに、落着いて計画を建てた方がいい」

こんな意見も出た。

そして後者の意見が通ったのである。

片腕になった男は、五日ばかりして血が止まると、

「よし、俺が行って来る。——綱という奴の乳母の真似をして行ってやろう?」

と、気丈にも言い出した。

そして、マンマと自分の腕を奪い返して来て溜飲をさげたのはよかったが、非常に怒った源頼光は四天王に命じて、余等をみな殺しにしようとしたのである。

余等も充分用心していたのであるが、武勇名高い四人の大将が、山伏の真似をしているとは想像もしなかった。

或る夜、四人の山伏が道に迷ったから是非泊めてほしい——といって、余等の山塞に入って来た。

四人は、余等の風態を見ると、ブルブル震えていたので、丁度酒を飲んでいた余等はなぶり者にして、からかう気になり、その四人の山伏を部屋に引きずり込んだ。

ところが、この四人こそは、ワタナベノツナ（渡辺綱）、サカタノキントキ（坂田金時）、ウスイノサダミツ（碓井貞光）、ウラベノスエタケ（卜部季武）という四天王、日本一の豪の者、ブルブル震えているのは真似であったのである。

片腕がおれば、いくら綱が変装していても気がつくはずなのだが、折悪しく疵がいたみ出して、自分の部屋に臥せっていたのであった。

四人は弱い真似をして——この四天王は俳優になっても立派に出世したであろう——余等に散々なぶりものにされ、最後に無理に日本舞踏を強いられた。

それは余等の待っていたものであったのだろう。

舞踏をしていたかと思うと不意に、杖の中から剣を引き抜いて、余等に斬りかかった。

余等も身辺を守るために、船から持って来た鉄棒などをつねに持っていたから、それを振って応戦した。

しかし、この四天王というのは、大力無双で生れてから人を殺す稽古ばかりしていたような人間であったから、いくら柄は大きくても、船員や水夫あがりの余等が勝てるはずがなかった。

瞬く間に、余等の首はつぎつぎと飛んでいった。

余一人は相手が剣を抜くが早いか、すべてを悟ったから、手向うような馬鹿な真似はせず、すぐさま逃げ出して、日本の男の服装に着換えて町へ逃げ出した。

山を降りる途中、山塞の方に火の手が挙がったのを見て、余は、仲間がすべて討伐され、山塞が焼き払われたことを悟ったのである。

それは一〇一七年の夏も末のことであった。

その後の余は、すっかり日本の男になりすました。

余は、室久家の両親にも愛され、奈代との恋は許され、室久紀乃と名乗るようになった。養子になったのである。

余は過去のすべてを忘れようと努めた。そしてほとんどそれに成功した。

室久家の職であった石工の仕事にも、すぐ熟達した。室久家は元武士で将軍家の墓石の仕事をしていたので、姓を名乗ることを許されていたのであった。

両親は、余が養子になると、しばらくして相継いで世を去り、愛する妻の奈代は二男二女を残して一昨年、五十三歳で他界した。

店の仕事は息子達が引き受け、余は今や楽隠居の身になったのであるが、さて、こうなると今まで忘れていた故国スペインのことが想い出されてならないのである。

葡萄酒やミルクやレモンの味、パンや獣肉の味が想い出されてならぬ。

ああ、四十年の若き日、船出した時眺めたシエラネバダの山々——余の両親はもう天国で余を待っていてくれるだろう。

余は、前世の想い出に泣く気持ちで、この記録を綴っているのである。

余の息子も娘も、父を日本人と想い込んでいるから、勿論スペイン語などは知らぬ。

余も文章など書いたことはなく、その上、この数十年スペイン語を眼にしたこともないので、この記録は甚だ粗雑なものになってしまった。

余は、余の子孫に、

「これは子孫護符になるものであるから、子孫代々保存するように……。この不思議な文字のようなものは、梵字(ぼんじ)の一種である」

と遺言しようと思う。

そうすれば数代後、或いは十数代後の余の子孫の一人が、或いはこの文を読み得て、祖先の血統を知ってくれるかも知れぬと想うからである。

余の子孫達よ、汝等は鬼の末裔である。

汝等の祖先は掠奪もやり人も殺した。しかし、それは身を守るために止(や)むなくやったことである。

決して鬼の末裔であることを恥じることはない。

余、キノ・アルメンダリスは子孫の幸福を祈りつつ、大江山麓において幸福な余生をおくり、此処に死したのである。

一〇五八年、康平元年春

キノ・アルメンダリス記之六十歳』

これが、その大要でした。

僕は茫然と窓から雑草の茂った庭を見詰めつつ、煙草に火をつけました。油汗が全身に流れていました。

僕は字引きと草紙を其処に放り出して、もの想いに沈みはじめたのです。

「僕は鬼の子孫であった!!」

鬼はもっともらしいことを書いている。しかし、殺人犯人にも理屈はあるのです。理屈はどんなにでもつけることは出来ます。

鬼は婦女子を誘拐し、町家を掠奪し、人を殺しました。暴虐の限りをつくしました。

流石に自分でも、それをなしたと書いています。

そして、彼等の中で、一番ずる賢かった僕の先祖だけが生き残ったのです。

ああ、僕の血潮の中には、呪われた鬼の血が流れている!

そう考えながら、僕がふと自分の手元に気づいたとき……僕の血は凍ったのでした。

4

僕は自分でも気づかず、すでに変色した古新聞の束をひろげ、そこに大きく載っていた写真の男の顔に、鉛筆をとって無意識に、口ひげと顎ひげを画き加えていたのでした。これが僕の癖だったのです。

新聞や雑誌の写真や絵、それが男でも女でも、つい知らず知らずに、こんな悪戯をする——こういう癖は僕のみでなく、よくあることです。

しかし、その古新聞の男の口ひげ、顎ひげを加え、その顔のほとんど全体が、ひげでうずまった時、何故僕がそんなに驚いたか？

それは、僕の敬愛する父の顔になったからだったのです！

僕はもう、草紙のことは捨ておいて、古新聞を開いて日付けの順に読みはじめました。読みゆくに従って僕の全身は震え、心臓は口元まで飛び出し、歯はガチガチと無気味な音をたてて鳴りました。

それは丁度、二十年前の新聞で、五種類もの新聞が集められていました。

父の顔を持った男は、強盗殺人犯で、警察当局が、幸いに殺害から逃れ得た人々の談話を綜合して作り上げた似顔で、当局はこの似顔に自信があると発表しているものでありました。

しかも、その犯人はついに姿をくらまして、その事件は永久に迷宮入りになってしまったのでした。

その犯人は、指紋も残さず、なんの証拠も残さず、冷静に、計画的に犯行をつづけています。

当局では、余程、智能にすぐれた、冷静な人間に相違なく、しかもシラミつぶしの捜査にも引っかからぬところ見ると、犯人の家族は勿論、近隣の人達までが、

「まさか、あの方が……」

と思うような、地位もあり、相当の邸に住んでいて、しかも内実は経済的に苦しい人物に相違ない。

その上、経済的に苦しいことは本人以外、家内の者さえ、それ程苦しいとは気づかない——そんな人物に違いない。

最後に警察当局の意見は、こう決定しているのですが、これでは捜査の仕様もなくなってしまったようでありました。

ただ、相続いて起った十七件のうち四件の、四人の人達だけが危く生命をとりとめたのですが、この人達の証言によると、手口は同じものでした。

犯人は落着いて短刀を差し示し、家人（必ず一人のところに押込みました）を縛り上げ、金を奪い（必ず現金のある商家でした）それから、「自分は若い時から勉強もし、

努力もし、真面目に働いているが、女房を養うことも出来ない。世の中には、無学文盲で、恥知らずで、嘘つきで、泥棒みたいな奴が、贅沢をして、妻子を苦しめずに暮らしている。――自分の女房は、もうすぐ子供を産むのだ。――それには、どうしても金が要る。産衣もいるし、蒲団や揺籠も買ってやらねばならない。――自分も子供は可愛い。女房も可愛い。子供と女房のためなら、他の人間を幾人殺しても、少しも人間として、やましくないと想う。――君には気の毒だが、君は俺の姿や特徴や声を聞いたからには生かしておくわけにはゆかない。苦しめないように殺すから、新しく生れてくる者のためだと思って、まあ我慢してくれ――あとは、よく祀ってやるから……」

きまって、そんな説教をして、或る毒薬を無理に飲ませたのでした。

ああ、何と、その言い方の鬼に似ていることでしょう！

自分勝手な理屈です。良心というものが無いのです。

僕は何故、こんな古新聞を大切そうに、人眼に触れぬように、永年の間保存していたか――と考えた時に、僕の想像が間違っていないことを悟りました。

僕は二十歳です。

生れてくる僕のために、十七人の人は財産を奪われ、十三人の人は非業の最期をとげたのです。

僕の血管には、鬼の血が流れている！　殺人鬼の呪われた血が流れている！

僕は到底生きていられぬ人間です。

僕は、社会のためにも、この身を殺し、この鬼の血統を絶やさなければならない。

「ああ、殺された十三人の人達は、さぞかし……」

こう想った時、僕の耳元で先日から鳴りつづけていた音が、不意に大きく鳴りはじめました。

ケタケタケタケタ……

僕はハッ!! と或ることに気づいて、先刻(さつき)運んできた十三体の仏像の方を見返りました。

その時の僕の驚き!!

十三体の仏像が、顎を鳴らしてわらっていたのです。

彼等は僕を指差し、腹をかかえ、身をよじり、白歯をむき出して、さも可笑(おか)しさに堪えぬように、顎をならして、
ケタケタケタケタ……

わらいつづけているのでした。

僕は気が狂い、夢中になって自家(うち)を飛び出すと、駅の方へ走りました。

いま、僕は、正代の家から五軒目の、かねて顔見知りの喫茶店に入っています。

僕は、これから気を静め、最後に正代を見舞って、それから自分の命を絶つつもりです。

正代はもうすぐ死にます。あの世では、今度こそ、阿辺などには渡さぬように、僕が

先に行って待っていてやらねばなりません。

　人が死にたいと想う時には、あらゆることを絶望的に観（み）、空想してまで死なねばならぬ理由を創作すると聞きました。

　ですから、鬼の告白にしろ、二十年前の古新聞にしろ、或いは僕の夢かも知れない。

　夢であってほしい。

　しかし、十三体の仏像は確かに僕を指差して、大いにわらったのです。

　最愛の人と共に死にたいと願う僕には、本当は、そんなことどうだって構わない。

　僕は、これから死ぬに当って、生前の唯一の親しい友、君へ総（すべ）てを書き遺して死にたかったのです。

　いま、喫茶店で紙とペンを借り、君に最後の手紙をしたためていますが、これも何だか、僕の先祖キノ・アルメンダリスの振舞いに似ているように想えて、不愉快になってきました。しかし、僕はきっと、先祖の鬼と同様、これを君に送るでしょう。

　そして、君がこの手紙を読んでいるころ、新聞の片隅は、僕の死を報じているでしょう。

　さようなら、梅谷君、元気で幸福な一生を過してくれ給え。

　そして、わが国に鬼の血統が絶えたことを喜んでくれ給え。では永久にさようなら。

松島に於て芭蕉翁を読む

北村透谷

余が松島に入りたるは、四月十日の夜なりき。「奥の細道」に記する所を見れば松尾桃青翁が松島に入りたる、明治と元禄との差別こそあれ、同じく四月十日の午（うま）の刻近くなりしとなり。余が此の北奥の洞庭西湖（どうていせいこ）に軽鞋（けいあい）を踏入れし時は、風すさび樹鳴り物凄き心地せられて、仲々に外面（そとも）に出で、島の夜景を眺むべき様（よう）もなかりき。然（しか）れどもわれ既に扶桑衆美の勝地にあり。わが遊魂いかでか飄乎（ひょうこ）としてそゝり出で、以て霊境の美神と相（あい）通化せざるを得んや。

寝床（しんしょう）われを呑み、睡眠われを無何有郷（むかうきょう）に抱き去らんとす。然（しか）れ雖（ども）われは生命（いのち）ある霊景と相（あい）契和しつゝあるなり。枕頭の燈火、誰（た）が為に広室（ひろま）を守るぞ、憫（あわれ）むべし、燈火は客を守るべき職に忠信にして、客は臥中（がちゅう）にあれども既に無きを知らざるなり。燈火よ、客の魂（こん）は魄（はく）となりしかならざるか、飛遊して室中には留（とど）まらず、女何（なんじなん）すれぞ守るべき客ありと想ふや。

明また滅。滅又明。此際燈火はわれを愚弄する者の如し。燈火われを愚弄するか、われ燈火を愚弄するか。人生われを愚弄するか、われ人生を愚弄するか。自然われを欺くか、われ自然を欺くか。美術われを眩するか、われ美術を眩するか。韻。美。是等の者われを毒するか、われ是等の者を毒するか。詩。文。是等の者果して魔か、是等の者果して実か。

燈火再び晃々たり。われ之を悪くむ。内界の紛擾せる時に、われは寧ろ外界の諸識別を遠けて、暗黒と寂寞とを迎ふるの念あり。内界に鑿入する事深くして、外界の地層を没却するは自然なり。内界は悲恋を醸すの場なる事を知りながら、われは其悲恋に近より、其悲恋に刺されん事を楽しむ心あるを奈何せむ。手を伸べて燈を揺き消せば、今までは松の軒に佇み居たる小鬼大鬼共哄々と笑ひ興じて、わが広間を填むる迄に入り来れり。而してわれは一々彼等を迎接せざりしかども、半醒半睡の間に彼儕の相貌の梗概を認識せり。

小鬼大鬼われを囲めり。然れども彼等は悉く暴戻悪逆なる者のみにあらず。悉く兇横なる暴威を逞うする者のみならず。中にはわが枕頭に来つて幼稚なる遊戯をなしつ嘻笑する者もあるなり。何となく心重くなりたれば夜具の袖を挙げて一たび払ふに、大鬼小鬼其影を留めず消え失せぬ。少時にして喧笑放語傍若無人なる事、前の如し。余りにうるさくなりたれば枕を蹴つて立上り、一隅の円柱に倚つて無言するに、大小の鬼儕再び来らず。静かに思へば、鬼の形しけるは我身を纏ふ百八煩悩の現体なりける。

静坐稍久し、無言の妙漸く熟す。暗寂の好味将に佳境に進まんとする時、破笠弊衣の一老叟わが前に顕はれぬ。われ依ほ無言なり。彼も唇を結びて物言はず。

彼は無言にして我が前を過ぎぬ。暫らくして其形影を見失ひぬ。彼は無言にして来り、無言にして去れり。然はあれども彼の無言こそは、我に対して絶高の雄弁なりしなれ。知る人は知らむ、桃青翁松島に遊びて句を成さずして西帰せしを。而して我を蓋ひし暗の幕は、我をして明らかに桃青翁を見るの便を与へたり。

怪しくも余は松島を冥想するの念よりも、一句を成さず西帰せし蕉翁の無言を読むの楽みに耽りたり。古へより名山名水は詩客文士の至宝なり、生命なり。然れども造化の秘蔵なる名山名水は往々にして、韻高からず調備はらざる文士の為めに其粋美を失却する事あるを免かれず。

飄遊は吾性なり。飄遊せざれば吾性は完からざるが如き感あり。天地粋あり、山水美あり、造化之を包みて景勝の地に於て其一端を露はすなり。詩性ある者が景勝の地に来りて、神動き気躍るは至当の理なり、然れども景勝の地は僅に造化が包裡する粋美の一端なる事を知ば、景勝其自身に対する観念は甚だ大ならずして、景勝を通じ風光を貫いて造化の秘蔵に進み、其粋美を領得するは豈詩人の職にあらずや。如何にして造化の秘蔵に進み、粋美を縦にすることを得む、如何にして俗韻を脱し、高邁なる逸興を楽むを得む。請ふ、共に無言なる蕉翁に聴む。

「美」は遂に説明し尽す能はざる者なり。「美」は肉眼の軽佻なる判断によりて凡人に誤解せらるゝと同じく、雄大なる詩人哲学者をも眩惑しつゝある者なり。至妙なる絵画、能く人を妖魅す、然れども絵画の妙工も一種の妖魅力に過ぎざるを奈何せむ。吾人真如を捕捉すと思ふ時に、真如の燦然たる光は真如を惑はし去る。「美」を観るの眼も亦た斯の如し、正面に立つて「美」を観る事は雲のかゝりたる時の外はかなはず。迷宮の中にあつて「美」の所在を争ひ、右に走り左に馳せ、東に疲れ西に僵るゝ者、比々皆な是なり。韻士は力を籠めて韻致を探り、哲学者は思ひを凝らして析解を試むるも、迷宮の迷宮たるは始めより今に至るまで大に変るところはあらざらむ。

然れども迷宮と知つて迷宮に入るは文士の楽しむところにして、迷宮に入る事能はざるは文士の悲しむ所なり。古へより文士の勝景を探る者未だ迷宮に入らざるに、未だ妖魅を受けざるに、未だ造化の秘蔵に近かざるに、先づ筆管を握つて秀句を吐かんとする者多し。造化に対して礼を失ふ者と云ふべし。彼等は彫琢したる巧句を得べし、然れども妖魅せられざる前の巧句は人工なり、安んぞ神霊に動かされたる天工の奇句を詠出する事を得んや。ひとり探景の詩文のみに就きて云ふにあらず、凡ての文章が神に入ると神に入らざるとは、即ち此境にあり。古来の大作名著が神に入れるは、孰れ神霊に動かさるゝを待ちて筆を握らざる者のあるべき。一たび妖魅せらるゝは、蓋し後に澄清なる識別を得るの始めなるべけれ。

勝景は多少のインスピレイシヨンを何人にも与ふる者なり。故に勝景は如何なる田夫野郎をも詩気を帯びて逍遥する者とならしむるなり。然るに所謂詩客なる者多くは、勝景を以て詩を成さゞる可らざる所と思ふ。勝景をして自然に詩を作らしめず、自ら強ひて詩を造らんとす。こは実に設題して歌を造る歌人の悪風と共に日東の陋習なり。彼等をして造詩家たらしむるも、詩人たらしめざるもの茲に存す。彼等をして作調家たらしむるも、入神詩家たらしめざる者、茲に存す。而して此事ひとり景勝を咏ずる詩人に限るにあらず、人間の運命を極めんとする近代の意味に於いての文学家が、筆に役せられて文の神を失ふも、皆此理に外ならず。試に思へ、当年蕉翁の俳句を作らざる可らざるは、今日の文人が文章を捏造せざる可らざるよりも甚しかりしを。況んや扶桑第一の好風に遊びて、一句を作さずして帰りし事、如何許の恥辱にてやありけむ。然るも、凡傭の作調家が為すこと能はざる所を蕉翁は為せり。蕉翁が余の前にひろがれる一巻の書なること、是を以てなり。

われ常に謂へらく、絶大の景色は文字を殺す者なりと。然るにわれ新に悟るところあり、即ち絶大の景色は独り文字を殺すのみにあらずして、「我」をも没了する者なる事なり。絶大の景色に対する時に詞句全く尽るは、即ち「我」の全部既に没了し去れ、恍惚としてわが此にあるか、彼にあるかを知らずなり行くなり。彼は我を偸み去るなり、否、我は彼に随ひ行くなり。玄々不識の中にわれは「我」を失ふなり。而して我も凡ての物も一に帰し、広大なる一が凡てを占領す。無差別となり、虚無となり、糢糊として踪跡すべからざる者となるなり。澹乎たり、寥廓たり。広大なる一は不繫の舟の如し、誰れか能く控縛する事を得んや。こゝに至れば詩歌なく、景色なく、何を我、何を彼と見分る術なきなり、之を冥交と曰ひ、契合とも号るなれ。

冥交契合の長短は、霊韻を享くるの多少なり。霊韻を享くるの多少は、後に産出すべき詩歌の霊不霊なり。冥交契合の長き時は、自ら山川草木の中に己れと同様の生命を認め来つて、一条の万有的精神を遠暢し、唯一の裡に円成せる真美を認め、われ彼れが一部分か、彼れわれが一部分か、と疑ふ迄に風光の中に己れを箝入し得るなり。この時に当つて句を求むるも得べからず。作調家は遠く離れたり。詩人は斯る境界にあつて、句なきを甘んずべし。蕉翁が松島に遊びて句なかりしは、果して余が読むところの如くなりしか、或は非か。一巻余が為には善知識なり、説の当非は暫らく措きて、余が松洲に泊せし一夜の感慨は斯くの如し。家に帰へりて「奥の細道」を閲するに、蕉翁は左の如く松島に於て誌せり。

　ちはや振神のむかし大山つみのなせる業にや造化の天工いづれの人か筆をふるひ詞を尽さむ。

黄色い泉

小松左京

1

三次市を出た時、山間に三つの川の出あう盆地は、名物の深い霧に閉ざされていたが、庄原市にさしかかると、あたりは嘘のように晴れ上った。

たたけばカンと音のしそうな、透明な大気の底に、冬枯れの中国山脈の、黄ばんだなだらかな起伏が、どこまでもつづいている。

「雪が全然ないのね」

前の日広島で買った西条柿の乾したのを食べながら奈美子はいった。

「案内書には、県下有数の豪雪地帯って書いてあったのに……」

「今年は新潟や富山の方だって、全然雪がないそうだよ」と、彼はいった。「スキー場は軒なみあがったりだそうだ」

「蔵王の方はどうかしら？」奈美子は掌に種を吐き出しながらいった。「あっちの方はあるでしょ？」

「さあ……」彼は、むこうからやってきたダンプとすれちがうのに気をとられながら、気のない返事をした。「今年もスキーに行くつもりかい？」

「あら、行くわよ。当然じゃない」奈美子は次の乾し柿の包み紙をひらきながらいった。

「春までには、雪だってつもるでしょ？」

「医者は何ていっていた？」

「まだわからないって……」

奈美子はちょっと自分の下腹に眼をおとした。

「かえったら、結果が出ていると思うわ。――また、ちょっと不順になっただけかも知れない……」

「とにかく、今度は大事にしなきゃ……」

と、彼はつぶやいた。――前に二度もしくじっているから、とは、さすがに言わなかった。

「でも、三カ月や四カ月だったら大丈夫でしょう」奈美子は、白い美しい歯を、茶色の果肉につきたてながらくぐもった声でいった。「……さん、……カ月で、とびこみやってたわよ」

「お前、柿をあまり食べるなよ」彼は横目でちょっと妻を見ながらいった。「柿は冷えるぞ」

「うん……」

と奈美子は口をもごもごさせながらいった。

ゆるやかな起伏の間に、民家の数がふえはじめた。――藁葺き屋根はもうすくなく、ほとんどが赤い石見瓦(いわみがわら)か、青い化粧瓦で屋根をふいており、それがかえって赤茶けた老年期の山々と、中国路の青い空にぴったりする感じだった。

広島県三次市から鳥取県の日野町まで、南西から東北に脊梁(せきりょう)山脈を斜めに横切って走る国道一八三号線は、三次を出てからずっと、国鉄芸備線と、建設中の中国縦貫道の盛土と平行していた。――正月明けのこの時期、観光客のマイカーの波はひき去ってしまい、仕事の方はまだ本格的にはじまっていないと見えて、山また山の間を縫って行く国道の往来は閑散として、高速道路建設用らしいダンプや、材木をつんだトラックなど、数台とすれちがっただけだった。

山内(やまのうち)の町を出はずれたあたりで、ジープらしい車がとまっていて、防寒具に身をかためた男が手をふって、二人の車をとめた。

髭(ひげ)をはやして、陽(ひ)やけした、若い、学生とも見える青年が、軍手をはめた手で登山帽をとって中をのぞきこんだ。

「すみません……」と、青年はていねいな口調でいった。「バッテリーがあがっちまったんですが――電源を貸してくださいませんか?」

いいですよ、といって彼はエンジンを切り、ボンネットをあけた。

連れの青年が、ジープのボンネットをあけ、コードでこちらの車のバッテリーと、ジープのエンジンのセルモーターとをつなぎにかかった。

車をおりると、あたたかい午前の陽ざしがぬくぬくと降りそそいで、背をあたためた。

風もない、物音一つしない、山間のおだやかな風景は、思わず、うん、と大きな伸びをしたくなるようななごやかさに満ちていた。

「いい天気ですね……」彼は煙草をくわえながら眼を細めていった。「それにずいぶんしずかだ」

「今年は雪が全然ありませんからね」髭の青年は、自分もくしゃくしゃになった煙草をくわえながらいった。「いつもなら、もうちょっと、比婆山の方へスキー客の車やバスがおしかけてくるんですが……。おかげでわれわれの方は仕事がはかどって大助かりです。大体ここらへんは、県下でも有数の豪雪地帯で、去年あたりは三月まで雪に埋まっていましたから……」

「なにか――調査ですか？」

青年の煙草に火をつけてやりながら、彼はジープの荷台をのぞいた。――シャベルが何十か、それに小さな移植ごてのようなものや、測量器械らしいものが、箱にいれてたたんだテントの横においてある。

「考古学ですよ」青年は煙を吐き出しながらほほえんだ。「ここらへんは、何千という古墳がちらばっていましてね――。隣の三次の市域だけで二千以上、庄原から比婆郡をふくめたら五千ちかくあるんじゃないですか」

「そんなに！」

彼は少しおどろいて、まわりの山々を見まわした。

「すると昔は、こんな所に人が大勢住んでいたんですか？」

「そうでしょうね。——古墳といっても、あまり大きいものじゃありませんが、ここらへんは、吉備品遅という国造がおかれた地域ですからね。それに帝釈峡の方からは、縄文早期から、前期、中期とずっとかさなっている遺跡が出ていますし……最近では、洪積期の〝帝釈原人〟の骨がみつかったり、なかなか面白い地域ですよ。高速道路ができちまうと、また列島改造なんかであらされちまうから、今のうち何とか、できるだけまとまった調査をやりたいと思っているんですが……」

「ここらへんも、その〝原人〟ってのは出るんですか？」ふいに奈美子がたずねた。

「今でも？」

「なにをばかな事を言っているんだ」彼は苦笑した。「原人というのは、何万年から十万年以上前に住んでいた人間だよ」

「でも、二、三年前の新聞で見たわよ。——たしかここらへんに、原人だか猿人だかが出るって……」

「〝比婆山の雪男〟の事ですか？」髭の青年も苦笑しながらいった。「あれは、もっと北の比婆郡の方です。——西城町の方だったかな？」

髭の青年がジープの方をふりかえると、エンジンをかけて、コードをかたづけていた無口な青年がうなずいた。

「今でも出るんですか？」と奈美子はかさねてきいた。

「さあ――山仕事をしている人たちの中で、姿を見たとか、足あとが残っていたという人が、ちょいちょいいたようですが、今じゃその噂も、すっかり観光資源らしいですよ。――このごろはどうなんだろう？」

ボンネットをしめながら、もう一人の青年は、ききとりにくい声でぼそぼそいった。――髭の青年は、仲間の方にちょっと体を傾けて、おどろいたような顔をしたが、すぐ声をたてて笑い出した。

「彼が二、三日前に、それらしいものの姿を見たそうですよ」と髭の青年はいった。

「もちろんはっきり怪物と確認したわけじゃありませんがね……」

「まあ――どこで？」と奈美子は体をのり出した。

「ここからまっすぐ北の、比和町って所から少し山奥にはいった所です。――ぼくたち、きのうまでそこにいたんです」

「どんな恰好をしているのかしら？　その……雪男って……」

「写真があるわけじゃありませんがね――まあ、これまでの目撃者の話だと、全身赤っぽい毛でおおわれて、大目玉で……足あとは人間よりずっと大きいそうです」

「こわいわね……」奈美子はおそろしそうに肩をすくめた。「でも、見たいわ」

「ばかばかしい……」と彼はつぶやいた。「こわがりのくせに、そういう話になるとすぐのっちまうんだから……」

「何かを見まちがえたんでしょうね……」髭の青年は、また破顔した。「調査隊も、何回か出ましたけど、見つかりませんしね。――中国山脈に、熊でものこっているなら、それを見まちがえたという事もあるでしょうが……」

「さあ、行くぞ」と、彼は運転台にのりこみながらいった。「じゃ、さよなら」

「どうもありがとうございました」

髭の青年は頭をさげた。無口な方の青年も、ジープの運転台で帽子をとった。

「これから帝釈峡へ行くんですか？――もう少し行って、庄原の駅前に出ると、右手にまがる道があります。標識が出てるからすぐわかりますよ。それじゃ……」

2

「比婆道後帝釈国定公園」は、北の鳥取、島根、広島三県にまたがる、千二百メートル級の、道後、三国、船通、比婆の諸峰をつなぐ尾根の部分と、南の帝釈峡の部分との二つにわかれている。

中国山地に多い石灰台地を帝釈川が浸蝕してできあがった帝釈峡の奇観は、河水が石灰岩にトンネルをうがってできあがった、雄橋、雌橋などの天然橋や、五十メートルの岩壁に二階建の洞門が並ぶ唐門鬼の窓や、白雲鍾乳洞といった地形的なもののほかに、ダムによる人工湖、神竜湖にうつる秋の紅葉の絶景がよびもので、それも松がとれたばかりともなれば、さすがの名勝も、観光客の姿はまばらで、真冬の、人気のない冷えこむ断崖が、かえって観光地らしからぬすごみを吐いているようだった。

帝釈峡に車をとめて、断崖ぞいに下流の雌橋までくだり、そうめん滝や白雲洞をのぞきながら、二人はまた町までかえってきた。――八世紀初め、行基開基とつたえられる永明寺を見て、バス停前の食堂で早めの昼食をとった時は、二人ともかなり疲れていた。

そのせいか、一本ぐらいならと思って飲んだビールの酔いが、どうしようもなく重く、全身にまわった。宮崎へフェリーではいり、そこから九州、中国路と、ずっと運転をつづけた疲れが、突然どっとおそいかかってくるようだった。

「どうする？」奈美子は、まっかになって、頭を机につけてしまった彼を見て、心配そうにいった。「ゆうべあんなにおそくまで、本なんか読んでるからよ。――ここで一時間ばかり休んで行く？」

「いや……もう出発しなきゃ……」彼は鉛のように重い目蓋を、ひきずりあげようと努力しながら、もつれた舌でいった。「予定が、すこしおくれちゃってる……」

「比婆山の熊野神社なんて、別に寄らなくてもいいじゃないの。――伯母さんには、都合があって寄れなかったといっておけば……」

「いや……あの伯母は、うるさいんだ。それにすぐ嘘がばれちまう……」彼はよろよろと立ち上りながらいった。「どうしても、お札をもらって来てくれって、くれぐれもたのまれたんだ。――紀州と同じように、熊野神社があって、那智の滝まであるのは、比婆山だけだからって……」

「じゃ、私が運転してもいいのね」と奈美子ははしゃいだ声でいった。「やっと私の腕を信用する気になったのね」

「やむを得ず……だ……」彼はよろめきながら、キイをとり出して奈美子にわたした。

「腕は信用してるけど……君と来たら、無類の方向音痴だから……」

車の助手席にころがりこみ、シートをたおす前に、それでも朦朧とした頭を必死にふりしぼりながら注意をあたえた。帝釈峡から、もと来た道をひきかえし、雨連という所で、T字路を右にとる。そのまま山中をまっすぐ行くと、再び国道一八三号線へ出る。右へまがって、西城町の町並みをぬけ、別所という所で、左へ川ぞいにはいって行く道をつめて行くと、熊野という所に出るから……。そこまで、もつれもつれ言った時、どうにもならない睡魔がどっとおそいかかって来て、彼は泥のような眠りに沈んだ。――眠りこむ寸前、地図をよく見ろ。わからなくなったらおこすんだ、と、言ったつもりだったが、本当に言ったかどうかあやしかった。

結局奈美子は、彼を一度も起さず、地道の動揺でひとりでに眼がさめた。――眼をこすって、まわりの景色を見ると、車は川沿いに走っている。日ざしは傾き、山々は濃い影をおとしはじめていた。

「どのくらい眠った？」

彼はあくびをしながらきいた。

「さあ――二時間半か、三時間ぐらいかしら……」とハンドルをにぎりながら奈美子はこたえた。

「そんなに？」彼はおどろいて、一ぺんに眼がさめた。――同時に、何となく不吉な感じにおそわれた。

「じゃ、もうそろそろつくころだが……」

道はいつの間にか川をわたっており、今まで左手に見えていた川筋が、右手にかわった。――前方に山の尾根がせまってきて、けわしいのぼりにさしかかりかけている。――だが、奇妙な事に、正面に見えてこなければならない、比婆山塊最高峰の立烏帽子（たてえぼし）山らしいものが見えてこない。それらしいものは、ややガスがかかり出した空の右手にそびえている。

「いまどこらへんだ？」と、彼はややけわしい声できいた。

「さあ――峠を一つこえて、さっき、たしか比和町って所を通りすぎたけど……」

「比和町だって？」彼は呆然とした。「冗談じゃない。君はやっぱりまがる所をまちがえたんだ。――このまま行ったって、熊野なんかに出やしない。とんでもない所へ出てしまう」

「あら、だって、たしかにあなたのいった通り、一八三号線へ出て、西城の町から左へまがったのよ」と奈美子は口をとがらせた。

「そうじゃない。西城の町を通りすぎて、別所という所で左へ曲れといったんだ」

「でもあなた、よっぱらってむにゃむにゃいって、よくきこえなかったんだもの」

「なぜ地図を見なかった？」

「途中でダッシュボードをさがしたけど、なかったの」

折りたたまれたロードマップは、寝こんでいた彼の体の下にあった。

車はもう王居峠（おいだわ）のヘアピンカーブにかかっていた。――時刻はすでに三時をまわっている。今さら西城まで、二十キロ以上の山道を、あらためてひきかえして、比婆山麓へむかっても、途中で日が暮れてしまう。熊野信仰にこりかたまった伯母には、何とかいいわけをする事にして、運転をかわった彼は、そのまま車をすすめ、峠をこえた。――その晩の泊りの予定は、算盤（そろばん）で有名な出雲（いずも）横田だった。熊野神社から国道へひきかえし、備後（びんご）落合で国道三一四号へはいって、比婆山の東、三井野で尾根をこえるつもりだったが、比婆山塊の西側にも、尾根をこえる山道があって、自動車通行可能になっている。尾根をこえさえすれば、どうとっても、横田町か仁多（にた）町へ出られる。

「ごめんなさい……」と奈美子は、ぶすっとした顔でハンドルをにぎっている彼に、小さい声でいった。「またやっちゃったわ」

「いいんだ」彼は表情をやわらげていった。「できた事はしかたがない」

奈美子はそっと彼の肩に頭をもたせかけた。――その小さな頭を、彼は左腕で抱いてやった。

「ねえ……」と奈美子はふと思い出したようにいった。「さっき通りすぎた比和って町ね——今朝あった学生さんたち、あの町の北で、二、三日前〝雪男〟にあったたって言っていなかった？」

「ばかな事考えるんじゃない」と彼はいった。「こわいんだろう」

王居峠をこえた上湯川から道を右にとり、車は高野山川の上流を、北の島根との県境にむかってつめていた。西の一二六八メートルの猿政山と、その連峰毛無山が渓流ぞいの道にどっぷり淡い影をおとし、東の空には比婆山塊の一峰吾妻山が、傾いた日にあかあかと照らされ、民家一軒ない、対向車の一台もやってこない、わびしい山道だった。——山間に深くはいりこみ、日も傾いて、気温が急速にさがりはじめているのが、ヒーターを入れた車の中からもわかった。——赤い日に照らされる東の峰々の、島根県側だけが、うすく雪が刷かれているのが見える。

俵原という小集落をすぎて、いよいよ県境をこえようとする時、奈美子が急にまっさおになって腹痛を訴えはじめた。

「乾し柿をあんなに食べるからだ」と彼はいった。「それに、午食にそばなんか食べたろう。冷えるものばかりじゃないか」

「おねがい。とめて……」奈美子は顔に脂汗をうかべて、体を二つに折った。「ちょっと……出しちまえば、大丈夫と思うわ。でも、このままじゃ我慢できない……」

彼は車をとめた。——外は凍てつくような寒さだったが、幸い風はない。まわりを見まわして、右手にあるややゆるやかな斜面へ、道からほんの十数メートル、苦しむ奈美子の腕をささえて連れこんだ。中国山脈特有の、樹木のほとんどない低いつつじか何からしい灌木と短い草にまばらにおおわれた斜面で、所々に大きな黒っぽい岩塊がころがっている。

「いいわ——あの岩の陰でしてくる……」

奈美子は、汗を流しながらいった。

「いや！　ついてこないで……。もっとはなれててよ。はずかしいから……。道の方、見はっててよ」

「誰もきやしないよ。こんな山の中で……」

雪男が出てくるといけないから、ついていてやる、といおうとして、ふと口をつぐんだ。——奈美子をこわがらせるといけない、というだけでなく、なんとなく、その事をいうのが不吉に感じられたからである。

奈美子がまわりこんだ岩かげから、四、五メートル道の方へもどった所で、彼は待った。——妻とはいえ、やはり女だから、下痢の音などきかれたくないだろうと思って、彼は岩に背をむけて立った。

一人になると、こわいほどの寒気と静寂がまわりからひしひしと身をしめつけた。——風はないのに、山全体が、耳にききとれないような音をたてて鳴っているようだった。空には黄金色にかがやく絹雲が幾筋か刷かれ、眼前にたちふさがる高峰の、濃藍色の影と、背後に夕陽を赤く浴びてそびえたつ比婆の山々が、東と西から、赤光と暗影でもって、彼をはさみうちにしてのしかかってくるような気がした。

身をしめつける山気に対抗するように、彼は手をこすりあわせ、足踏みをし、低く口笛を吹いた。背後の岩陰から、奈美子のたてる物音は何もきこえなかった。――そのま、三分たち、五分たった。

少しおそいな、と思いながら、彼は岩の方をふりかえった。――この寒気に、あまり長いこと肌をさらしていると、かえって悪くなるかも知れない。我慢できるようになったら、とにかく人家のある所まで行って……。

かすかな女の悲鳴を、きいたように思ったのは、その時だった。

3

最初彼は、それを空耳(そらみみ)かと思った。――悲鳴は、山のたてるざわめきならぬざわめきにうち消されるほどかすかだったし、奈美子のしゃがんでいるはずの岩陰より、ずっと遠くできこえたような気がしたからだ。

はっと耳をそばだてて、反射的に彼女の名をよぼうとして、一瞬ためらい、ちょっと唇をしめらせて、小さくよんでみた。

「奈美子……」

声はかすれていた。で、咳払(せきばら)いを一つすると、もう一度、やや大きくよんだ。

「奈美子……まだかい？」

足は自然と、二歩、三歩、岩の方へうつっていた。

「いい加減で我慢しないと、今度は本当に冷えこんでしまうぞ」と、彼は岩にちかよりながらいった。「おい、奈美子……」

岩の後ろをのぞきこむのは、やっぱりためらわれた。——彼は岩の傍により、もう一度咳払いをして、眼をそむけながら、よびかけた。

「どうだい、奈美子——もう大丈夫かい？」

返事はなかった。

ふと、ある種の不安におそわれて、彼はもう一度、よびかけながら、岩のむこうをのぞきこんだ。

「奈美……！」

のどの奥が、一瞬ひゅっとふさがり、声は途中でとまった。

奈美子はその岩陰にいなかった。さっき、その岩からはなれる時、眼の隅に、体を二つに折り、スラックスをゆるめながらしゃがみこもうとする姿を、たしかにちらと見たにもかかわらず、その岩陰に彼女の姿はなく、排泄（はいせつ）のあともなかった。携帯用のピンクのティッシュペーパーの包みが、そこにおちているだけだった。

「奈美子！」

思わず彼は、眼前にひろがる、スロープにむかってさけんだ。

声は、たちまち大気に吸われて散ると見えたが、すぐ谷々にこだまして、いくつもの遠い嘲るような叫びとなってかえってきた。――奈美子……奈美子……奈美子……。こだまが消えて行くと、あとはまた蕭々たる山の音があたりをみたすばかりだった。

彼は、そこから一番近くに見えるもう一つの岩へむかって走り、その岩陰をのぞきこみ、そこにも彼女の姿がない事を見てとると、さらにもう一つの岩陰へむかって走った。岩陰から岩陰へとさがしながら、時々立ちどまって、口に両手をあて、二度、三度と声をかぎりに妻の名をよんだ。

返事はない。

いつの間にか、彼はずくずくに汗にまみれ、涙さえ流しかけていた。

わずか、三、四分の間に、五メートルとはなれていない岩陰から、妻はどこへ消え失せてしまったのだ？――しかも、あのはげしい腹痛をこらえながら、排泄のあともなく……。

呼ばい、斜面を闇雲に走りまわるうちに、ふと彼は、枯れた灌木の一つの上に、何か白いものがふわりとひっかかっているのを見つけた。そこは最初の岩から、五、六十メートルもはなれた所にあるつつじの木の一むらだった。赤と黄の縁取りに、ひと目で奈美子のものと見てとった彼は、夢中で手をのばそうとした。

その時、名状しがたい戦慄が、体の芯からぞうっと湧き上り、全身の汗が、一瞬にしてひくのが感じられた。

なにかが、彼を見ていた。

その気配を、ふと右の首筋あたりに感じたとたん、彼の全身は凍りついたように動かなくなってしまった。

石のようにこわばった首筋をむりにまわして、じりじりと視線を右にむけて行くと、斜め上方十メートルほどはなれた岩陰から、じっとこちらを見つめているそいつの眼と、正面からむきあった。

視線があったとたん、そいつは身をひるがえして岩の向うにかくれた。——しかし、黒っぽい、毛におおわれたのか裸の皮膚なのかわからぬ、人とも獣ともつかぬその異形(いぎょう)の姿と、ぎらぎら輝く、何ともいえぬ邪悪で凶暴な光をたたえた大きな双眼は、ほんのまばたきするほどの間に、彼の眼底にやきついた。

がん！　と脳天から脊椎(せきつい)をまっすぐ下へ、たたきのめすような衝撃が、体の中を走った。

比婆山の雪男！

ふだんなら、そう思ったとたんに、恐怖に体がひきつり、悲鳴をあげて道までころげおりただろうが、その時は、逆上していたためだろう。逆に、そいつの消えた方角へむかって、まっしぐらに突進していた。——あいつが奈美子をさらったにちがいない、という、理屈の通らない激情にかりたてられながら……。

その岩陰に、そいつの姿は、もちろんなかった。——しかし、息をあらげて走る彼の眼の隅に、もう一度、二度、そいつの黒い背中が、ひょい、ひょいと岩陰から岩陰をつたわって走るのがうつり、そのあとをおって、彼も岩陰から岩陰へ、灌木の茂みから茂みへと闇雲におった。最後にそいつの姿を見かけたあたりまで来て、彼はさすがに息が切れて、岩の一つにもたれて、呼吸をととのえねばならなかった。

そいつの姿を見失ってしまった事はたしかだった。――もう、岩陰から彼をうかがう視線の気配はなかった。

しかし、気息がととのってくると、そいつがまだ、ちかくにいる、という感じが強くした。冷えた空気の底に、かすかに異臭がただよっていた。その異臭が、さっきそれがかくれていた岩陰にのこっていたものと同じものだ、と気づいた時、彼は眼をぎらつかせてあたりを見まわした。

砂地の上に、一点、赤いものを見つけたのはその時だった。

奈美子の血だ、と、咄嗟に故なく抱いた確信は、ほんの数秒あとに裏づけられた。

――数メートルの間隔をおいて、点々とつづいている血痕の一つの傍に、奈美子のパンプスが片方、おちていた。

やつが――いや、ひょっとしたらやつらが、奈美子を殺した……と、瞬間的に彼は思って、骨が鳴るような思いを味わった。いや――、まだ殺してはいないかも知れない。傷つけ、さらって行っただけかも知れない。

「奈美子！」

と彼はもう一度叫んだ。

「どこにいる？　おれだ！」

叫びながら、彼はおちていたパンプスをひろってにぎりしめ、所々草の中に消える血のあとを追って走った。

最後の血のあとを見つけてかけよった時、そのむこうに、黒々と口をあける洞穴があるのに気がついた。――山腹に露出する岩と岩との間に、斜め下方へむかってゆるい傾斜でうがたれた洞窟で、その前に、高さ一メートル半ほどの岩と、灌木のしげみがあって、入口はちょっと見にはわかりにくい。こちらの山腹に長い影をおとす猿政山の尾根からはずれた西日が、洞穴の中にかなり深くさしこみ、その赤い光に照らされた入口の土の上に、もう片方のパンプスがころがっているのが見えた。赤っぽい粘土の上には、なにかをひきずったあともついていた。

奈美子が、その洞窟にひきずりこまれたのは、まちがいなかった。

正面からさしこむ夕日をたよりに、彼は洞窟の中にふみこんだ。――獣臭いというか、硫黄くさいというか、一種腐臭に似た、いやなにおいが、奥の方からかすかにただよってくる。

「奈美子！」

と、彼は奥へむかってよんだ。

かなり深いらしく、反響はほとんどかえってこない。西日のさしこむはずれに最後の血のあとを見つけ、彼はいつの間にか右手ににぎりしめていた、太い、手ごろな長さの木の枝で足もとをさぐりながら、岩肌に照りかえす西日の明りをたよりに、奥へ奥へと進んだ。足もとはしめった粘土らしく、すべりやすく、途中から岩肌に水がしたたりはじめた。

洞窟はほとんどまがらず、斜め下方にどこまでも奥深くのびていた。もう入口からの光もとどかず、彼はライターの火をつけて明りのかわりにした。が――奇妙な事に、どこかから吹く風に、炎がふき消されても、まわりの岩肌や足もとは、ぼんやり見える。光り苔でも繁殖しているのだろうと思って、彼はガスの節約のためにライターを消し、さらに奥へ進んだ。洞窟は、地の底までつづくかと思われるほど果てしなく深く、進むにつれて、湿って冷たい空気の底に、いやな、腐臭に似た臭いはいよいよ強くただよいはじめた。

靴が、ポチャリと氷のように冷たい水にふみこんだ時、さすがに彼もぬれた岩肌に手をついて一息入れた。斜面を走りまわって、体は綿のごとくつかれ、のどがからからだった。肩で荒い息をつきながら、ライターをつけて足もとを照らして見ると、そこに黄色くにごった水が四、五メートルにわたってたまっていた。

粘土か何かをとけこませたらしい黄色い水は、ただたまっているだけでなく、ゆっくり動いていた。洞窟のどこかから湧き出して、どこかへ流れこんでいるらしい。泉のむこうに、また地面らしいものがのぞいているが、はっきりは見えない。

ちょろちょろと岩壁をつたう水音に、明りをさし上げると、水たまりをこえたあたりの岩肌の突出部から、澄んだ清水が、きらりと糸をひいたようにしたたりおちているのが見えた。——水たまりをわたってあの水で、からからになったのどをうるおそうと、黄色い泉の中に、杖がわりの枝をさしこんだとたん、

「だめ！」

と、低い、しかしきびしい声がした。

「その水を飲んじゃだめよ。——その水たまりをわたるのもいけないわ」

「奈美子！」

彼は思わず眼を宙にすえて叫んだ。

さらさらと湧き出し流れて行く地下の泉のむこうの暗がりに、奈美子の姿が朦朧（もうろう）と立っていた。

——ライターの炎以外の、なにか得体の知れないかすかな青白い光に照らされて、奈美子の姿は幻のように闇にぼんやりとうかんでいる。

「どうしたんだ？——無事だったのか？　あの怪物は……」

「なにもきかないで……」

奈美子は、青白い、さびしそうな顔でいった。——黒い髪が、ぬれたように土気色（つちけいろ）の頰（ほお）に粘りつき、唇の色は失せ……そして、かぎ裂きだらけのスラックスの股間（こかん）は、したたりおちる血でべっとりとぬれているのに気がついた時、彼はぎょっとした。

「奈美子！──お前、血が……」

「ええ……でも、もういいの……」奈美子の声は低く、洞窟にこだまして、冥府の底からきこえてくるようだった。「こうなってしまったのは、しかたがない事だったのよ。──私、もうあなたと一緒に行けないわ……」

「なにをばかな！」彼は、奈美子の口調に、体ががたがた胴震いしはじめるのを感じながら、戦慄を吹きはらおうとするようにどなった。「早く町へ出て、医者に見せなけりゃ……」

「もうおそいわ……」奈美子はわびしそうに顔を伏せていった。「あなた、ここからかえって……。そして、私の事を忘れて……。私はずっとここにいなければならないの」

「なぜだ？　なぜ、そんなばかな事をしなけりゃならないんだ？」彼は悲鳴をあげるように叫んだ。「や、やつらが……何かしたのか？　ここでや、やつらといっしょにいるのか？」

奈美子が顔を伏せたままうなずいた時、彼の怒りが爆発した。

「そんな事させるもんか！」彼は洞窟にわんわん反響するような大声で、喉一ぱいにわめいた。

「やつらがなんだというんだ！　君は俺の大事な妻だぞ。や、やつらが行かせないというなら、腕ずくでも君をつれて行くぞ！　君は──これからぼくたちの子供をうむ体だ」

泉の中に、ざぶりと一足ふみこんだ時、奈美子が、

「待って！」

と声をかけた。低い、陰気な声だったが、その声をきいたとたん、彼の体は電気にかかったようにしびれて動かなくなった。

「私だって、あなたと一緒に行きたいわ。――いいわ、私、もう一度、あの連中と話しあってみる。だから、ここで待っていて。絶対に……ここを動いちゃだめ。この泉をわたって、ここから奥をのぞいちゃだめよ」

奈美子の姿は、ふっ、と闇の奥に消えた。――とたんに彼の体の金縛りは解け、彼はべたりと黄色い泉の傍の、ぬれた粘土の上に尻餅(しりもち)をついた。

そのまま、どのくらい待ったかわからなかった。――奈美子の姿は奥の暗がりへ消えたままあらわれず、黄色く濁った泉は、ぼんやりとあたりを照らす、青白い光の中に音もなく湧きつづけ、岩肌よりおちる清水は、ちょろちょろと澄んだ音をたてつづけた。ライターの焰(ほのお)で時計を見ると、もう奈美子が消えてから、三十分以上たっていた。

しびれを切らした彼は、奈美子がとめた事も忘れて、岩壁の出っぱりを足がかりに、泉の中に杖をつきながら、地底の水たまりをこえ、奈美子の消えた奥の暗がりへと進んだ。泉のあたりをぼんやり照らしていた明りは、ものの二十メートルもすすむと、まったく消え失せ、鼻をつままれてもわからない闇があたりをおしつつんだ。岩壁を手さぐりしながら、なおも十四、五メートルもすすむと、さっきからただよいつづけていた腐臭が、たえがたいほど強くなり、吐き気がしそうなほどになってきた。

その腐臭にみちみちた闇の底に、なにかおぞましいものが蠢(うごめ)き、またかすかにうめきをあげる気配があった。

息をひそめて岩肌にへばりついていた彼は、とうとう我慢しきれなくなって、ライターを高くかかげ、石をすった。

ライターの小さな炎が、闇になれた眼には、何百燭光もの光となって、あたりを照らした。――その光の中にうき上った光景は、何ともいいようのないおぞましいものだった。

そこは、洞窟がにわかに広くなり、高くなった広間のような所で、その中央に、奈美子の細く、白い裸身が、一糸まとわぬ姿で横たわっていた。その裸身のまわりに、あのおぞましい、醜怪な姿のやつらが、何頭も蠢いていた。一頭の、ひときわ大きいやつは奈美子の頭の所にうずくまり、一頭は淡雪のような胸の乳房をもてあそび、一頭はなめらかな下腹をなめ、さらにもっとも凶暴そうな一頭は、無慚におしひろげられた奈美子の下肢の間にいて、血まみれの胯間をおかしていた。

しかも、奈美子は、単に無抵抗にやつらにもてあそばれているのではなかった。左右にひろげられた彼女の腕の先には、それぞれ一頭の醜怪なものがいて、彼女の繊手は、その醜怪なやつらの、胯間のものをにぎりしめ、愛撫していたのだ。おしひろげられた下肢の先にも、一頭ずつがいて、彼女の足指をなめずっていた。身をぬめぬめともだえさせ、快感のうめきをあげつつのけぞった彼女は、そのやさしい唇に、のけぞった頭の所にいる、一きわ大きく一きわ醜怪なものの胯間の一物を、のどの奥にまでくわえこんでいる。

彼が気がちがったような叫びを上げるまでもなく、ライターの光をあびて、その醜怪なものたちは、一せいにぎらぎら光る眼をこちらにむけた。——黒く、また赤っぽく、あるいは青光りするやつらの姿、人とも野獣とも、またこの世のものでない妖怪とも見えるやつらの姿を、はっきりと見きわめる事はできなかった。全身剛毛におおわれているようにも見え、また全裸の皮膚が光るようにも見えた。口は大きく、一様に牙をむき出し、中には角があるやつもいるような気がした。はっきりと見てとる暇もないうち、やつらはいっせいに唸りをあげて彼にむかっておそいかかってきた。猛烈な異臭と、凶暴な息吹きが、熱く臭い涎が、黒い渦を巻いておしよせてきた。——今まで、快感に身をよじっていた奈美子までが、怒りに鬼女のような面相になり、裸のままはね起きて彼にむかって突進してきた。

身も世もない恐怖にとりつかれて、彼はただ、闇雲に逃げた。ライターの炎を最大にして後へ投げつけ、時折立ちどまって木の枝をふりまわし、泉の中をわたり、坂道にすべり、ひたすら洞窟を出口に向って逃げつづけた。やっと出口にとび出すと、そこにあった一メートル半ほどの岩を、必死の馬鹿力でもって斜面におしころがして洞窟の口をふさぎ、中からおしよせてくる、おそろしい叫びを出すまいとするように肩でおさえつづけた……。

4

「どうもよくわからんが……」

供述書をとりかけていた、Y町警察の初老の警官は、彼の話の終りの方にくると、妙な顔をして、罫紙から顔をあげた。

「あんた、それほんとの事言ってなさるんか？——つくり話なんかしてもろうちゃ困るよ」

「本当です。絶対に本当です！」彼はヒステリックに叫んだ。「あいつらが……あの怪物どもが……ぼくの妻を、あの洞窟に連れこんで……」

「しかしのう……」警官はうたがわしそうな目つきで、罫紙の前のページをめくった。「なんぼなんでも、この土地でこんな話とくると、誰でも、こりゃつくり話じゃとすぐ思うわな」

「どうしてですか？」彼は腰をうかしていった。「比婆山の雪男は……ぼくだけが見たわけじゃないでしょう？　広島側の、何とかいう町では、町ぐるみ観光資源にまでして……」

「さあ、それじゃから、あんたの話をきいて、われわれもああやって、山狩りまでもしてしらべとるんじゃが——肝心のあんたの話がこれではな……とても信用でけんがな」

「なぜです？」彼はあつくなって、テーブルをたたかんばかりに言った。「なぜ、つくり話だなんて思うんです？」

「あんた、いくつかな？」途中からはいってきて、彼の供述をきいていた、中年すぎの刑事が、腕を組んでたずねた。「名前は何といったっけ」

「伊豆渚……二十六歳……」と彼は答えた。

「伊豆渚それ本名か？」

「ええ、もちろん……」

「伊豆渚それで奥さんの名が伊豆奈美子か……」刑事は眉根にしわをよせた。「妙な……因縁かも知れんな。あんた、古事記をよんだ事ないのか？」

「ええ……話の一部は知ってますけど……中学か高校の時、国語の時間に少し習ったような気がしますが、国語はあまり好きじゃなかったので……」

「戦後の若いもんは、そんなもんかも知れんな……」

そういいすてて刑事はつかつかと部屋を出ていった。

「古事記がどうかしたんですか？」と、彼は不安げに警官にきいた。

「さあ、それやがな……」警官は妙なものを見るように彼の顔を見た。「あんたが、古事記をろくに読んどらん、嘘もいっとらんとすると……いやいや、それはどうも話がうまくできすぎとる。あんた——伊弉諾、伊弉冉尊の事を知っとるか？」

「イザナギ、イザナミ？」彼は不意に胸をつかれたような気持におそわれた。「え……

ええ、名前は知っています。神話で、国産みをしたという神さまでしょう」

「そうじゃ――その二柱の神様のうち、妻神さまの伊弉冉尊がなくなられた時、この比婆山にほうむられたという伝説がある事は？」

「え？」彼はぎょっとして、警官の顔を見た。「知りません。――ほんとですか？」

「ほれ、これ読んでみ……」再びはいってきた刑事が、手ずれのした古典文学大系の一冊を彼の前に投げ出した。「近所で借りてきたった。――はじめの方や、紙をはさんである」

　彼はふるえる手で、その本をひらいた。仮名がふってあるので、文章は読めた。

　〝……故、伊邪那美神は、火の神を生みしに因りて、遂に神避り坐しき。……〟

「もうちょっと先や、ほれ、ここの所を読んでみ……」

　刑事の太い指がさすくだりを、彼はふるえながら読んだ。

　〝……故、其の神避りし伊邪那美神は、出雲国と伯伎国との堺の比婆の山に葬りき。……〟

「な、比婆山ちゅうのは、何もスキー場や、雪男の話ばかりやないんで……」刑事の声は、遠くできこえるようにひびいた。「こうやって、古事記にもちゃんとのってる、古い伝説がある所でな。隣の仁多町の山の中には、伊弉冉ちゅう集落までちゃんとあるしな……。ここで伊弉諾尊が、黄泉の国に、伊弉冉尊を訪ねて行かれた時の伝説と、同じような事が起ったいうていわれても、そらあんた、な……」

刑事の言葉も耳にはいらないように、彼はなおも先を読みすすんだ。

〝……爾に伊邪那美命客へ白しく、「悔しきかも、速く来ずて。吾は黄泉戸喫為つ。然れども愛しき我が那勢の命、入り来坐せる事恐し。故、還らむと欲ふを、且く黄泉神と相論はむ。我をな視たまひそ。」とまをしき。如此白して其の殿の内に還り入りし間、甚久しくて待ち難たまひき。故、左の御美豆良に刺せる湯津津間櫛の男柱一箇取り闕きて、一つ火燭して入り見たまひし時、宇士多加礼許呂呂岐弖、頭には大雷居り、胸には火雷居り、腹には黒雷居り、陰には拆雷居り、左の手には若雷居り……〟

彼の手から、本がばたりと床におちた。――それでは……あれは……あの〝彼の見た事〟はいったい……。

戸口から、若い警官がはいってきて、供述をとっていた警官と刑事にあわただしく耳打ちした。二人は、まっさおになってふるえている彼の方をふりかえり、警官の方がゆっくりちかづいてきて、彼の肩に手をおいた。

「あんたの奥さんの死体が見つかったそうや……」と警官はいった。「あんたのいうとった、最初の岩の所から、ちょっとはなれた灌木の中で――。死因は、今の所、切迫流産による出血多量という事らしい。さあ、一つ、本当の事をきかしてくれんか？　あんたがなんで、あんな寒い山の中に、奥さんの死体を――いや、ひょっとしたらまだ生きとったかも知れん奥さんを、ほったらかしにしてきたか……」

安達ケ原の鬼

倉橋由美子

昔、都から修行に出た旅の坊さんが白河の関を越えて奥州に入り、安達ケ原というところにさしかかると、短い秋の日がとっぷりと暮れてしまいました。坊さんは一日歩き続けて疲労困憊していたので、百姓家でも見つけて一夜の宿を頼もうと思いましたが、あたりは草茫々の秋の野末の景色で、人家の煙一筋見えません。次第に吹きつのる野分の中で途方に暮れていると、ふと向こうに鬼火かとも思われる怪しげな明かりが見えました。

　みちのくの安達原の黒塚に鬼こもれりときくはまことか

古い歌にもあるように、あれは鬼の棲処かもしれないと思いましたが、それでも明かりに引かれて坊さんは懸命に歩きました。ようやく一軒の朽ちかけた家がありました。障子の破れから中をうかがうと、行燈の火影でおばあさんが一人、何やら口の中で歌のような呪文のような文句を唱えながら糸を繰っています。ゆっくりと回る糸車を見ていると、睡魔の糸で全身を縛られていくようでした。おばあさんがこちらを向いたので坊さんははっと我に返り、声を掛けて一夜の宿を借りたいと頼みました。するとおばあさんは、野中の一軒家のことで、何の馳走もできないし、碌な夜着もないけれど、と渋りながらも、坊さんが、雨露さえしのがせていただければよいからと、たって頼むのを待っていたように、簡単に承知してくれました。いかにも親切そうなおばあさんに見えましたので、坊さんも安心して泊めてもらうことにしました。

　おばあさんは囲炉裏に薪をくべ、粟粥を炊いてもてなしてくれました。夕飯が済んで坊さんが旅の話などをしますと、おばあさんはそれを聞いてうなずきながら、糸車を回していました。

　そのうちに囲炉裏の火がだんだんと心細くなって、あばらやに吹きこむ夜風が身に沁みます。坊さんが衣を掻きあわせて震えているのを見て、おばあさんは立ち上がりました。

「お客様があると知ったらもっと沢山薪を取っておけばよかったものを。ちょっと裏の山へ行って薪を取ってきますから、しばらく留守番をお頼み申します」

「いやいや、この夜更けにそんな御苦労をかけては申訳ない。何なら拙僧が行ってまいりましょう」

　するとおばあさんは笑って、旅の人にわかるものではないし、それに何の御馳走もないところで、せめて焚火だけが御馳走だと思って下さいまし、と言いながら気軽に出ていこうとしました。

坊さんは急に不安になって、この安達ケ原には昔から鬼が棲むと言われているではないか、と例の古歌を持ち出してみました。

「そんなことがありますかどうか。でもこんな夜に鬼が外に出ることはありません。それよりも、一つだけお願いがございます。私の帰りが遅くなっても次の間をのぞいたりなさらないで下さいまし。それだけはくれぐれもお願い申します」

そう言っておばあさんが風の中に出ていったあと、坊さんはおばあさんが妙にいそいそと嬉しそうに出ていったのが気になり、それに繰り返し念を押して行った次の間のことも気になりはじめました。そして、やはりここは鬼の棲処ではないかという疑いがまた頭をもたげてきました。気のせいか、風の音に混って何やら啾啾と哭く声が聞えてくるようでした。坊さんはそうけ立って思わず耳を掩いました。それは大勢の亡者が鬼哭の声を放って何かを訴えるようでもありました。しかもその声はどうやらあの開けてはならないと言われた次の間から聞えてくるのでした。坊さんは、恐怖の余り、かえって吸い寄せられるようにして次の間の戸に手をかけました。

思い切り戸を引き開けたとたんに、血腥い臭気が溢れました。部屋の中には人間の死骸らしいものが天井に届くほどぎっしりと積み上げてありました。血にまみれて赤いもの、腐りかけて青いもの、膿を流して黄色いもの、色とりどりの死骸の山が、恐ろしい呻き声を発しながら、手足を動かし、次第に崩れてくるようでした。その中の一つがまず押し出されて立ち上がりました。腐りかけた顔が歯をむいて笑ったようでした。

「鬼だ」

坊さんは無我夢中で逃げ出しました。草茫々の野はこの世ならぬ明るさに満たされ、一面の草は走る獣の背のように波打って光っていました。数百という死骸はみな立ち上がり、家の外によろめき出て、笑うような泣くような声を発しながら、一団となって坊さんを追ってきます。坊さんは必死の声でお経を唱えながら逃げていきました。すると向こうの丘の上にあのおばあさんの姿が見えました。こちらに向かって何やら叫んでいるようでもあり、嗤っているようでもありました。坊さんが叫び返そうとした時、後から強い力で掴まれるのを感じました。そして波に足を捕えられて沖へ引かれるように、血腥い海の中へ引きこまれていきました。

安達ケ原の土には、波の引いたあとの砂浜のように黒い血の色だけが残っていたということです。

黒塚

中井英夫

みちのくの安達原の黒塚に
鬼こもれりといふはまことか
——平兼盛——

一

藤井家の庭には、南瓜の緑ばかりが猛っていた。太い蔓はところかまわず這い廻って鎌首をもたげ、巻き鬚の触手が小さな発条のように、何にでもからみつく。びっしりと白銀色の柔毛が密生した葉は、何か巨大な生き物の緑の舌めいて見えた。合間に鮮明な黄の雄花が覗いている。

昭和十九年の夏。暑さの盛りはすぎたが、はびこるにまかせた南瓜や、丈高い雑草の中に、藤井家はしだいに朽ちかけていた。洪洋社の建築名鑑にあるような古風な洋館は、貿易商だった先代の好尚によるものだが、雨染みのついた天井や壁に、意味もない曲線が渦を巻いているアール・ヌーボーの式で、夏草の繁みに半ば埋もれながら、まだどこか滑稽なくらい明治風な威厳を保っていた。

東に張り出した翼屋の一室に、顳顬を指で抑えながら、杏子がいる。朝からのひどい偏頭痛は何のせいか、自分では判らないが、この冷え冷えと暗い部屋に籠っていると、それも少しは救われた。北に窓をあけた広い洋間に寝室が続き、晩年の祖父が好んで使っていたというここは、夏になると家族みんなの隠れ場所になって、いつ来ても、誰かがひっそり坐っているふうだったが、いまは二人の兄も軍服姿で飾り棚の上に小さく納まり、死んだ母の写真と一緒に並べられている。祖母は、早くから千ケ滝の、香菜江叔母の別荘に疎開してしまったし、父の保造も、近頃は大学の防空班長で泊りこみが多く、たまに家にいるときは書斎へ引込んだまま、古い、大きな扉の向うで音も立てない。顔を合せると、気味わるいほどいつまでも杏子を見つめ、やがて深い溜息をついてそっぽを向くという、奇妙な、馴染みのないひとになった。このごろ会う誰かれは例外なく不安そうな面持ちで眺めるけれども、若い娘が挺身隊にも駆り出されず家にいることが、そんなに珍しいのだろうか。

　気晴らしのつもりで着た、淡いシャーベットいろのスカートに、スカラップのついた半袖のブラウスが、久しぶりに涼しい。こんな恰好で外出したら、すぐにも非難めいた視線が集中し、奇妙な動物でも見るように遠巻きにされることだろう。いまのところ東京では、月に一度警戒警報が鳴るぐらいのことだから、ひところのようにふだん着の人間を非国民扱いにして、いちいち目くじらを立てるほどの風潮は薄れたといっても、やはりこれでは派手すぎて、気がひける。若い女らしい装い、軽やかで明るいなりは、いまの時代では大それた罪悪なので、すべて記憶の底か、あるいはひそかな密室の中にとじこめてしまわなければならない。杏子は、寄木細工の床に素脚を投げ出し、クッションに肘をついた姿勢のまま、娘らしいおしゃれをした思い出を探ろうとしたが、あいにくそんな記憶は一度もないので、仕方なく現実にはない密室のほうに思いを凝らした。

　杏子の空想に浮かびあがるそれは、いちめんに鏡を張りつめたきらびやかな広間で、自分を主賓にした盛大な夜会が行われている。鏡の奥には、貴婦人や紳士たちのひそかな囁きと、意味ありげな視線とが、藻のかげの熱帯魚のように、金や青にゆらいでいる。誰もがほしいままに豪奢な装いを競い合っているが、やはり杏子の、花やかなレースをふんだんにあしらった舞踏服に及ぶものはない。この大夜会を主催する王家の招きに応じて、杏子はいま香り高い扇や、白絹の長手套の林の中を、優雅な微笑をふりまき、涼しい眼でうなずき返しながら歩く小公女であった。たぶんこの鏡の間のいちばん奥に、貴族の青年士官があたくしを待ち受けているに違いない。

　そう考えると同時に、また割れるような頭痛に襲われて、杏子は顔をしかめた。青年士官は遠縁の尾藤柾夫——去年の学徒出陣で出たなり、この一月には特別操縦見習士官の試験を受けて特攻隊要員になったそのひとに違いないのだが、その名前を思い返そうとするたびにひどく頭が痛む。この青年をめぐって藤井家の四人の女が凄絶な争いをし、結局は杏子が勝者になった筈なのに、戦争はあっさり二人の仲を割いた。飛行機乗りになるよう仕向けたのは、その恋愛合戦に敗れた叔母たちが腹癒せにした画策だと聞いたこともあったが、現実の尾藤柾夫がどれほど遠ざかろうと、杏子の夜会ではいつも彼が、瀟洒な服で優しくエスコートしてくれることになっていた。

――どうしたのかしら、今日は。あの方のイメージがちっとも浮かばないなんて、いままでなかったことなのに。

杏子はふっと聴き耳を立てた。遠い裏玄関のほうで、誰かがあがりこんできた足音がする。他人の筈はない。戦争のおかげで、泥棒とか空巣とかいう赤の他人には、めったに気を使うこともなくなった。いまの生活を脅やかすのは、肉親とか隣組とか名づけられた、親しげな、知人顔をした連中ばかりだ。ゆきずりの、見知らぬ他人――予測できない始まりの可能性を秘めた、愛すべき人たちは、もうどこにもいなかった。

足音は台所から風呂場へ廻り、慣れたようすで水を使っている。ゆうべ電話のあった、叔母の香菜江に違いない。電話のときはうわの空できいていたが、どうせまた軽井沢へ一緒に来て、祖母の面倒を見ろという話に決まっている。杏子は、何よりも一人でいるときの大事な姿勢を見られるのが嫌(いや)なので、いそいでソファに坐りなおした。

「やっぱり、ここだったのね。ほんと、夏はこの部屋に限るわ」

香菜江は屈託のないようすで入ってくると、

「この寝室のドアもあけた方が、いい風がくるのよ」

そういって行きかけるのを、杏子はバネ仕掛けのように飛びあがって遮(さえぎ)った。ここに入ってこられるだけでもいやなのに、神聖な城まで覗(のぞ)かれてはたまらない。

「いいんです、閉まってた方がおちつくんですもの」

「おや、そう」

気にもしないで窓のそばに立つと、

「つくつく法師がうるさくなったこと。夏ももう、終りね」

のんびりとそんなことをいっていたが、突然どこに隠していたのか、

「ハイ、おみやげ」

小さなガラス鉢に盛った、深い紫の葡萄の房を、まるで手品のように取り出してテーブルの上に置いた。

　白い粉を噴いて、みごとに熟れた葡萄は、もとよりいま容易に手に入るようなものではない。ただ香菜江には、物がなくなればなくなるだけ、どこまでも伝手を求めて探し出すという風変りな情熱があって、葡萄ばかりではない、ことによるとカリフォルニアのオレンジでも、緑の肩を怒らせた印度林檎でも、ひょいと袂から出してみせかねない。それもそんなふうに、いつでも奇術めいた仕草で鮮やかに取り出すのが、自分でも嬉しくてならないらしかった。

　杏子は少し離れたところに坐って、あらためて叔母を眺めた。三十も半ばをすぎたのだろうが、一粒ずつ葡萄をつまんで口に運んでいるその手首にも、それから頤にもすっかりくびれがつき、白く脂ののった、いかにも女盛りという姿態は、肉親だけにかえってうとましい気がする。今日はまた、もんぺも穿かずに来たものらしい。さすがに袂は詰め、帯も暗ぼったい柄を選んではいるが、まるで夏芝居にでも出かけるような盛装が気にいらなかった。

藤井家の末娘で、三十近くまで結婚せず、我儘いっぱいに育ったせいであろう、この叔母の遊び好き、派手好きな性格は、嫁いでも戦争になっても、まるで変らない。夫の川村は、陸軍の司政官になって、開襟シャツに軍刀を吊し、汗臭い恰好でもう二年ごし南方の島々を飛び廻っているのだが、香菜江のほうは、どういう手蔓で切符を手に入れるのか、疎開先の千ケ滝と、麻布市兵衛町の自宅とをまめに往復して、家財運びと食糧あつめとに熱中していた。

　杏子のかすかな敵意が伝わったのか、香菜江は萄葡をつまむ手をとめると、わざとらしく肩を叩いた。

「今日はもう、くたくた。朝の四時から待避訓練だって起されたの。それも、みんなして道ばたに這いつくばったり、狭い防空壕に首だけ突っこんだり……。入りきれないもんだから、お尻のほうは外に出ちゃってるのよ。何のことはない、鶏小舎が火事になったよう」

　ちらと上眼づかいで、顔いろを窺うように杏子を見る。奇妙なことにこの叔母は、一周り以上も年の違う姪に向って、ときどきこんな、甘ったれた仕草を見せるのであった。

「それが、ホラ、班長はあの新枡の親爺でしょう。いい気持そうに呼子を銜えて、ピッピッて鳴らすやら号令はかけるやら、もっと地べたに額をつけろだなんて、皆をこづいて廻るんですもの。ばかばかしい、空襲を何だと思っているのかしら」

　憤懣やるかたないというふうにいっておいてから、いきなり本題に入った。

「ありがたいことに、千ケ滝じゃ、防空壕なんてお眼にもかからない。防火用水ってものも、置いても無駄だから、どこにもないの。それにね、杏子さん。こんど御代田の方で、とってもお米の安いところを見つけたわ。パパの古い懐中時計ひとつで、一斗もくれるんですもの、長靴でも持っていったら、どうなるか、恐いくらい……。お肉でもお野菜でも、いくらでも手に入ってよ」

機嫌（きげん）をとるようにいっているが、口うらにはいやといわせない意気ごみがあった。

「ねえ、もうどうしたって、このおうちも始末しなくちゃならないのよ。さっき大学へ行って兄さんにも会ってきたんですけど、このところずっと研究室へ泊りこんでいるんですってね。あなたの休学だって、いつまで続けられるか判らないし、工場へ引っぱられでもしたら、詰らないでしょ。向うでお祖母様の看護ってことになれば、一応の理由は立つんですから、お願い、もう決心してちょうだい。東京にいても、楽しいことなんてないでしょうに」

むろん、こうしてすすめられるのは、今日が初めてではない。会うたび口を酸っぱくしてというほどにかき口説く叔母へ、杏子は頑固（がんこ）に首をふり続けてきた。それを、どうしても軽井沢へ疎開させようというのは、何か特別な魂胆があるらしいのだが、いまの情勢に関しては、いかにも香菜江のいうとおりであった。東京にいたって、楽しいことはひとつもない。父の保造が暇を見て石神井のへんに買出しに行く馬鈴薯（ばれいしょ）にしても、この一月に二貫目で三円だったものが、いまは三倍の九円にもなった。街の雑炊食堂には長い行列ができ、蝶ネクタイをした老紳士たちが、並びながらきょうの雑炊の薄さは箸が立つとか立たないとかの、はかない話題に興じている。

学校にしても、いまではどんな名門校にしろ、満足に授業を続けているところなどはない。この四月には、「決戦非常措置要綱ニ基ク学徒動員実施要綱」というものが定められて、学校ぐるみ工場へ動員というのも珍しくはないのだが、杏子のいるミッションスクールでは、専門部の一年だけはそれが免除という、破格の措置がとられていた。しかし、何にでも裏口を通らぬと気が済まぬせいなのであろう、叔母たちは知合いのさまざまな病院を引き廻して杏子の精密検査をさせ、どんな病名をつけたものか、むりやり休学にしてしまい、そのうえ何とか東京から連れ出そうと画策している。動員免除という特典だけでも、いつどうなるか判らないのに、戦局が進んでくれば、こんな抜け道に安閑としてはいられない。どんなことで挺身隊に徴用されるかも知れない時勢であったが、たとえそうなっても杏子には、どうしても東京を離れたくない理由があった。

「駄目なのよ、叔母さま。杏子はここにいなければならないの」

またひとしきり昂まってくる偏頭痛に堪えながら、杏子はほとんど呟くようにいった。

二

香菜江はむしろ冷酷なほどの眼つきになって、しばらく杏子を見つめてから、厳しい口調で問い返した。

「それは、尾藤さんのためなのね」

その名が耳に入ると同時に、焼火箸を当てられたような痛みが走って、杏子は思わず身ぶるいしたが、それでも辛うじて答えた。

「ここであの方をお待ちするって、杏子、約束したんですもの」

だが、そういうだけが精々で、そのあと香菜江が早口に説いてきかせた言葉は、いっさい耳に入らなかった。

「そうじゃないのよ、杏子さん。あなたには悪いけど、尾藤さんはもう帰ってはこないの。受けなくてもいい特別操縦見習士官の試験を受けさせたのは、確かにあたしたちが部隊長に手を廻して、どうしてもというふうに仕向けたからでもあるんだけど、本人だって結構そのつもりでいたのよ。この六月に面会に行ったときだって、柾夫さん、女たちのことなんかもうすっかり忘れたって笑ってたわ。児玉の分教場で、まいんち赤トンボの訓練ばかりしてれば、それは当然だろうじゃありませんか。特操っていうのはね、進級が早い代り、九月にあそこを卒業して将校勤務をとったら、すぐ最前線へ出て特攻要員になるか、沖縄の防空戦闘隊へやられるか、二つに一つでもう戻りようがないのよ。……

そりゃ確かに初めはあたしたちも、柾夫さんにはいかれっ放しだった。あんな神秘的な催眠術師みたいな眼で見つめられたら、年上も年下もない、女たちにとっては熱病と同じことでしょう。篁子が便箋に三十枚もの遺書を書いて、自殺の真似事をしたのも当然よ。でもね、杏子さん。あれはあなたに負けたからじゃないの。従姉妹のあなたと競り合ったぐらいで、あんなことをするもんですか。恥をお話しするけど、笙子姉さんまでが、実は柾夫さんに夢中だったの。母娘で一人の青年を奪いっこするなんて、ずいぶん破廉恥な話ですから、若い篁子には堪えがたかっただけ。……

ですけどあの事件のあと、柾夫さんがあたしにだけいったことがあるの。もう女たちはたくさんだ、つくづく懲りたって。それも、杏子さん、あなたが一番恐いって、そういっていたのよ。あたしたち三人は協定して手を引いて、結局あなただけが勝ち残ったように思ってるかも知れないけど、そうじゃない。柾夫さんはあなたとつき合っていたら、必ず殺されるだろうって、本気でいっていたくらいですもの。それでいて、どうしても逆らえきれずに引き戻されそうだから、特攻隊でも志願したほうがまだお国のためだって。そうでしょう、杏子さん、あなたはこの暗い部屋で彼を待ちかまえていて、もしもう一度会えたら本当に殺す気でいるんだわ。でも、それは無駄よ。柾夫さんはもう二度とこの家へ戻ってくることはないんですから」

香菜江が喋り続けている間、杏子は蒼白な顔にあぶら汗をたらしながら、ひたすらただ堪え続けているようだった。杏子がひきつけを起すのを見るのは、今日が初めてではない。倒れるなら倒れてもいい、杏子の抱いている幻覚を打ち壊すためには、思いきった荒療治が必要なのだと考えて、あえて喋ったことだったが、話し終るとともに杏子は、うっすらと眼を見ひらき、そればかりか静かに微笑さえしてみせたのだった。その微笑は、いかにも確信にみちた巫女（みこ）のような優しさなので、香菜江は呆気にとられて見守った。

「ごめんなさい、叔母さま。何かおっしゃっていらっしゃるのは判ってましたけど、まるで夢の中にいるようで……」

といってそれは、恍（とぼ）けているのでもないらしい。むしろ何かの新しい力が具わりでもしたように、眼は異様なほど光った。覚悟はしていたものの、香菜江はやはり一人でくるんじゃなかったと一瞬思いながら、強いて明るい顔を作って話を変えた。

「きょうはまた、ずいぶん思いきって涼しそうなスタイルね。とっても似合っていてよ、夏らしくて、お嬢さんらしくて」

　口先で繋（つな）ぎながら、こんなときの役に立たない兄の保造の顔がチラチラする。大学の研究室に寝泊りしているのも、結局は杏子が怖くてのことなのだろう。

「ねえ、いくら規則だからって、あなたの学校はひどすぎるわ。ズボンを穿かせた上に、またスカートをつけさせるなんて、どういうつもりかしら」

　杏子の通っているミッションスクールでは、通学のスタイルは全員作業ズボンということに決まりかけたのだが、教母（マザー）たちの猛反対が功を奏し、折衷案としてズボンの上からスカートも着用するという、珍妙なことになった。それは、いくら戦時下といっても滑稽なもので、通学の途次では、道でも電車の中でも失笑を買っていた。

「さ、ちょっと立って。そう、立って見せてちょうだい」

杏子はすなおに立上り、ファッション・モデルのような歩き方で一廻りすると、まともに香菜江の顔を見返しながらいった。

「お気に召しまして？　叔母さま」

「え、え、気にいりましたとも」

すこしばかり鼻白んで、香菜江も皮肉に答えた。

「若い娘はこうでなくちゃ。それが当り前のスタイルなんだけど、あなた方の年代は本当に不仕合せね。このままで街を歩いてもいけないし、いけないということをおかしいとも思わないで来たんだから」

杏子は、やはりうっすらした微笑を含んだまま応じた。

「その御意見には不賛成よ、叔母様」

「え？」

「あたくしたち、それほど不仕合せでもありませんもの」

「おや、そうだった？」

香菜江は袂を探って、千ケ滝の海軍技術研究所の将校からわけてもらった金口の紙巻煙草（たばこ）を出すと、ゆっくり一本をぬきとって火をつけた。こんな小娘に、負けてはいられない。たっぷり大人の貫禄を見せた思い入れで烟を吐き出すと、眼だけで先を促す。

「あたくしたち子供にも、自慢できることはありますのよ」

ほど近い椅子のひとつに腰をおろして、杏子は唄うように続けた。

「それはね、こんな小さい時分から、大人のすることを、ただじっと見ていたっていうこと……。いい悪いは判りませんわ。でも、見ているだけは、何もかも見ていましたの」

「そうね。ことにあなたは、小さい時からおしゃまだったし……」

香菜江は、まだ揶揄するような口調で答えた。

「いつも、びっくりするほどの大きな眼で、物かげからじっと見つめてるってとこがあったわ」

「そうでしたわね。ほんとに小さかったころから……」

優しく同意するようないい方だった。

「ですから、自分では好き勝手なことが出来ないにしても、それほどそのことは苦になりませんのよ。ええ、そりゃあ叔母様のお若いころは、ほんとに自由で、楽しそうにしていらしたわ。あたくし、子供心にも羨ましかったくらい。覚えていらっしゃるかしら、ホラ、あの、耳のひしゃげたようなボクサー……」

「ボクサー？」

おうむ返しにいったが、香菜江はとっさに顔を引きしめて、煙草を揉み消した。

「ええ、何とかいう、耳たぶが平たく潰れたうえに、鼻まで曲ったみたいなボクサー。雑誌の写真で見ただけですけど、あの人に叔母様、ずいぶん夢中になっていらしたわ」

「あたしが？」

「そうですとも、香菜江叔母様が」

杏子は淡々といった。

「笙子叔母様まで、蔭でけしかけるようなことをなすって、悪い方たち……。あたくし、こんなに小さかったけど、ちゃんと見てましたのよ。夜、あのボクサーから呼出しがかかると、叔母様はもう、待ち構えたように銀狐のシャーレをなすって、お出掛けの前に鏡台のところで、ちょっと腰をかがめて、もう一度キュッと口紅を引き直されて……。ちょうど、あのころ流行り出したメタル・メッシュのハンドバッグをパチンと締める音まで、つい昨日のことのよう……。あの時分つけていらした香水だって覚えていますわ。冬には、いつもルロンのア。それに、ジャン・パトゥのアムール・ラムール。あたくしの鼻さきを、匂いの水脈がすーっと掠めて曳いていって、うっとりとしているうちに、もう叔母様は出ていってしまわれた。……ね、おませだったでしょう、あたくし。ときどき叔母様が、暁方こっそり帰っていらしたことまで、ちゃんと知っていましたのよ」

「いやだ、杏子さん、どうしたのよ。いきなりそんな、古いことをいい出したりして……」

持込まれる縁談を片端から断って、好き勝手なことをしていたころの昔話をいきなり持ち出されて、香菜江はあわてて止めにかかったが、杏子はまるで甘美な追憶に取り憑かれたように話し続けた。

「ほんとに、あのころの夜って、どうしてあんなに生き生きしていたのかしら。いつでも海の匂いがするみたいに、いいえ、そうじゃないわ、夜が海そのもののように、ドアの向うに拡がっていましたのね。その中へ身を投げることも自由だったし、そう、漆黒の獣みたいに連れ歩くことだって出来た夜……。いまの、燈火管制の夜のように、どんより濁ってなんかいない、もっと鋭くて、兇悪で、そのくせ何ともいえず優雅だった夜……。あたくし、早く大きくなりたかった。大きくなって、叔母様のように鮮やかに口紅を引いて、ドアを通るときも突き抜けて出て行くようにして、あの夜のなかに溺れてみたいって、いつも思っていましたの。……それが、どうでしょう、いざ大きくなったら、スカートの下にズボンまで穿かされて、あんな恰好、田圃の案山子でもなきゃ、してやしないわね。でも、そう、それをさせたのは、いまでもさせているのは、叔母様、あなた方なんだわ」

「何も、杏子さん、スカートのことはそんなつもりでいったんじゃないの。あたしはただ……」

「いいえ、叔母様たちだわ」

声だけは、まだおちついていた。杏子はこのとき、朝からのひどい頭痛の理由を、ようやく思い当ったのである。

「御自分たちのお若いころには好きなだけ遊んで、やっと杏子が娘盛りになって、たった一度の恋愛をしたと思うと、寄ってたかって取り上げようとなすったくらいですもの。

四十近い笙子叔母様までが厚化粧をして、何という醜い火遊びをする方たちかしら。篁子さんの自殺未遂がなければ、あなた方はみごとに成功したかも知れない。手を引いたのは、ただスキャンダルになることを恐れたからだけでしょう。そのあげく部隊に手を廻して特攻要員にして、二度とあの方をあたくしに逢わせまいとまでなさったのね。叔母様、そういうやり方をする人のことを、何というか御存知？」

口もとの微笑はみるみる拡がり、それは、はっきり冷笑に変った。

「人非人！」

香菜江は反射的に立上っていた。

「何という、ひどいことを」

口の中で呟きながら、はっきり肚をきめると、真正面から杏子にいい渡した。

「あなたは、まだ気がついていないのね。何のために学校を休ませて、ここにこうしておいてあるのか。あなたはことしの一月に発狂したのよ。気違いとしてここに閉じこめられていることが、自分では、一度も判らなかったのかしら」

三

「それは直接には、尾藤さんが学徒出陣で行ってしまわれた、そのことばかりを思いつめたせいでしょうよ」

一度、発狂という言葉を口にしてしまうと、香菜江はすっかり気落ちしたように、低く続けた。

「でもあなたには、前からそれが見えていたの。悪いけどあなたのお母様、里美さんの血すじなのよ。早くに歿くなられたあの御病気も、精神病の家系に多いものだって、お医者さんがおっしゃってたわ。恋愛のように激しい精神の高揚が一番危い、まして異性と肉体関係でも持ったら、いっぺんに異次元の狂気の世界に飛びこんでしまうだろうって。ホラ、さいごにあなたを診た、あの山内先生、診断書を書いて下すったあの方がうけ合ってらしたくらいなの。尾藤さんを取りっこしたのは、むろんそのためばかりだとはいいませんけれど、でもとにかく、あなたに渡すわけにはいかなかった。どちらにも不幸になることですもの。尾藤さんが特操を志願なすったのは、ですからあなたの気が狂った、その知らせを聞いてからのことなの。判るでしょう、あなたを嫌ってのことじゃないけれど、でもいくら待っても、二度と戻ってこないことだけは確かよ。聞いているの、杏子さん。あなたの発作は軽いものだったし、ふだん話をしててもそれとは気づかれないぐらいだから、こうしてこのお部屋に軟禁状態にして、兄が意気地なしだからあたしがこうやって、時々見廻りに来てたというわけ。でもそれじゃこっちもやりきれないから、どうしても思い切った処置をとろうということに相談がまとまったの。あなたは自覚していないようだけど、やはり病気は進行していて、現実と空想の見わけがつかなくなっているぐらいは、自分でもときどき気がつくでしょう。ね、おとなしくいうことをきいてちょうだい。この家を出なくちゃ、癒（なお）りゃしないんですから」

杏子は、黙って腰かけたままだった。発狂しているといい渡された時も、チラと眉を動かしたなり、無表情に香菜江の顔を見返したばかりで、一向に反応らしいものもない。香菜江は拍子ぬけがして、また元の椅子に腰をおろした。

しかし、正面に向き合ってみると、それは無表情なのではなかった。眼に見えぬほど細かく、顔も肩も手も痙攣（けいれん）し、激情に堪えているように足を踏んばっていることさえ判った。そして杏子の顔に戻りつつあるのは、さっきの確信にみちた巫女のような、ゆったりした微笑であった。それが完全に戻りきってしまうと、杏子は初めて口をひらいた。

「そういう意味でしたのね、叔母様。軽井沢へ行こう、千ケ滝に行きさえすれば肉でも野菜でもふんだんにあるとおっしゃったのは。軽井沢ではなく、長野のどこかの狂院へ押しこめて、二度と出られなくしてやろうと計画なすって、それでわざわざ来て下さったのね。大学へ行って、パパを無理矢理説き伏せて……。可哀そうなパパ。あなた方の憎しみからママも奪われて、こんどはあたくしの番というわけ。でも叔母様、表に護送車を待たせてあるわけじゃ、ありませんでしょう。ええ、どうぞ御心配なさらないで。あたくし、ちゃんとお伴いたしますわ。いやだといっても法的に抜け目なく書類は出来ているでしょうし、暴れてみてもそのうちえぐい顔の看護夫を連れて来て、どうしても放りこむ手筈になっているでしょうから、逆らっても無駄なことですもの。あなたや笙子叔母様は、ほんとに藤井家の家名に愛着がおありなのね。いいえ、愛着じゃない、憎着って言葉がもしあるとするなら、そのほうね。母が来てから、この家は憎しみの館に変ったんだわ。小姑と嫁は仲が悪いと相場は決まっていても、あなた方のようにいびり殺すまでのことはまさかしないでしょうし、その娘までを憎み続けて、戦争のどさくさに精神病院の生地獄へ突き落してやろうと企むほどの……」

杏子はやはり微笑を崩さずに、淡々と話し続けた。蒼白に顔を引きつらせているのは、香菜江のほうであったが、ここまで手筈をつけてしまった以上、たとえこの小娘がこうして何もかも看破っていても、いまさらあとへは引けない。看護夫を連れてくるところまでは考えていなかった、欺して汽車に乗せて、途中ちょっとだけ寄るふりをして病院へ置き去りにする計画だったが、何ならお望みどおり二、三人連れてきてやってもいいんだわ。

夜叉の貌になって睨みつけている叔母を気にもとめないように、杏子は続けた。

「でも、どうしてかしら、叔母様。杏子には急に不思議な力が具わったみたい。まるでいま、巫女のような気持でいますのよ。何か、戦争の先々までが見通せるような……」

「戦争がどうしたって？」

香菜江は棘々しい声を出した。どうせなら今日、すぐにも連れ出したほうが得策だろう。二人の兄はいずれ外地行きだし、これで里美の血すじは根絶しにできると思うと、一刻も早く重荷をおろしてしまいたかった。

「そんなにおいそぎになることはないわ」

心を読みとったように、杏子はいった。

「あたくし、ちゃんとお伴をしますって申上げましたでしょう。それより、あたくし不安なんです。日本はいま、本当に戦争をしているんでしょうか。いいえ、世界でも、誰かちゃんと、戦争の部分でなく全体を見た人っているのかしら」

――何を馬鹿な、といいかけて、香菜江は黙った。喋らせておけ。これも病院へ連れこんだときの、いい材料になるだろう。

「戦争がいま行われているらしいってことは、これはもう確かね。あたくしが物心ついたときからそうだったし、新聞やラジオや先生が毎日まいんち嘘をつき続けている筈はないから、これはまあ本当だって信じてもいいと思うの。それもどんどん拡がっていって、とうとう世界中が動乱の巷になったことも。それなのに去年ぐらいから負けがこんで、ヨーロッパでは英米軍がノルマンディに上陸してからもう一方的に進撃して、パリの奪回はもうすぐだろうなんてことや、こっちではサイパンが玉砕して、あそこにたぶん大きな飛行場ができたら、東京は空襲でめちゃめちゃになるってニュースなんかは、あたくしも本当だろうって気がするわ。ですけどね、どうしてもまだ、これが戦争の筈はないって気がしますのよ」

杏子は遠いところを見る眼になって、自分でうなずいた。

「あたくし、よっぽど遅れていますのね。それとも叔母様がお望みのように、本当に気が違っているのかしら。ちょうど、燃えている火に、直接自分の手を触れてみて、ひどい火傷をするまでは火というものが信じられない、大昔の猿人のようなものかも知れませんわね。だけど、あたくしだけなのかしら。戦争の実体ってものに、みんながめいめい勝手な幻影を抱いているだけじゃないのかしら。空襲にしても、そうだわ。おとどしの四月、ドゥリットル指揮の編隊が来て、牛込や淀橋のへんに爆弾をばらまいていったというけど、あたくしなんか、〝我方の損害軽微〟って新聞で見ただけですもの。どこがどうやられたのか、どんなひどいことがあったのか、まるで知らないまんま。……ねえ、戦争ってどんな形の生き物なのかしら。きっと大昔の恐竜を千倍も大きくしたような怪物なんでしょうね。それはまだ海の向うにいるんだわ。凄まじい叫び声だけはもう聴えてくるけど、あたくしたちの誰もまだ姿を見たことはない。いいえ、実際に外地で戦って、ひどい殺し合いをなさった経験のある方でも、それはチラと動く尾っぽの先だけを遠くから望み見たぐらいのことじゃないのかしら。

……その怪物が、こっちへ向って来てることだけは確かよ。その気配だけは嫌というほど感じられるから、みんな怯えて走り廻って、号令や演習みたいなことばかりしているんでしょう。叔母様のように、食糧の買い溜めばかりしてらっしゃる方もそうだわ。ですけど、そんなことをしていらっしゃるどなたにしろ、ただ怪物の途方もない大きさを当てずっぽうに推量して、先にうろたえているだけじゃないのかしら。それがある日、思いもかけないぐらい近いところから、いきなり長い頸をもたげ、それこそ前世紀の恐竜みたいに嚇っと口を開いて見せるまで――いいえ、泡立つ海の真中から、滝のような飛沫を散らしてその全容をあらわすまでは、誰も、これが戦争だなんていえる人はいないと思うのよ。すくなくとも杏子は、まだ信じようと思わないわ。新聞やラジオが何をいっても、ニュース映画にどんな光景が映っても、街で皆さんが何をおっしゃろうと、あたくし、自分の眼でそれを見届けるまで、戦争なんて架空の怪物なんだって、いいえ、怪物ですらない、誰かが考え出した、信じられないぐらい大きい妄想のようなものだって、そう思うことにしましたの」

杏子は、なおも微笑した。

「誰かの妄想、って、それが誰だかは判っていますわ。日本人みんな、いいえ、世界中の人間がその脳裡にはぐくんだ恐怖と憎悪。そんなものいっさいが、捩れ合い、からみ合って極限までふくれあがったとき、とうとう実体を持ってしまった怪物なの。一度、形をとってしまったあとは、どんな悪夢でも、どんな狂気でも、片っ端からそれにつけ加えられていってその形を変えてゆく妄想の怪物。ですけど、それはもともと現実にはあり得ない怪物ですもの、恐竜と猿人の闘争なんていう、時代錯誤な組合せの猿人の役目をすることはないと思ってはいけないのかしら。棍棒をふり廻したり洞穴に逃げこんだりなんていう、滑稽な役を演ずるより、恐竜などというものは絶対にいま存在する筈はないっていう信念を持つほうが、正しくはないのかしら。ねえ、叔母様」

杏子はにんまりと笑ってみせた。

「叔母様は、そうお考えになったことはありませんの。この戦争が、実は世界中の人たちの悪夢の寄り集まりだって。ヒットラーのように、一際、強い悪夢を持った人の思うとおりに動く怪物だって。ね、もしそうだったら、あたくしの悪夢だって入りこんでいい筈ですわ。もしそれが誰にも負けないくらい強いものになったら、少なくともあたくしの周りの方の運命だけは変えられる筈ですもの。ねえ、叔母様、もしあたくしの悪夢が、もうひとつの現実を創り出すことが出来たら、その中で周りの方みんなは、小さいお人形のように、自在に動かすことができましてよ」

「何をいっているの、杏子さん。はっきり、おっしゃい。何をしようっていうのよ、あなたは」

香菜江の声は怯え切っていた。杏子が本当に狂っているのだとするなら、それは、同時にその狂気の中に自分までが包みこまれることになるだろう……。

「お判りになりませんの。あたくしはもう、ひとの夢の中を歩かされるのは倦きたって申上げただけ。あたくしの夢の中に尾藤さんを包みこんで、大切に守ってさしあげることにしましたの。どう、叔母様。叔母様が何を企まれても、そんな陰謀はあたくしの夢の中にまでは届きませんことよ」

「おや、そうなの」

香菜江は最後の虚勢を張った。

「手がつけられない妄想屋さんね。あなたのちっぽけな脳みそが考え出す夢とやらが、この戦争をどう変えられるというの。九月に卒業して特攻隊行きと決まった尾藤さんを、どう救い出すというの。さ、もうお立ちなさい。やっぱりあたしの見込みは外れちゃいなかったわ。そんな妄想は、脳病院の中でいくらでも考えたらいいんだ」

杏子はまるで眼の前にいる別な誰かへ語りかけるような口調になって、優しく続けた。

「初めはどこか安全なところに移そうと思ってましたの」

「あたくしは巫女ですもの。柾夫さんを安全な病院へ移すことも、でなければ東京のどこか、参謀本部のようなところにお連れして、この家からお通いになるようにすることも、何でもできたんですわ。でも、柾夫さんはいやいやをなすった。君の夢の中に、いつまでも住めるようにぼくを変えてくれって、そうおっしゃった。あたくしの夢の中に、いつまでも住んでいたいって……」

香菜江は椅子から跳ね上って廻りこむと、あらあらしく杏子の肩をゆさぶった。

「来たのね、尾藤さんが、この家に来たのね。さあ、はっきりおっしゃい。どこにいるの、いま」

不潔なものを払うように杏子も立上った。

「どなたかしら、あなた。ああ、香菜江さんとかいう方ね。あたくしを気違い病院へ連れてゆこうとされていた、あの方。申し上げたでしょう、ちゃんとあなたをお連れしますわって。どんな病院をお選びになったの。長野の、どこらへんがお気に召して？」

「いうのよ、尾藤さんを、どうしたのか」

杏子は、あどけないくらいの眼をあげた。

「九月の卒業がくり上っただけのことよ。それぐらい予想もしないなんて、ずいぶんぼんやりだこと。特攻隊要員だって、死ぬ前には外泊があるって、御存知なかったの」

香菜江はいきなり杏子をつきとばした。不吉に閉ざされたままだった寝室の扉に駆け寄って、いっぱいにはねあけた。古風な、大きい寝台の上で、尾藤柾夫はまるで眠っているようにうつぶせていた。床に脱ぎ散らされた、緑いろの見習士官の制服、わけてもその上におかれた白い肌着は、そのとき香菜江に、安達原(あだちがはら)に積まれた人骨のように映った。

安達が原

手塚治虫

旅のころもは　すずかけの
旅のころもは　すずかけの
露(つゆ)けきそでや　しおるらん
わが本山(ほんざん)を立ちいでて
わけゆくすえは紀(き)の路潟(じがた)
塩崎(しおざき)の浦(うら)をさしすぎて

なおしおりゆく旅ごろも
月もかさなればほどもなく
名にのみききし陸奥の
安達が原に
つきにけり

3/7
5089·14
高度二十万
偏差四十
了解
高度六万
偏差二十二
了解
第六・七・八・九噴射孔
全開せよ
いよいよ
きみの出番だな
ユーケイ

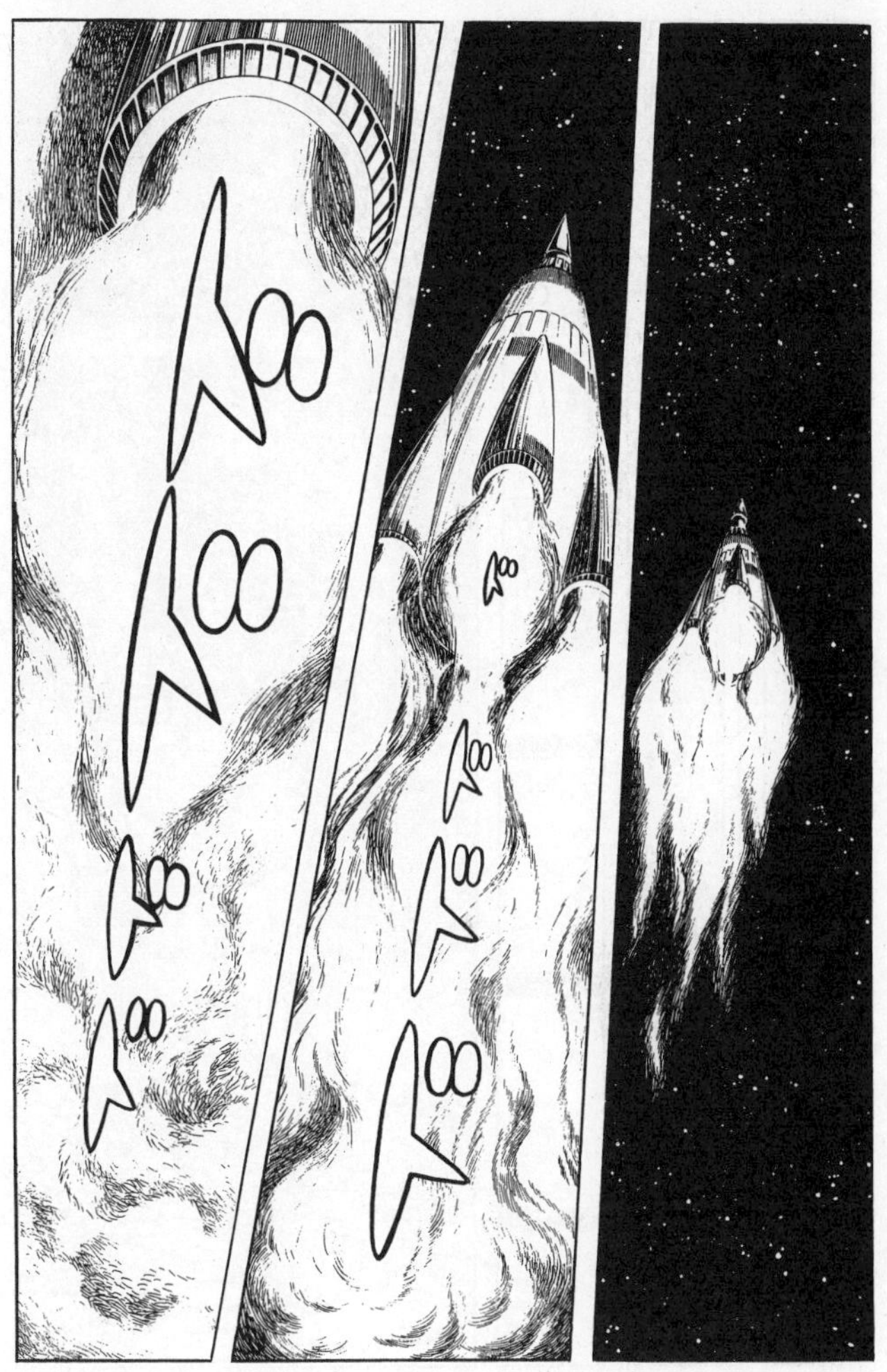

がんばれよ
相手は うわさに高い魔女だ 脳みそを吸い取られて 骨までしゃぶられるなよ
二十四時間以内に戻るぜ
おれは スケジュール通りにやる主義だ
まったくだ
あいつほど用意周到な男もいねえ
まあ 宇宙でもあいつの右に出る殺し屋は いないだろうな

この星の質量は一・六五だから固形弾だとおれの抜き射ちは〇・八三三倍時間がかかる
ヒートガンを使うほうが有利だただし相手が防熱服を着ていたときの用意にレーザーを同時に発射しよう

いよいよ魔女の館か…………

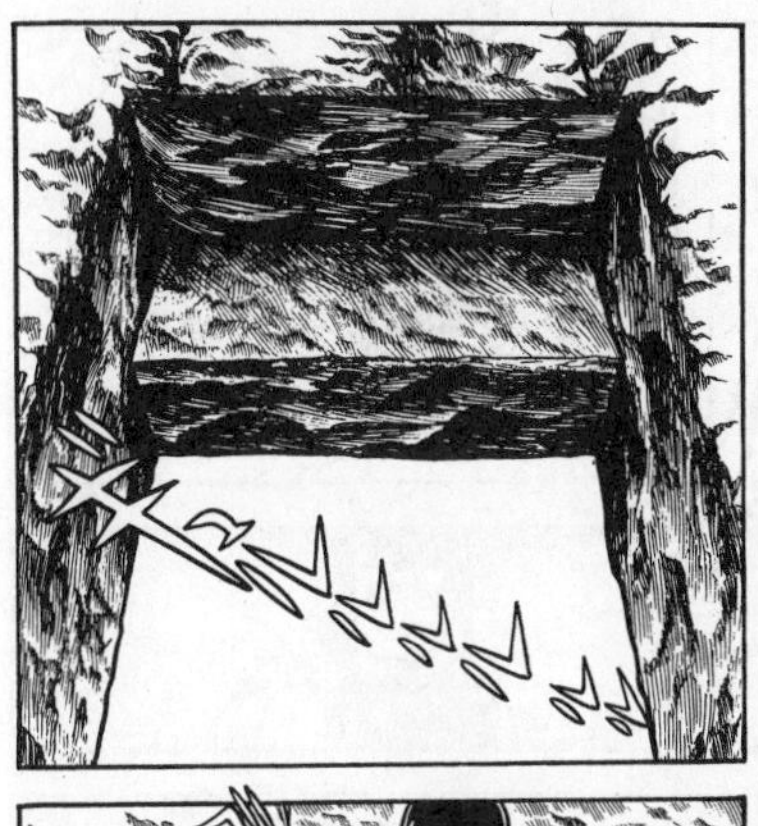

ゴゴゴ
ゴ

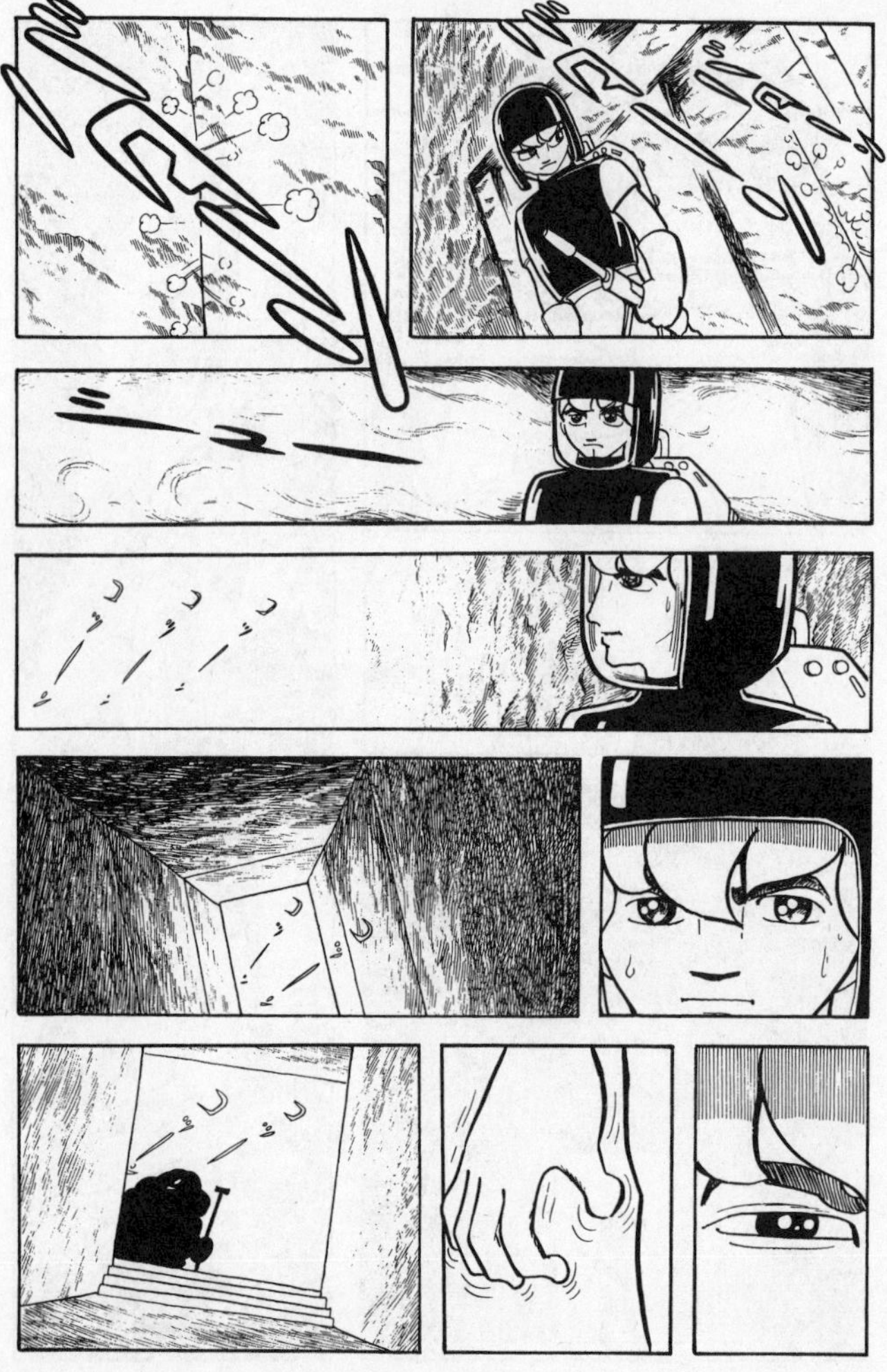

ようこそ
お若い方
……

計器が故障し
一か月もさまよったあげくの不時着です
突然の訪問を許してもらいたい
…ここに 燃料や部品のスペアがあれば わけてほしいのだが……

ヒヒ
ございますよ
固形燃料 液体燃料
酸素 ウラニウム
プルトニウム
なんでもそろえてあるでな…

今夜じゅうにだして進ぜよう
ゆっくりお休みになるとええ
この星の夜は長いでな…
それにロケットの長旅は体力を えろう消耗するで

どうぞ奥へ……
その帽子は おぬぎなされ
もう そんなものはいらん

ハッ

……

お若いのう……さあこっちへ来やれ……

くるまでにロケットの残骸を見たんだが…そう十二 三は あったかなみんな 遭難ロケットかね？

あれを見なすったか？
うむまるで墓標みたいにつっ立ってたなかはカラッポだった
あの乗組員はどうしたんだい？

ここへたずねて
来たはずだ
…おれのよう
にさ……

……

宇宙病じゃ
え？

みんな病人じゃった
サーマミストル病
青皮病　宇宙線病
……
ほとんど　わしが
見舞ったときには
死にたえとった…生き残り
も　すぐ死んだわさ

お若いの……
ここは地球からはなれた果ての星
航路からもはずれた　忘却の地じゃ
だがな　星図にはかすかに載っとるで
ときどきあなたのように
立ちよってくれるお人もある
じゃが　病人だったり　疲れている
のでなければ　故障でな……そのつど
わしの家は　病院だったり　旅籠だったり
修理の倉庫になったりするのじゃ　ヒ　ヒ

さあ
何もないが
ロケットの
たべものよりは
手料理のほうが
味もよかろう

用心深いことだの
わしの手料理に毒なんかいれんわえ
いや……つい……ほかの星で食いものを見つけたときのくせが出てね

……ほんとにお若いのう

どうしてそうジロジロ顔を見るんだ 若い男がめずらしいのか？

おいくつじゃ？
いくつに見える？

これでも
二十五だぜ
そうか…
ばばはもう
九十一に
なるわえ

ばあさんは
いや 失礼
ご隠居さんも
若いころには
地球にいたの
だろう?
ああ…
おったかな
遠い昔の
ことで もう
忘れてしもうたわ

どうして今は
こんなへんぴな
星に ひとり
ぼっちでくらし
てるんだ

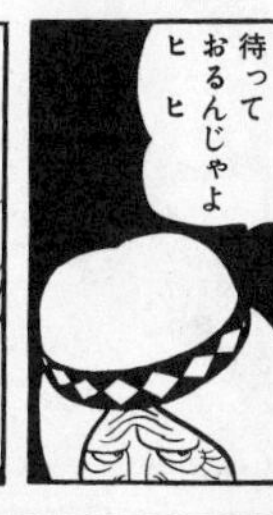
待って
おるんじゃよ
ヒ ヒ

何を?

……ヒ ヒ ヒ
…フェ フェ
フェ フェ フェ

あなたのような
若いお人をな…
お若いお人から
話を聞くのが
ばばのなによりの
回春剤
ヒヒヒ…ヒヒ
フェ フェ フェ
クッ クッ クッ
フォッ フォッ フォッ

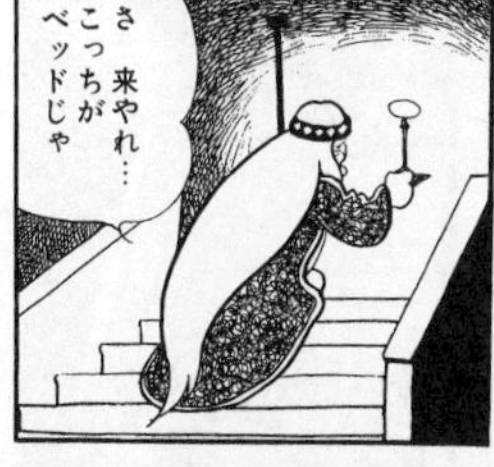
さ 来やれ…
こっちが
ベッドじゃ

おやすみ
なされ

おい
おー
お
お
お

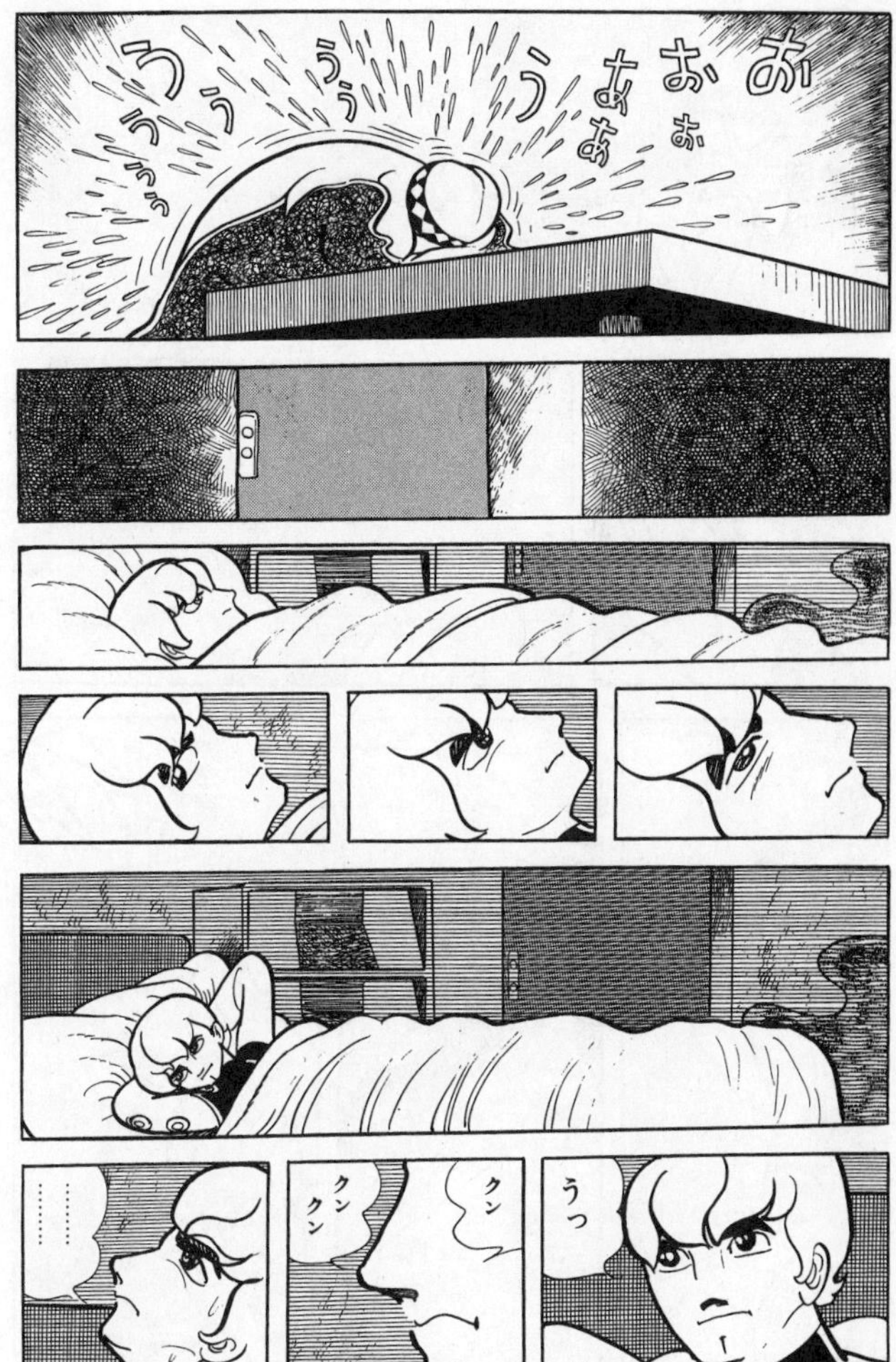

ぅぅうぅうぅぅうあぁおぉお
うっ
クン
クン
クン
……

思った
とおりだ！

このパイプがあの穴へつづいている
スイッチひとつでこのパイプへ何かの気体が流れる装置だ
あのベッドで客が寝込む……
気体が部屋に充満する…
ガス室か！

げに侘人の習ひほど
悲しきものは　よもあらじ
かかる憂き世に秋の来て
朝けの風は身にしめども
胸を休むることもなく
昨日もむなしく　暮れぬれば
まどろむ夜半ぞ　いのちなる
あら定めなの生涯やな

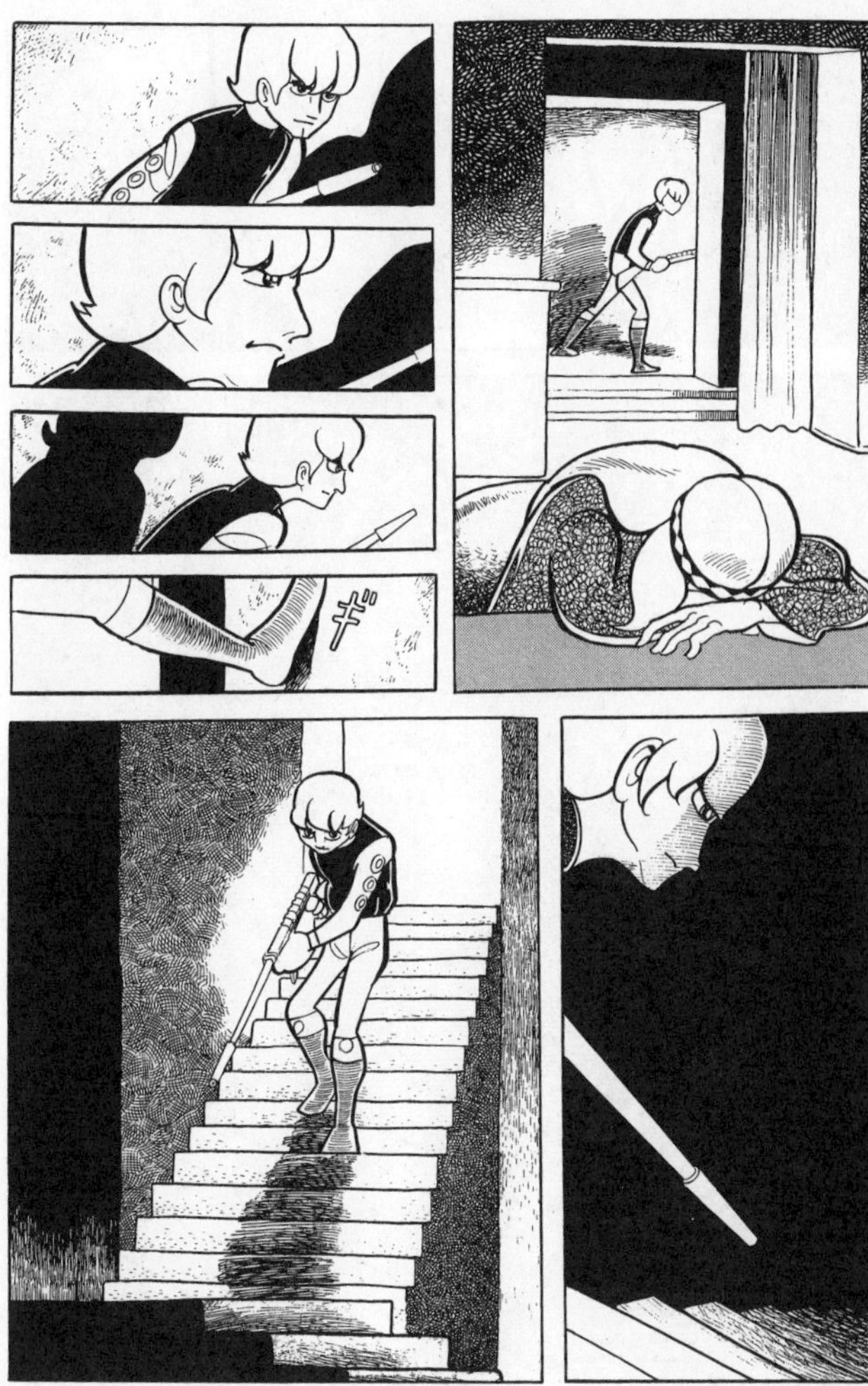
ギ

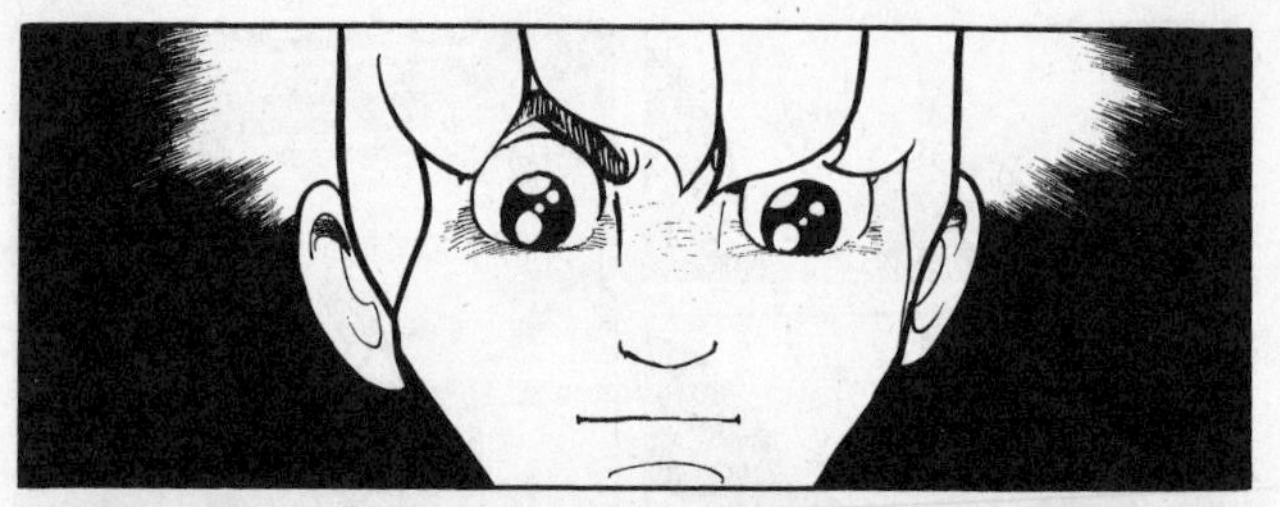

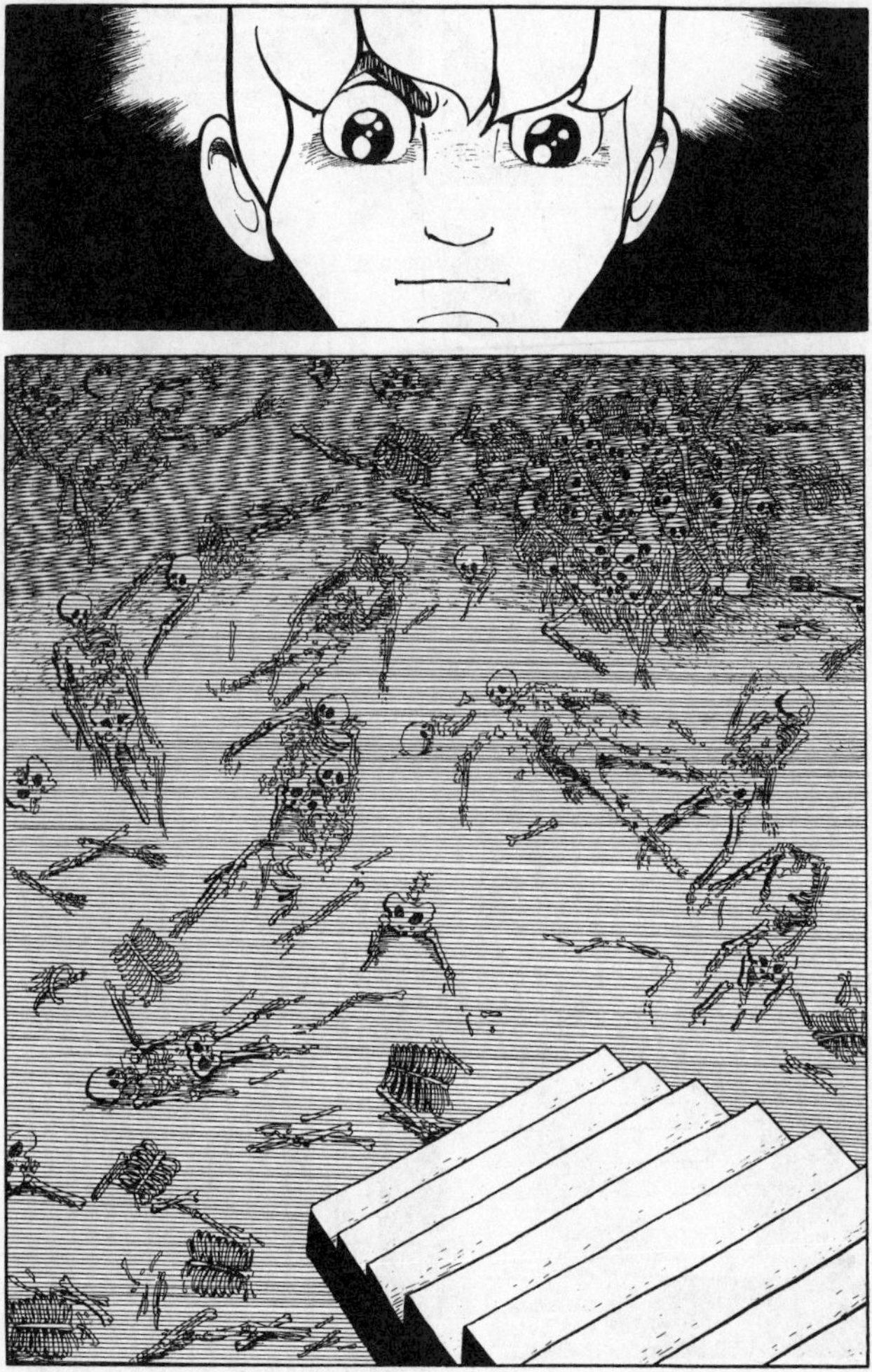

なぜ——
見た!?

わしは　あなたに何もしていない!あなたに夕食をつくり　あたたかい床まで用意した!それなのに――
それなのになぜ……
わしをうたぐって夜中に家のなかを調べるのじゃ!!なぜ…あけてはならぬ　この地下室へはいった?
おのれ……

だまれ魔女!
おれは地球からダモクレス大統領の直命できさまを殺しに来た四等調査官のユーケイだっ
きさまが宇宙船をおびきよせてはその乗組員を殺しているという情報を受けてその証拠をおさえにわざと泊まったんだ

あのベッドの部屋に
あいている穴!
あれはガスボンベに
通じている
客をあそこに
とじこめては
毒ガスで殺し……
ここへ運んで捨て…
ロケットから
すべてを
うばったんだな?

ガスで殺す?
あなたは
生きておる
ではないか
あなたは
静かに
ゆっくりと
ねかして
進ぜるつもり
じゃった!!

では
この骨を
どう いいわけ
するんだ!?
しかも
この骨は
……
自然に
ミイラから
白骨になったん
じゃない!!
肉がひとつも
ついてないのだ
わりとあたらしい
死骸も!!

肉を
はぎとった
な?
なんの
ために?
きさまが
食うためかっ
この鬼め!!

ズババババ

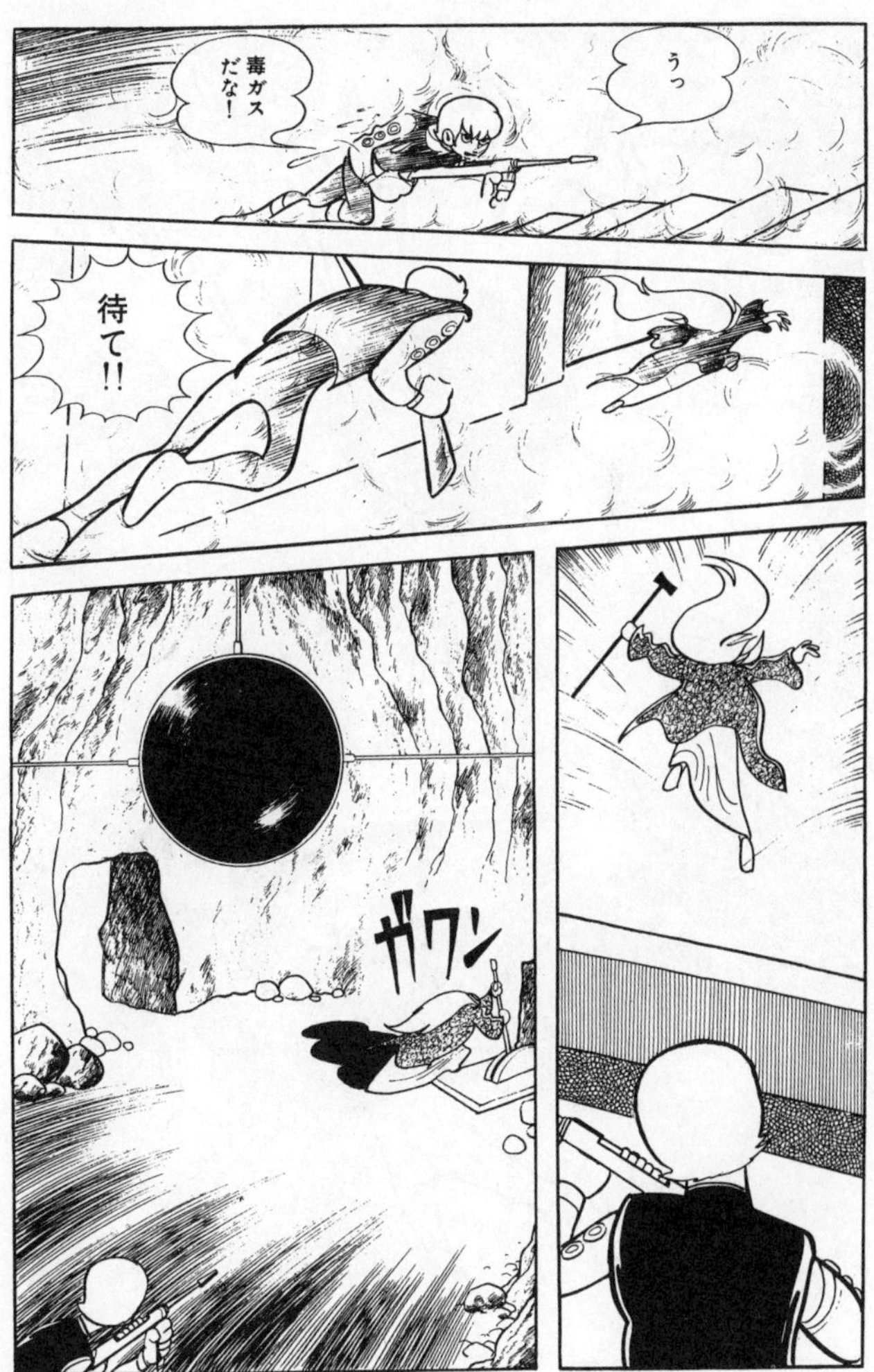
うっ
毒ガスだな！
待て!!
ガワン

ズヂヂヂヂ

グワシャン

おおお
お…お……

いまさら
命ごいしたって
むだだぜ　大統領は
おれに　はっきり
殺せと
指令されたのだから
！
…待ってくだされ
殺すなら　殺されよう
ただ　ひとつおねがい
が…死ぬまえに……

ユーケイとかいうお方
あなたの身の上を
聞かせてくだされ
ばばの死にみやげに…

おれの
身の上？
なぜ
そんなものが
聞きたいのだ？

聞きたい
ご生じゃ
……

DAMN
PRESIDENT

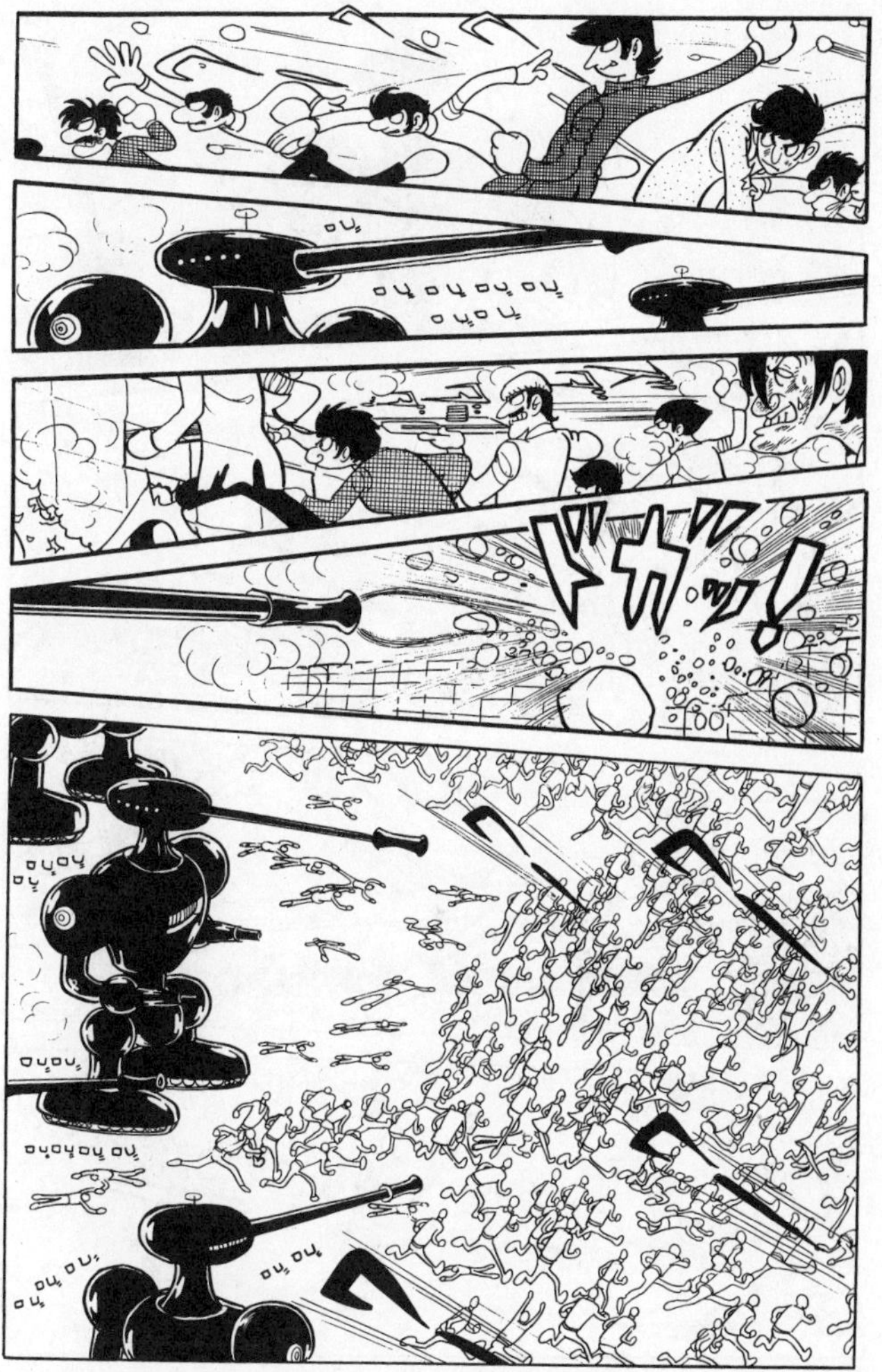
ドガッ!

ゴロゴロゴロ
ゴロゴロゴロゴロ
キューン
ドカーン

ばんざーい
ワワワ
やったーっ
ワーワー

すごい
汗……

おかえり
なさい
ジェス

官邸の
ひとつを
爆破して
やったぜ
大統領
殺ったの？

いいや
あいつのこった
どうせ替玉を
おいてるだろう
さ
だが みんなの
気勢をあげるのには
役立ったよ

テロリストに警告する
テロリストに警告する

きみたちの
抵抗はむだである
すみやかに
服従せよ
自首すれば
減刑できる

テロリストにつげる
きみたちは　もう
ふくろのねずみである

いつでも
じゃまされる
のね

いつになったら
静かになるの
かしら
革命が
成功した日からだ

フィッポ
大統領が死に
親衛隊が解散し
警察機構が
ぶっつぶれた日
……
それでも
革命は
おわったん
じゃないわ
もちろんさ
でも
それからは
静かな革命に
移行するんだ

ごはん
さめてるけど
……

いいよ

きみの
料理は
さめてても
おいしい
んだ

お肉も野菜もものすごい値あがりなの今月はほとんど倍なのよ
それが 政府のやりかたさ
国民の所得が去年より五割もふえたって外国へ宣伝してる
ところが物価は 五倍ぐらいにはねあがってる…どれにも みんなべらぼうな税金が ついてるからね
そういう苦しさをきみは なんとも思わないのかい
苦しいわ
じゃあぼくらといっしょにたたかえよ
そこまでする勇気もないの
だめなのよわいのね
どういえば動く?
あたしがほんとにたたかうのは……
あなたの身にだれかが害をくわえたときにだけよ
そんなの個人的な感情じゃないか
それでいいの
神よ
女性というものはなんと身勝手であさはかなのでありましょう

ウフフフ……

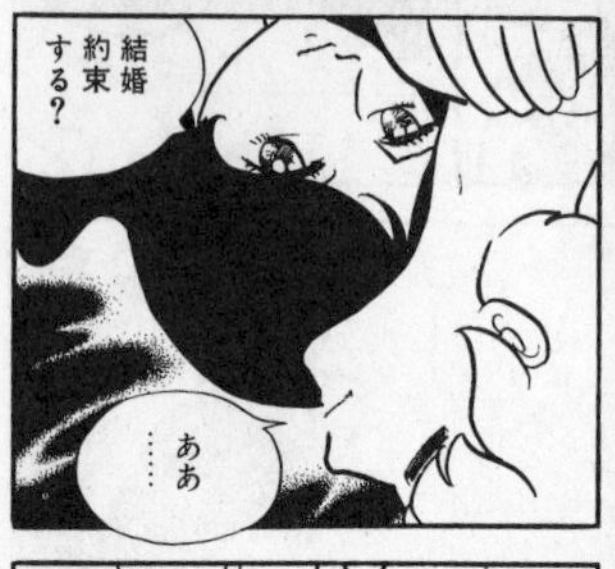

ジェス・三森
謀反罪　騒乱罪
器物破壊罪の容疑で
逮捕する！

どういうわけか
いちばんハッスル
しかけたときに
いつも　じゃまが
はいるんだ
服ぐらい
着せろよ

ジェス!!

なーに
すぐ戻るよ
たとえ　ぶち
こまれたって
革命は　すぐ
おわるし――
だいいち　今は
死刑が廃止されてる
から　ぜったい安心さ

待っておいで
アンニー
あったかい料理を
用意しといて
くれよね
ジェス……

バイ！

ブローオ。。。

数年まえ
フィッポ大統領が
地球連邦の初代大統領に
つかれたとき
きみたちは　もろ手を
あげて歓迎したんじゃ
ないのか？
そう
あのときはね
だが　すぐ　大統領が
そのウツワではなかった
ことに気づいたのも
ぼくたちが最初さ

それは
あまりに
わがままで
自分本位
では
ないのか？
ジェス

民衆は
いつも不満なら
たたかう権利が
あるんだよ！

その不満と
いうのは
なんだ？

民衆を
権力で　おさえ
つけようと
することさ！

そうしなければ
きさまたちのような
やつらが　すぐ
あばれだすからだっ

すると　誰にも
おさえつけられない
ところなら
満足なのだな？

よろしい
そういうところへ　きみを送ってやろう

地球から十・五光年はなれたところに流刑星〇二二三号がある

そこなら独裁者もいない権力もない静かなもんだ

きみは　そこで自分の力ではたらいて食いつなぎ　仕事のノルマがバッチリこなせれば……

地球へ戻れるんだ　もちろん何十年もたってだがね

いやだーっ

この男を流刑星行きロケットに乗せろ

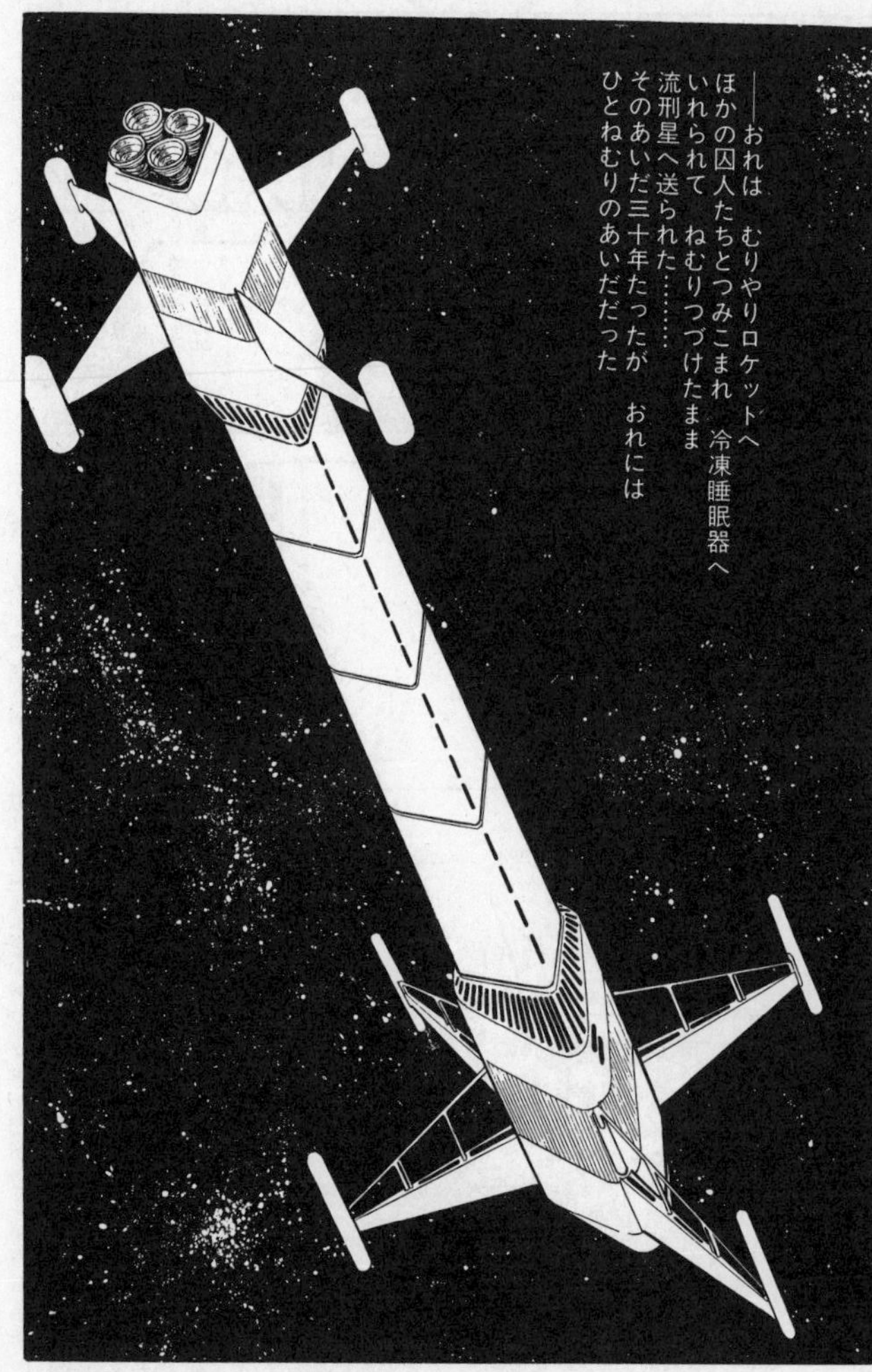
――おれは　むりやりロケットへ
ほかの囚人たちとつみこまれ　冷凍睡眠器へ
いれられて　ねむりつづけたまま
流刑星へ送られた………
そのあいだ三十年たったが　おれには
ひとねむりのあいだだった

流刑星へ着いて 冷凍睡眠から
目ざめたとたん おれたちに
いいニュースがとびこんで
きた
革命が成功したぞ!
ええっ
いつだっ
十年まえだ
フィッポは自殺して
革命政府ができた!
おれたちは 全部
帰れるんだぜ!
ばんざーい
18
24
そして おれは また
ねむらされて 地球へ
むかった さらに三十年!
おれにとっては
たったふた晩のねむりだった

革命政府第二十代大統領
ダモクレスです
はるかな星から
よく 戻られたな
革命の勇士たちよ

反対派　つまり
裏切り分子が
地球から逃げて
行って　あちこち
の星くずに
かくれとる――
きみは
連中を　かぎだして
粛清するんだ

……
……
きみのような
活動家には
ぴったりの仕事だぞ
宇宙調査官は……

六十年ぶりの
わが町よ
……
フフフフ

ここが　おれのすみか？
すっかり　ようすが
ちがってるじゃんか

あのー　ここに
六十年まえに住んでた
アンニー・黒塚という
娘の行方知りませんか
知らんねえ
そんな昔のことは

四等
調査官!!
そ　そ　そ
そんなら　や
役所で　お　お
お調べになりゃ
わかりますよ

そうだった
役所の帳簿で
見りゃ早いんだ

アンニー・
黒塚……
ねえ……

おれの仕事はいそがしかった　地球をはなれて
しょっちゅう次から次へと　星をまわった　そして
陰謀国や　不逞のヤカラを　さぐりだしては　始末していったんだ

そして……
いまは……
改名して
四等調査官
ユーケイ
おれの名を
聞くと
ふるえあがる
やつもいるんだ
あなたの名は
聞いておったわえ
殺し屋ユーケイが
あなただったとはな
………
大統領のために
いのちをすてて
かけずりまわる
殺し屋
だまれ

あなたが
その昔に
見せた
権力と
たたかう
勇気は
どうした
んじゃ

あなたは
今の大統領が
どんな男か
わかっておらん
わえ

無慈悲で
弱い者いじめで
権力をふりまわす
冷血漢!
地球のどれだけの人が
あのひとりの男のために
くるしんでおるか……

うそだ!!
ばばあに
何が
わかるっ

革命はな
たしかに
おわった
世の中は
いっときは
しあわせに
なった
ように
見えた
だが 人間の
欲はな 結局
限りがないの
じゃ

革命政府の大統領も
いつか欲に目がくらんだ
そして自分をまもるために
つごうのよい政治を
おしつけていきおった
あなたの恋人だった
アンニー・黒塚とかいう女も
…そのくるしさから立ちあがって
恋しいジェスがやったように
たたかったのかもしれん…

そして 政府や
警察から追われて
仲間と 宇宙へ
のがれ……
仲間もひとりずつ
死んでいって たった
ひとりになったのじゃ

ときには政府からつかわされたイヌどもがこの星へも　たちよった女は　そいつらを殺し

食らったのじゃ!!生きながらえるために!

そして

恋人はやって来た

昔のままの姿で
いいや権力のイヌになりはてた姿で!!

アンニー

いいやアンニーはもうおらん
ここにおるのはよごれた人喰いばばじゃ
さあ殺しなされ

アンニー……
許してくれ
このうえ
生きる
ことも
のうなった
はよう
わしを消して
…それが
たいせつな
あなたの仕事…

なぜ…なぜ
きみをアンニーだと
きがつかなかった
んだろう!!
さっき きみの
手料理を
食ったのに!!
それはな
あなたが 料理の
うえへ 毒けしの
薬をふりかけて
味を消したからじゃ

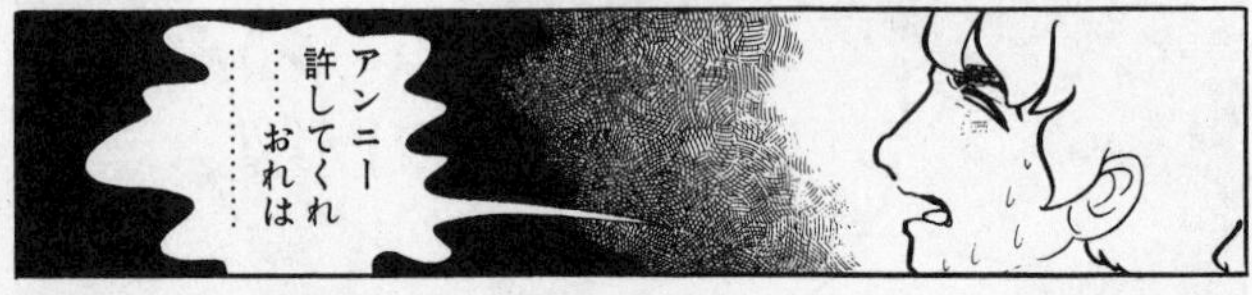
アンニー
許してくれ
……おれは
…………

ジェス…
さようなら
………

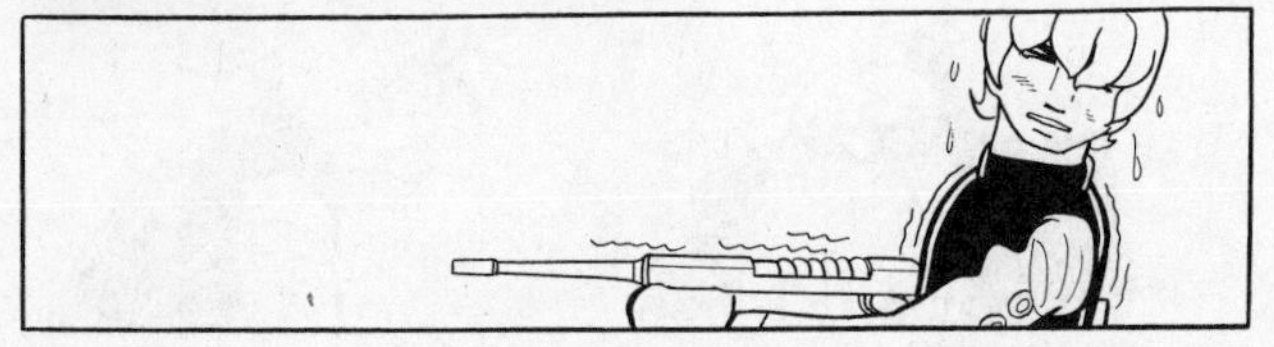

ズズッ!

あさましや　はずかしの　わがすがた
やと　いう声は　なお　ものすさまじく
いう声は　なお　すさまじき夜嵐の
音にたちまぎれ　うせにけり
音にたちまぎれ　うせにけり

編者解説

東　雅夫

近ごろ都（みやこ）に流行（はや）るもの
感染病（はやりやまい）に、鬼滅（おにまつり）の刃、
鬼を切り裂く武人（イケメン）たち……

アニメ化されて記録的な大ヒットとなった漫画『鬼滅（きめつ）の刃（やいば）』の直接的影響なのか否かは定かでないが、このところ〈鬼〉という中間領域（〈あわい〉とも）を宿命づけられた存在が、新たな脚光を浴びている。

かつて、歌人・馬場あき子の先駆的名著『鬼の研究』（一九七一）で、この分野に開眼し、後には自らアンソロジー『響き交わす鬼』（二〇〇五）一巻を編むほど入れ込んだ小生としても、大いに歓迎すべき事態と云わねばなるまい。

〈人〉に最も近しく、またそれゆえにこそ異質さも際立つ〈鬼〉という曖昧な存在（喰

うか／喰われるか!?）は、日本の怪奇幻想文学史において、必要欠くべからざる存在だからだ。古今最大の説話集『今昔物語集』における、鬼どもの華々しい跳梁ぶりを見ても、そのことは明らかだろう。

そもそも右の『鬼の研究』が世に出た一九七一年には、澁澤龍彦編纂のアンソロジー『暗黒のメルヘン』も刊行されていた。その直前に腹掻っさばいて憤死した大いなる〈兄貴〉三島由紀夫の遺志を継ぐかのようにして、我が国における幻想文学の系譜を初めて世に知らしめた名著『暗黒のメルヘン』に惑溺するかたわら、当時十三歳だった小生は、馬場あき子が紡ぐ鬼たちの日本史――闇に棲むものの側から見た、裏返しの日本の歴史に、嘆賞の念を禁じ得なかったのである。

このほど、ちくま文庫さんの御厚意により、シリーズ〈文豪怪談ライバルズ！〉の一巻として、鬼たちの物語を蒐めたアンソロジーを編むに際して、まず念頭に去来したのも、鬼の文学史＝日本幻想文学史である、という一事であった。それゆえ、本書の前半においては、近世幻想文学の頂点を極めた作品集である上田秋成の『雨月物語』から、代表的な鬼譚たる「青頭巾」をめぐる各種のバリエーションを結集、後半には、『古事記』に見える日本最古のホラー「伊耶那岐（イザナギ）の黄泉（よみ）降り」の段と、黒塚＝安達ヶ原の鬼婆の物語に触発されて成った作品群などを収めている。

それでは早速、収録作各篇の解説に入る。作品選択の基準は、今回もやはり――妖しく、美しく、謎めいた短篇を！　である。

泉鏡花「鬼の角」（岩波書店版『鏡花全集』第一巻所収）

『刀』の巻の解説でも、すでに触れたとおり、今回の〈文豪怪談ライバルズ！〉では、文豪鏡花の知られざる名作を、各巻に収載するという趣向を用意してみた。鏡花で〈鬼〉テーマといえば、真っ先に想起せられるのが、最初期作品のひとつである本篇だ。これは明治二十七年（一八九四）十二月、博文館の〈幼年玉手函　第十二編〉として刊行された細川風谷『パノラマ』の附録として収載されたもので、畠芋之助の名義が用いられている（やはり〈幼年玉手函〉の一冊として刊行された中篇ファンタジー『海戦の余波』は、平凡社ライブラリー『幻想童話名作選』所収）。

折しも節分の宵、大店（おおだな）の温厚な御隠居と丁稚小僧の二人組が、黄金に輝く〈鬼の角〉を拾ったことで巻き込まれる珍騒動の顚末や、いかに⁉　江戸の黄表紙などで馴染み深い鬼たちの世態・風俗が、仔細に書き込まれている点でも、珍重に価しよう。ちなみに、作中の丁稚の甘味好きは、尾崎紅葉の門下生となった当初の、鏡花自身の特性でもあったらしく（鏡花が胃腸の不調で極端な偏食に陥るのは、これより後の出来事なのだ）、随筆などでしばしば言及されている。〈明治三十九年七月、ますます健康を害ひ、静養のため、逗子、田越に借家。一夏の仮すまひ、やがて四年越の長きに亘れり。殆ど、粥と、じゃが薯を食するのみ〉（「泉鏡花自筆年譜」より）

高田衛「月の夜の鬼たち――自己疎外としての執念」（森話社『江戸文学の虚構と形象』所収）

〈たとえば『雨月物語』全九話のなかで、「鬼」という語が用いられるのは、わずか十四例でしかないことなどはあまり知られていないであろう。ほかに「鬼」の字を含む成語があるが、それも「鬼化（もののけ）」「窮鬼（いきすだま）」「鬼畜」各一例のみである。そして、興味深いのは、以上十七例のうち八例までが、「青頭巾」の章に集中していることである〉……秋成研究の金字塔たる『完本　上田秋成年譜考説』（初版は一九六四年／二〇一三年に、ぺりかん社から再刊）の著者は、雑誌『ユリイカ』一九八四年八月号に寄稿した秋成論考（初出時のタイトルは「雨月の夜の鬼たち」）の冒頭で右のように指摘し、卓越した鬼譚としての「青頭巾」に注目、そこから後半では〈女鬼〉の物語たる「吉備津の釜」へと考察を拡げている。この流れは、〈女鬼〉に比重を置く馬場あき子の『鬼の研究』の展開とも相俟って、大いに示唆に富む。あえて本巻のプレリュードとして、本篇を掲げた所以でもある。

上田秋成／円地文子訳「青頭巾」（河出文庫『現代語訳　雨月物語　春雨物語』所収）

幸いにも優れた現代語訳には事欠かない「青頭巾」だが、その原文の持ち味を能うかぎり活かした優婉な訳文といえば、みずからも『なまみこ物語』や『妖』をはじめとするシャーマニックな王朝幻想譚の書き手でもあった、円地文子のそれに就（つ）くに如（し）くはない。これに続く京極夏彦による破格の一文と、是非ともワンセットで味読していただきたいと思う。

京極夏彦「鬼情――上田秋成　雨月物語・青頭巾より」（角川文庫『鬼談』所収）

作者の短篇集『鬼談』（二〇一五）は、鬼交、鬼想、鬼縁、鬼神等々、収録された九篇すべてに〈鬼〉の字が冠された、まさに鬼気迫る作品集である。今は亡き怪談文芸誌『幽』誌上に連載された短篇を中心に編まれている。

「鬼情」は、続く「鬼慕　上田秋成　雨月物語・吉備津の釜」とともに、『雨月物語』に収められた屈指の鬼譚を鮮やかに本歌取りした、異色の一篇。作者一流の独特な文字組みが、その異色さを際立たせているといえよう（今回の再文庫化に際しても念の為、作者に直接、御確認いただいていることを付言しておこう）。

福永武彦「鬼」（新潮文庫『夢みる少年の昼と夜』所収）

かの芥川龍之介をはじめ、『今昔物語集』の説話世界に魅了された古今の文豪は、数多い。戦後、いまだ幻想文学という分野が興隆する以前から、その種の短篇小説を好んで手がけていた福永にとっても、『今昔』は空想力を羽ばたかせる恰好のスプリング・ボードとなった感がある。間に作者自身の独白を挟む形で展開される三部構成の本篇は、『今昔』の巻二十七本朝の部附「霊鬼」第十六話「正親（おほきみ）の大夫（たいふ）若き時鬼にあひし語」をベースに、作者一流の独自解釈を交えて展開されている。類話も多く、京の荒れ屋敷で霊鬼に遭遇し、ときに死に至るという怪異は、王朝期の世界では定型化していたとおぼしい。〈喰うか、喰われるか？〉テーマのバリエーションとしても興味深いものがあろう。

坂東眞砂子「鬼に喰われた女」（集英社文庫『鬼に喰われた女　今昔千年物語』所収）

〈喰うか、喰われるか？〉テーマの官能的なバリエーションを、もう一篇。

作者の初期長篇『死国』や『狗神』は、いわゆる〈ホラー・ジャパネスク〉ムーヴメントを象徴するような名作として、広く人口に膾炙した。出身地でもある四国の呪術的風土と、強烈なエロティシズムを特質とする作者は、その後も持ち前の伝奇性や土俗性を武器に、独自の文学世界を深化させていった。本篇をタイトル・ロールとする全十話から成る『鬼に喰われた女』（二〇〇六）は晩年の連作だが、「今昔千年物語」と副題されているように、『今昔物語集』所収の説話に、坂東流のアレンジメントを施した艶冶で濃密な作品集である。

田辺聖子「水に溶ける鬼」（角川文庫『鬼の女房』所収）

田辺聖子もまた、古典文学への豊かな素養に裏打ちされた、端倪すべからざる『今昔』マニアであった。本篇が収められた連作短篇集『鬼の女房』（一九七七）の単行本あとがきから引用する。

〈日本の鬼についての考察・研究ならば、現在のところ、馬場あき子氏の『鬼の研究』（角川文庫）に尽きていると思われる。私はこの名著で開眼させられるところ多かった。

ところで実をいうと、私は、昔から鬼の話が大好きだった。ほかにも好きなものは色々あり、忍術使いとか、仙人とか、役の行者とか猿飛佐助とかは大好きである。大好きということは、興味と関心を抱いていることである。

興味と関心があるだけで、ナマケモノの私はそれを整理按分して、そこから結論をひきだそうとか、哲学しよう、というものではない。

私は、鬼に関する興味ある話をひき出して、鬼を再現し、動かしてみたかったのである。

鬼を動かしてみれば、当時の人がどんな風に鬼を見ていたかも、おのずとあきらかにされてゆくにちがいない。

そう思って鬼の話を拾い蒐めてみたが、鬼は奔放にあばれまわって、ここと思えばまたあちらで、手に負えないのである。

書いているうち、次第に私は、鬼が、実在するのではないかという思いに憑かれはじめた。鬼に引きずられてしまったのだ。〉

まことに明晰極まる分析であり、その〈鬼〉に対する基本姿勢は、実のところ、このアンソロジーとも相通ずるといえよう。

ここで、本当に実在したかも知れない、著名な鬼の物語を一篇、掲げておくことにしよう。

三橋一夫「鬼の末裔」（出版芸術社『鬼の末裔　三橋一夫ふしぎ小説集成2』所収）

作者の三橋一夫は、部数の減少に悩む戦後の『新青年』誌に、〈まぼろし部落〉と銘打つ不思議小説の連作を引っさげて彗星のごとく現われた、期待の新鋭作家だった。珍無類なユーモアとペーソスを湛えた、その文学世界には今も熱心なファンが多く、かく申す私もその一人。国書刊行会の〈探偵クラブ〉シリーズの一冊として、傑作選『勇士カリガッチ博士』を編んだ際、御逝去直前の作者に直接、聴き取り取材をお願いしたことも、今となっては懐かしい想い出である。神戸での学生時代、映画評論家・淀川長治さんとの交友ぶりなど、温厚な語り口で熱心にお話しくださった。本篇は、作者お得意の卑近な失恋譚が、後半一転、大江山の鬼退治に関わる意想外の回想記に発展してゆく展開が、たいそう印象的だ。ちなみに、鬼とは〈異人〉であり、すなわち異国の民である……とする所説は、作者のオリジナルではなく、村上元三などの妖怪小説でもよく用いられている。

北村透谷「松島に於て芭蕉翁を読む」（岩波文庫『北村透谷選集』所収）

本書の後半には、日本の怪奇幻想文学史とことのほか関わり深い、ふたつの鬼譚から生まれた物語群を収めた。

そのひとつは、現存する日本最古の書『古事記』に記された伊邪那岐命の黄泉降りの神話である。夫婦神の祖・伊邪那岐は、愛する妻神・伊邪那美を産褥で喪い、彼女が去った黄泉の地（闇の領する冥界）へと、妻を奪い返すべく出立する。黄泉の入口に到達した伊邪那岐が「共に地上へ帰ろう」と妻に呼びかけると、伊邪那美は「悔しきかも、速く来ずて。吾は黄泉戸喫しつ」すなわち「もっと速くに来てくだされば……私はすでに黄泉国の穢れた火で煮炊きした食物を口にしてしまい、帰れないのです」と答える。それでも、わざわざ連れ戻しに来た夫のため、黄泉の神々と相談してくるから、と伊邪那美は、「我をな視たまひそ」――私の姿を決して見ないでください、と告げて神殿の奥へ姿を消し、一向に戻ってこない。

そこで、痺れをきらした伊邪那岐が、髪にさした櫛に火をともして窺い見ると……

〈蛆たかれころろきて、頭には大雷居り、胸には火雷居り、腹には黒雷居り、陰には拆雷居り、左の手には若雷居り、右の手には土雷居り、左の足には鳴雷居り、右の足には伏雷居り、并せて八はしらの雷神成り居りき。〉（岩波文庫『古事記』より）

これぞまさしく、日本文学史上、最初の怪異描写といえるのではなかろうか……国生みのパートナーとして親しくまぐわいを交わし、子らを成し、つい先刻まで言葉も交わしていた女神の、無残に変わり果てた姿。その腐りただれた裸身にまとわりつく、鬼神の群れ。

あまつさえ、伊邪那美は「吾に辱見せつ」すなわち私に恥をかかせましたね、と夫神の所業に激怒し、黄泉醜女（黄泉の穢れた鬼女）の軍勢に追跡を命じるのだった……。

長篇戯曲『蓬萊曲』や短篇「宿魂鏡」で、誰よりも早く幻想文学ジャンルに先鞭をつけながら、惜しくも若くして縊死した北村透谷の紀行エッセイ「松島に於て芭蕉翁を読む」から窺える、驚くべき深夜の幻視――大鬼小鬼が我が身を覆い尽くす描写には、明らかに『古事記』の右のくだりからの影響が窺われるだろう。


小松左京「黄色い泉」（角川ホラー文庫『霧が晴れた時　自選恐怖小説集』所収）

明治の透谷から、いきなり現代ＳＦの大御所に飛んで恐縮だが、思うに小松左京くらい、多くの妖怪変化を、ＳＦ的視点から現代に甦らせた作家も少ないのではあるまいか。短篇の代表作のひとつである〈女〉シリーズをはじめ、古風な怪談と現代ＳＦの予想外な融合を推進した小松の業績は、今後もさらなる再評価が進められて然るべきと考える次第である。

伊邪那美の埋葬地のひとつと目される広島の比婆山中は、〈雪男〉や〈ヒバゴン〉といったＵＭＡの生息地としても知られる怪しい土地柄だ。また冒頭の〈三次市を出た時、山間に三つの川の出あう盆地は、名物の深い霧に閉ざされていたが〉と語り出される三次市は、稲生物怪録と三次もののけミュージアムで近年話題の土地（ただし小松が本篇を執筆した時点では、未だ世に知られていなかったとおぼしい）。本篇もまた、全裸の美女を鬼たちが思うさま凌辱するというシーンの衝撃ゆえに生まれた、迫真のモダンホラーの好例と申せよう。

倉橋由美子「安達ヶ原の鬼」（新潮文庫『大人のための残酷童話』所収）

ふたつめの鬼譚は「黒塚」――安達ヶ原の鬼婆の物語である。倉橋由美子の掌篇集『大人のための残酷童話』（一九八四）から抜いた本篇によって、その梗概（あらまし）を知ることができよう。もっとも、こちらはオリジナルの〈残酷童話〉なので、後半の展開は大きく異なるけれども……。能楽や歌舞伎でも広く人口に膾炙した『黒塚』物語の本質は、〈覗き見てはいけない禁忌〉の物語に外ならないことが、明らかとなろう。

中井英夫「黒塚」（角川文庫『銃器店へ』所収）

続いては、思いきりの変化球である、異形の黒塚譚を。

戦時下の異常心理を描いた……と評される本篇だが、その内実は、精神疾患に関わる巨大な物語群である〈とらんぷ譚〉を先触れするものであると考えられる。真に狂っているのは、己か、戦争に向けて突き進む世界なのか――一九四四年、学徒出陣により東京・市谷の参謀本部に配属され、翌年、腸チフスに罹り、昏睡状態のまま敗戦の日を迎えたという作者の特異な戦争体験に裏打ちされた、痛切な悲劇の物語である。ちなみに俳人・斎藤慎爾氏は、本篇冒頭の一文を〈彫心鏤骨、醇乎たる日本語の文章とはこういうのを指すのだろう〉と評している（角川文庫『銃器店へ』所収の「中井英夫論」より）。

手塚治虫「安達が原」

実は本書を編むにあたって、折にふれ強く意識させられた傑作アンソロジーがある。そう、夢枕獏編『鬼譚』（一九九一年／ちくま文庫より二〇一四年に再刊）である。同書は史上初めて、文学の見地から〈鬼〉という存在を捉えたアンソロジーとして、今も不滅の輝きを放っている。アンソロジストの末席に連なる者として、意地でも同書とは異なるセレクションで臨む意気組でいたのだが、この一篇だけは、どうあっても外すわけにはいかなかった。名匠の筆が成した、時空を超えた黒塚譚の傑作である。どうか、諒とせられたい。

二〇二一年八月

中井英夫（なかい・ひでお）1922-1993　小説家、詩人、編集者。雑誌「日本短歌」「短歌」などの編集長を務める。「虚無への供物」を発表した「塔晶夫」ほか別名義でも活動。1974年、『悪夢の骨牌』で泉鏡花文学賞を受賞。『とらんぷ譚』『黒鳥の囁き』『薔薇への供物』『夕映少年』など著書多数。

手塚治虫（てづか・おさむ）1928-1989　漫画家。医学博士。1946年、「マアチャンの日記帳」でデビュー。小学館漫画賞、講談社漫画賞ほか受賞歴多数。62年、虫プロ設立。67年、漫画雑誌「COM」創刊。著作に『ロスト・ワールド』『鉄腕アトム』『リボンの騎士』『火の鳥』『ブラック・ジャック』など。

坂東眞砂子（ばんどう・まさこ）1958-2014　小説家。1982年、「ミルクでおよいだミルクひめ」で毎日童話新人賞優秀賞を受賞。94年、『蟲』で日本ホラー小説大賞佳作。ほか島清恋愛文学賞、直木賞、柴田錬三郎賞を受賞。『死国』『狗神』『桜雨』『山妣』『曼荼羅道』など著書多数。

田辺聖子（たなべ・せいこ）1928-2019　小説家。1956年、『虹』で大阪市民文芸賞を受賞し、58年に初の単行本『花狩』を刊行。芥川賞、吉川英治文学賞、菊池寛賞、泉鏡花文学賞、読売文学賞ほか受賞歴多数。著書に『ジョゼと虎と魚たち』『ひねくれ一茶』『道頓堀の雨に別れて以来なり』などがある。

北村透谷（きたむら・とうこく）1868-1894　詩人、作家、評論家。自由民権運動に影響を受けたのち、政治から離れキリスト教を信仰。1891年、劇詩『蓬萊曲』刊行。92年、キリスト教女性教養誌「女学雑誌」に書いた「厭世詩家と女性」で文芸評論家として注目を浴びる。93年、同人誌「文學界」を創刊。

小松左京（こまつ・さきょう）1931-2011　小説家。経済誌記者・放送作家などを経て、1962年、「SFマガジン」に掲載された「易仙逃里記」で商業誌デビュー。星雲賞、日本SF大賞、日本推理作家協会賞など受賞歴多数。著書に『復活の日』『果しなき流れの果に』『日本沈没』『首都消失』などがある。

三橋一夫（みつはし・かずお）1908-1995　小説家・エッセイスト。1948年、「新青年」に掲載された「腹話術師」で商業誌デビュー。52年、『天国は盃の中に』で直木賞候補。『ぽんくら社員と令嬢』『無敵五人男』『げんこつ青春記』などの小説のほか、武道や健康法についての著書も多数執筆。

倉橋由美子（くらはし・ゆみこ）1935-2005　小説家。1960年、明治大学文学部在学中に同校の学長賞へ応募した小説「パルタイ」が入選、芥川賞候補。61年、同作で女流文学者賞受賞。63年に田村俊子賞、87年泉鏡花文学賞を受賞。『夢の浮橋』『アマノン国往還記』『老人のための残酷童話』など著書多数。

■著者紹介

泉鏡花（いずみ・きょうか）1873-1939　小説家、戯曲家。1890年に上京、一年余りの放浪寄宿生活を経て尾崎紅葉門下となる。95年、『文芸倶楽部』掲載の「夜行巡査」「外科室」で認められ、文壇に独自の地歩を築いた。「高野聖」「草迷宮」「歌行燈」「婦系図」「天守物語」ほか著作多数。

高田衛（たかだ・まもる）1930-　研究者（日本近世文学専攻）。旧・東京都立大学名誉教授。1999年、『女と蛇』で樋口一葉記念やまなし文学賞を受賞。著書に『新編 江戸幻想文学誌』『増補版 江戸の悪霊祓い師』『お岩と伊右衛門 「四谷怪談」の深層』、編・校注書に『江戸怪談集』（上・中・下）ほか著書多数。

上田秋成（うえだ・あきなり）1734-1809　国学者、歌人、浮世草子・読本作家。江戸時代中期から後期にかけて活躍。浮世草子「諸道聴耳世間猿」「世間妾形気」等発表ののち、1776年に「雨月物語」を刊行。ほか著作に「癇癖談」「清風瑣言」「藤簍冊子」「胆大小心録」「春雨物語」などがある。

円地文子（えんち・ふみこ）1905-1986　小説家、劇作家。戯曲「晩春騒夜」等を発表し、1935年に戯曲集『惜春』を刊行した後、小説に転じる。野間文芸賞、谷崎潤一郎賞、日本文学大賞ほか受賞歴多数。85年、文化勲章を受章。著書に『女坂』『なまみこ物語』『遊魂』『江戸文学問わず語り』などがある。

京極夏彦（きょうごく・なつひこ）1963-　小説家、意匠家。1994年、『姑獲鳥の夏』でデビュー。日本推理作家協会賞、泉鏡花文学賞、山本周五郎賞、直木賞ほか受賞歴多数。著書に『嗤う伊右衛門』『覘き小平次』『死ねばいいのに』『幽談』『遠巷説百物語』、怪談えほんシリーズの『いるの いないの』など。

福永武彦（ふくなが・たけひこ）1918-1979　小説家、詩人。1954年、長篇小説『草の花』によって作家としての評価を確かなものとする。1961年に『ゴーギャンの世界』で毎日出版文化賞、72年に『死の島』で日本文学大賞を受賞。『冥府』『廃市』『忘却の河』『海市』、『現代語訳 古事記』ほか著訳書多数。

■底本一覧

泉鏡花「鬼の角」／『鏡花全集』（第一巻）岩波書店、一九七三年

高田衛「月の夜の鬼たち――自己疎外としての執念」／『江戸文学の虚構と形象』森話社、二〇〇一年

上田秋成著・円地文子訳「青頭巾」／『現代語訳 雨月物語 春雨物語』河出文庫、二〇〇八年

京極夏彦「鬼情――上田秋成 雨月物語・青頭巾より」／『鬼談』角川文庫、二〇一八年

福永武彦「鬼」／『夢みる少年の昼と夜』新潮文庫、一九七二年

坂東眞砂子「鬼に喰われた女」／『鬼に喰われた女 今昔千年物語』集英社文庫、二〇〇九年

田辺聖子「水に溶ける鬼」／『鬼の女房』角川文庫、一九八二年

三橋一夫「鬼の末裔」／『鬼の末裔 三橋一夫ふしぎ小説集成 2』出版芸術社、二〇〇五年

北村透谷「松島に於て芭蕉翁を読む」／『北村透谷選集』岩波文庫、一九七〇年
小松左京「黄色い泉」／『霧が晴れた時　自選恐怖小説集』角川ホラー文庫、一九九三年
倉橋由美子「安達ケ原の鬼」／『大人のための残酷童話』新潮文庫、一九九八年
中井英夫「黒塚」／『銃器店へ』角川文庫、一九七五年
手塚治虫「安達が原」／『手塚治虫マンガ演劇館』ちくま文庫、二〇〇一年

本書は、ちくま文庫のためのオリジナル編集である。

本文表記は、原則として新漢字を使用し、旧仮名遣いについては発表時の表記を優先した。また、読みやすさを考慮し、振り仮名を補った箇所もある。

本書収録の作品には今日の人権意識に照らして不当・不適切と思われる語句や表現が含まれるものもあるが、著者が故人であることと作品の時代的背景及び文学的価値とにかんがみ、そのままとした。

ちくま文庫

鬼文豪怪談ライバルズ！

二〇二一年十月十日　第一刷発行

編者　東雅夫（ひがし・まさお）

発行者　喜入冬子

発行所　株式会社 筑摩書房
東京都台東区蔵前二―五―三　〒一一一―八七五五
電話番号　〇三―五六八七―二六〇一（代表）

装幀者　安野光雅

印刷所　株式会社精興社

製本所　株式会社積信堂

ISBN978-4-480-43772-3　C0193